Jennifer Schreiner
Venusblut

ELYSION
www.Elysion-Books.com

Das Buch:

Nach dem Tod der Hexe Morna, lebt ihre Zwillingsschwester, die Vampirkönigin Maeve, in Angst und Schrecken. Nicht nur, dass ihr Rebellen den Thron streitig machen und die Unsterblichkeit der Vampire erloschen ist, auch der geheimnisvolle und unvollendete letzte Satz der Vampirbibel gibt Anlass zur Sorge.

Sogar ihr engster Vertrauter Hasdrubal interpretiert in Lilith 6, Kapitel 6,6 »Zwei sind das Leben der Vampire, Zivilisation und Unsterblichkeit, Zwei werden Tod und Untergang sein, und…« hinein, dass Maeve sterben muss, um die Unsterblichkeit wiederherzustellen und den Tod aller Vampire zu verhindern.

Kann die Vampirkönigin Hasdrubal, den sie liebt, noch vertrauen, oder wird ausgerechnet er sie an die Rebellen verraten? Und welche Geheimnisse der Vergangenheit wird ihre gemeinsame Suche nach Lilith aufdecken?

Die Autorin:

Jennifer Schreiner wurde 1976 geboren und lebt mit ihrem Mann und ihrem Sohn im Ruhrgebiet.

Seit 2002 ist sie Magister der Philologie. Bislang sind über 50 fantastische, erotische und gruselige Kurzgeschichten von ihr in verschiedenen Anthologien und Zeitschriften veröffentlicht und teilweise prämiert (u.a. 3x im Literaturwettbewerb der Bayreuther Festspielnachrichten) worden.

Sie ist Mitglied des VS und bei den Deutschen Liebesroman Autoren (DeLiA).

Mehr über die Autorin und die Blut-Reihe erfahren Sie unter www.JenniferSchreiner.com

Jennifer Schreiner

Venusblut

ELYSION

www.Elysion-Books.com

WWW.Elysion-Books.com
ELYSION-BOOKS TASCHENBUCH
BAND 4028
2. überarbeitete Auflage: Februar 2011

Sämtliche Namen, Orte, Charaktere und Handlungen sind frei erfunden
und reine Fiction der Autorin. Alle Ähnlichkeiten mit Personen,
lebend oder tot, sind Zufall.

VOLLSTÄNDIGE TASCHENBUCHAUSGABE

ORIGINALAUSGABE

KORREKTORAT: Kerstin Schicker
UMSCHLAGGESTALTUNG: Ulrike Kleinert
www.dreamaddiction.de
FOTO: © istockphoto/Blitznetsov
LAYOUT &WERKSATZ: Hanspeter Ludwig
www.imaginary-world.de

PRINTED IN POLAND BY OPOLGRAF S.A.
ISBN 978-3-942602-07-5

Inhalt

»Venusblut 2010«
Mit dem Gutschein-Code

Venusblut2010

erhalten Sie auf der Website
www.Elysion-Books.com
die kostenlose Zusatzgeschichte
»Venusblut 2010«
als PDF-Download.

Die Autorin stellt interessierten Lesern dort auf beinahe 300 Seiten die erste Rohfassung des ursprünglichen Manuskriptes – mit einer sehr viel umfassenderen Geschichte – zur Verfügung.

Einfach registrieren!

Prolog

Selbst im Traum hatte sie Angst! Und die Fangzähne des Mannes boten auch jeden Anlass dazu, obwohl seine bloße Anwesenheit gleichzeitig ganz andere Gefühle in ihr auslösten. Nie zuvor hatte sie sich so ambivalent gefühlt, so zerrissen von ihren eigenen Emotionen und Wünschen. Ihr gesamter Körper verlangte auf der instinktiven Ebene ihrer Urtriebe nach schneller Flucht, während ihre Libido ihr sinnliche Schauer über die Haut jagte, in gespannter Erwartung ausharren wollte und jeden ihrer Muskeln lähmte.

Immer noch konnte sie das Gesicht des Unbekannten nicht wahrnehmen, beinahe, als hätte er es aus ihrem Verstand verdrängt oder ihr eigenes Gehirn eine Visualisierung verboten. Seine gesamte Gestalt schien mit der Dunkelheit zu verschmelzen, zu Nacht und Finsternis zu werden, form- und gesichtslos, ein bloßer Schatten. Trotzdem erschauerte sie lustvoll, als seine Zähne, bereit zu einem Biss, über ihre Haut strichen. Die Berührung war überraschend sanft, überwältigend sinnlich, und noch während sich ihre verbleibende Logik gegen die Erkenntnis stemmte, begriff sie die schlichte, unausweichliche Wahrheit: sie würde diesen Kampf verlieren. Und zwar mit Freuden!

Sie hob ihre Hände, um den Mann fortzuschieben, doch ihre Finger, kleinen Verrätern gleich, flochten sich in seine schattenhaft-finsteren Haare und zogen ihn näher, luden ihn dazu ein, sich in jedweder Form an ihr zu laben und intuitives Wissen rieselte durch ihre Adern. Seit jeher hatte sie gewusst, dass diese Nacht kommen würde, hatte auf sie gewartet und gleichzeitig auf eine Realität ohne Vampire gehofft. Doch dieser nächtliche Schatten hatte sie verfolgt, seit sie denken konnte, hatte ihre Tagträume bestimmt und war doch immer knapp außerhalb ihrer bewussten Reichweite geblieben, doch zum Greifen nahe und hatte sich immer wieder als Prophezeiung in ihr Leben geschlichen. In Büchern, Filmen oder Serien war er aufgetaucht, immer nur für den Bruchteil einer Sekunde, eine gesichtslose Andeutung ihrer eigenen Fantasie; nie hatte sie sich wirklich erinnern können, nie ihn identifizieren.

Wieder konnte sie seine Zähne an ihrem Hals spüren, dieses Mal genau an der Stelle, an der das Blut in Synkopen durch ihre Halsschlagader klopfte, und dieses Mal wusste sie trotz ihrer Libido, dass es nicht das unwillkommene Verlangen war oder der penetrante anhaltende Fluchttrieb, die sie wirklich störten. Der nagende Fakt war viel realer und führte zu einer simplen Erkenntnis: Es war Traum!

Sie schreckte aus dem fremden Traum und ihrer liegenden Position hoch in eine sitzende, mit geöffneten Augen, nahm ihre Umgebung wahr, Gerüche, Geräusche, Bilder und blinzelte verwirrt … und blinzelte noch einmal. Doch der Anblick änderte sich nicht. Ein Terminal voller Menschen, die geschäftig oder beschäftigt hin und her liefen; Koffer wurden geschoben, gezogen, oder abgegeben, Aufzüge fuhren nach oben oder unten, Besucher wimmelten in kleinen Ladengeschäften oder nutzten Rolltreppen, um an den gewünschten Ort zu gelangen. Eine große Schautafel vor ihr änderte just in diesem Moment seine Anzeige, blätterte den Flugplan in die aktuelle Position und erstarrte anschließend.

Abermals blinzelte die Frau und abermals änderte sich … nichts. Sie war und blieb in einem Flughafengebäude.

Trotzdem sah sie an sich herab, nur um sicher zu gehen, dass sie kein Nachthemd trug und nicht in ihrem Bett lag. Erst jetzt stellte sie fest, dass sie saß, sich schlaftrunken auf einer Stuhlreihe aufgerichtet haben musste. Dankbar registrierte sie, dass sie Jeans und Schuhe trug, und eine blaue Jacke, die ihr gänzlich unbekannt war. Einen Moment später erwischte sie sich dabei, wie sie irritiert ihre eigenen Hände ansah und sich fragte, wann sie die Fingernägel rot lackiert hatte und wer ihr diesen grässlichen, silbernen Ring geschenkt haben mochte, der ganz sicher nicht ihrem Geschmack entsprach. Erst dann fiel ihr auf, dass sie diese Fragen nicht beantworten konnte. Nicht nur die Jacke war ihr unbekannt, auch die roten Fingernägel und der Ring. Dass sie sich auch noch mitten in einem belebten Flughafengebäude aufhielt, nicht wusste, wie sie dorthin gekommen war, oder was sie an diesem Ort sollte, rundeten nur das Gesamtbild ab. Hauptfakt Nummer eins war: Sie hatte keine Ahnung, wer sie überhaupt war!

Schockiert hob sie die Hände mit den viel zu roten Nägeln und dem grässlichen Ring vor ihr Gesicht und versuchte die Fakten auszublenden. Unbewusst massierten ihre Finger ihre Schläfen und schienen so eine Erinnerung erzwingen zu wollen. Vergebens.

Sie hatte keine Ahnung! Obwohl sie wirklich und wahrhaftig wach war, wusste sie immer noch nichts über sich oder ihre Situation, erinnerte sich nur an ihren Traum und daran, dass er einer anderen, geliebten Person gehört hatte. Bei dem Gedanken sah sie auf; es musste doch jemanden geben, mit dem sie hier war? Doch niemand war in ihrer Nähe und niemand schien sich übermäßig für sie zu interessieren. Ein zweiter prüfender Blick ergab, dass sie auch keinen Koffer besaß. Keinen Rucksack und kein andersartiges Gepäckstück. *Aber was mache ich an einem Flughafen, wenn ich nicht verreise?* Sie stand auf, als könne ihr bereits ihre Größe einen besseren Überblick über die gesamte Situation geben, und drehte sich einmal um ihre eigene Achse. Nichts. Nur der allgemeine Flughafenbetrieb. Sie musste eingeschlafen sein. Vielleicht hatte sie sogar ihren Flug verpasst – und den Koffer längst abgegeben?

Wie von selbst gruben sich ihre Hände in die Taschen der fremden Jacke und beförderten eine Kaugummipackung hervor, ein Bonbon und ein einzelnes, benutztes Taschentuch, das sie achtlos in den Papierkorb neben sich warf. Die Innentasche war gänzlich leer und nie benutzt worden. Sie war sogar noch zugenäht. In ihrer Hosentasche fand sie ein Handy.

Gott sei Dank! Gekonnt flogen ihre Finger über die Tasten, prüften das Adressbuch und die Anrufliste – beides war leer. War entweder nie benutzt worden oder musste vor kurzem gelöscht worden sein. Sie musste sich zusammenreißen, das Stück Technik nicht in ein Stück Schrott zu verwandeln, indem sie es auf den Boden warf.

Abermals drehte sie sich um ihre eigene Achse und versuchte die aufkeimende Panik in ihrem Inneren niederzukämpfen. Mit beinahe schmerzlicher Sicherheit wusste sie, dass sie solch eine Situation bereits erlebt, sie überlebt hatte und sich auch dieses Mal wieder erinnern würde. Früher oder später. Und passieren konnte ihr nichts. Sie war in Sicherheit, auf einem Flughafen.

Düsseldorf! Das Wissen war da, plötzlich und ungefragt. Ebenso das Wissen um das aktuelle Datum, um Jahreszeiten, politische Ereignisse und – wieder wanderten ihre Hände zu ihren Schläfen – im Prinzip um alles, außer sich selbst.

Die Toilette! Das Schild schräg vor ihr wurde plötzlich heller und einladender, versprach zumindest einen Spiegel und einen optischen Erinnerungsanreiz. Trotz ihrer aufmunternden Gedanken waren ihre Beine wackelig, als sie aufstand, und bei jedem Schritt drohten sie ihr ihren Dienst zu versagen. Einzig ihre Willenskraft zwang ihre Füße dazu weiterzugehen, ihre ungelenken, fremden Finger dazu, die Tür zu öffnen und sich selbst vor die Spiegel des Waschraumes zu stellen.

Ein sehr bleiches, unbekanntes Gesicht mit Augen, die viel zu groß und starr waren, sah ihr entgegen. Dasselbe junge Gesicht wie aus dem Traum – und doch nicht das gleiche –, mit einer etwas zu großen Nase, einem kleinen Puppenmund, dessen Lippen im Moment zusammengepresst waren. Sie strich sich die halblangen Haare, schwarz gefärbt und zu einem schrägen, flotten Bob geschnitten, zurück, legte zwei Ohren mit kleinen, silbernen Kreuzanhängern frei, und versuchte, sich an sich selbst zu erinnern. Doch da war nichts, nur die Ähnlichkeit mit der Frau aus dem Traum. Wo eigentlich die Erinnerung an ihre Person sein sollte, klaffte eine Lücke in ihrem Geist; instinktiv schreckte sie zurück, sicher, wenn sie sich zu nahe an den Rand dieses schwarzen Lochs wagen würde, könnte es sie aufsaugen – und dann würde nichts mehr bleiben, nicht einmal mehr die Erinnerung an die gängigen Werte, Normen und Gesetze. Nichts von dem allgemeinen Wissen, das sie zurzeit in sich trug, aber nicht verwerten konnte, weil ihr jegliche Bezugsgröße in ihrer Realität fehlte.

Eine einzelne Träne trat aus ihrem rechten Auge und rollte ihre Wange hinab. Im Spiegel konnte sie sehen, wie der Tropfen eine feuchte Spur auf ihrer bleichen Haut hinterließ und an ihrem Mundwinkel hängen blieb. Entschlossen wischte sie die Träne weg und verharrte mitten in der Bewegung. Durch das Hochheben ihres Armes war die Jacke verrutscht und die Ärmel hatten ihr Handgelenk freigegeben – zusammen mit einem dünnen, weißen Plastikband.

Eine Sekunde lang starrte sie ungläubig auf das unerklärliche Ding an ihrem Arm, doch gerade als sie die Jacke hochkrempeln wollte, ging die Tür auf; erschrocken verbarg sie ihr Handgelenk zwischen sich und dem Waschbecken, beugte sich gen Spiegel, bewegte das ihr fremde Gesicht und tat, als prüfe sie ihr Make-up.

Der Mann, der hinter ihr den Raum betrat, sah sie einen Moment lang an, lächelte, sein Blick merkwürdig intensiv, seine Augen seltsam dunkel, nickte ihr zu und ging dann Richtung Toilettenraum. An der Tür warf er einen Blick zurück, der sie mitten in der Drehbewegung verharren ließ, obwohl sie ganz offensichtlich das falsche WC erwischt haben musste. Einen Moment lang setzte ihr Herzschlag aus, ihre Atmung, dann ging er durch die Öffnung, die Tür fiel hinter ihm zu und nahezu augenblicklich vergaß sie, dass sie hatte gehen wollen. Es gab kein Urinal, nur Toilettenkabinen, eindeutig war sie richtig, er falsch.

Bei dem zweiten Blick in den Spiegel wurde der kurze Augenblick der Erleichterung unterbrochen von einer weitaus wichtigeren Feststellung, der sich im Vordergrund der Realität manifestierte: Nichts war in Ordnung.

Sie runzelte die Stirn, weil sie plötzlich nicht mehr wusste, was sie eben noch gedacht hatte. Es hatte doch auf der Hand gelegen, war so offensichtlich, dass es schmerzte. Aber auch diese Information hatte sich aus ihrem Bewusstsein zurückgezogen, hatte etwas mit der Toilette zu tun und mit … sie wusste es nicht mehr, erinnerte sich nur noch an das, was sie gerade hatte tun wollen. Tief durchatmend und sich innerlich gegen alle Möglichkeiten wappnend, zog sie abermals den Jackenärmel hoch und prüfte das Band. Die Schrift war verkehrt herum, offenbar war das, was dort stand, nicht für sie bestimmt. Sie verdrehte ihren Arm und las: Joline. Daneben stand eine Nummer. Eine Telefonnummer?

Nachdenklich betrachtete sie die Zahlen, doch eine Telefonnummer war das einzige, was einen Sinn ergab. Nachdenklich starrte sie auf das Stück Plastik und die neuen Fragen brachten sie beinahe um den Verstand. Wer bist du, Joline? Und warum trägst du deinen Namen und eine Telefonnummer auf einem Plastikarmband bei dir? Die Antwort war so simpel, dass es beinahe weh tat: Weil das hier vermutlich nicht zum ersten Mal passierte! Vielleicht würde sich gleich alles aufklären!

Mit zittrigen Fingern holte sie das Handy aus der Tasche und starrte es unentschlossen an. Was, wenn alles ganz anders war? Wenn sie von dem Ort, an den die Telefonnummer führte, geflohen war? Vielleicht, weil es ein schlimmer und unerträglicher Ort war und sie jedes Mal floh und sich jedes Mal selbst wieder dorthin verfrachtete, weil sie jedes Mal gedächtnislos anrief?

Sie könnte auch die Polizei anrufen – aber dann? Hätte sie als Erinnerungslose nicht schlechte Karten? Vor allem, wenn die anderen die zwangsläufig glaubhaftere Erklärung für ihre derzeitige Situation hatten?

Vor Frust über ihre eigene Paranoia hätte Joline beinahe geschrien. Wütend auf sich selbst wählte sie die Nummer und wartete gespannt. Nach dreimaligem Läuten wurde die Verbindung hergestellt und eine Bandansage begann. Schon bei den ersten Worten hätte Joline beinahe angefangen zu weinen. Sie kannte diese Stimme. Und die Sätze, die folgen würden, ebenfalls. Sie war dabei gewesen, als sie zum ersten Mal gesprochen und aufgezeichnet worden waren. Vor einer halben Ewigkeit und in einem Leben, in dem ihr Leben beinahe normal gewesen war.

Trotz ihres Willens nicht zu weinen, traten nun erste Tränen in ihre Augen und zauberten einen trüben Schleier über die Welt. Aber sie musste sich zusammenreißen. Musste stark sein und weitergehen, tun, was die Stimme sagte. Sie hatte keine Zeit für Schwäche!

Noch bevor der Ansager ausgesprochen hatte, legte Joline entschlossen auf. Zum ersten Mal sah sie wieder Charakter und Willensstärke in den Zügen ihres Spiegelbildes. Eine Körperhaltung und ein Antlitz, das ihr wohl vertraut war. Mit einem seltsamen Hochgefühl ob des gelösten Rätsels drehte sie sich um – und wäre beinahe in den Mann hineingelaufen.

Sie hatte nicht gehört, dass er die Toilette verlassen hatte. Zum ersten Mal sah sie ihn wirklich. Alter Glanz und ein gehobener Status zeichneten sich auf seinen Zügen ab – und machten seinen optischen Verfall noch deutlicher. Und seinen Hass. Uralte Wut, der man sich niemals würde vollständig entziehen können. Sie manifestierte sich als Angst in Jolines Adern, ließ ihr Herz schneller schlagen, das Blut in ihren Adern rasen. Eine Gänsehaut lief über ihre Haut und brachte sie ebenso zum Zittern, wie der selbstgerechte Zorn des Alten, der sich in ihr festsetzte und unnachgiebig an ihren anderen Emotionen nagte. In seiner Welt gab es nur eins, den Feind. Alles drehte sich um ihn, jedes Gefühl, jeder Gedanke und jede Handlung.

Jolines Blick traf den des Mannes und die Vergangenheit holte sie ein: Gebrochene Augen, Körperteile, abgehackt, abgerissen, zerfetzt, Blut und Dreck, Asche und Feuer, ein stinkendes Kaleidoskop des Todes.

Vampirkriege! Wie zuvor kam das Wissen ungefragt und ohne Vorwarnung. Bilder der Zerstörung, der Vernichtung und des Wahnsinns riefen Übelkeit und Verzweiflung hervor. Der gesamte erste Eindruck, die Szenerie und die Geschichte hatten sich in wenigen Sekundenbruchteilen in Joline manifestiert, bohrten sich in ihre Seele und verdrängten jedes Glücksgefühl in ihr. Joline öffnete den Mund zu einem tonlosen Schrei.

Sie war weit gelaufen, aber nicht weit genug!

1

Der Vampir öffnete die Augen, doch es blieb dunkel. Die Schwärze war überall und für Sekunden fiel ihm jedwede Orientierung schwer. Oben wurde zu unten, während rechts kippte und zu ihm selbst wurde. Farben kristallisierten sich aus der Finsternis heraus, bildeten Formen und kamen näher, bevor sie direkt vor seinen Augen verschwanden und sich wieder in Schwärze verflüchtigten. Die Urdunkelheit, eine Finsternis, die alle Möglichkeiten enthielt. Alles, was gewesen war, war und noch sein würde. Einbildung.

Er setzte sich auf und die Bewegung seiner Muskeln erinnerte ihn daran, dass er einen Körper besaß. Und der fing irgendwo an und hörte auch irgendwo auf. Er konzentrierte sich auf sich selbst, auf den menschlichen Aspekt seiner Existenz und war dankbar, als sein Körper sich ebenfalls erinnerte. Das aktuelle Datum war mit einem Mal ebenso wichtig wie seine Position und das Prickeln seiner Haut. Wie lange hatte er geschlafen?

Er schüttelte den Kopf und versuchte sich zu erinnern, doch sein Geist war zu unruhig. Aufgewühlt von Träumen, die nicht seine waren, Visionen von Lust und animalischen Trieben, von sinnlichen Urinstinkten ebenso wie von panischer Angst – und von der Dunkelheit in seinem Geist.

Zumindest Letzteres war unmöglich. Er war *die* Dunkelheit, *der* Schatten, der einzige, der von allen anderen Schatten – Bodyguards der Vampirkönigin – genährt wurde, alles wusste und konnte und niemals versagte. Die Erinnerung war mit einem Mal wieder da, ungefragt und beinahe gewalttätig bahnte sie sich seinen Weg in seinen Verstand. Die Suche nach dem Elixier! Er hatte sie beinahe vergessen!

Joel hustete, als er sich seinen Weg aus dem Schutt bahnte, in dessen Schutz er den Tag verbracht hatte. Gleichzeitig mit dem letzten Geröll fiel auch die letzte Barriere um seine Wahrnehmung.

Nachdenklich klopfte er sich den Staub aus dem schwarzen Anzug und ließ die eigenen Träume und Visionen ebenso Revue passieren wie die der anderen Vampire. Es war erschreckend ruhig. Wahrscheinlich waren auch die Rebellen von den Nebeneffekten der schwindenden Unsterblichkeit betroffen. Joel schloss die Augen, als er die einzige Information erhielt, die ihn wirklich beunruhigte: Die beiden Ältesten waren frei, die Magie ihrer Verbannung erloschen.

»Ein Problem für später«, beschloss er, als er kurz die Prioritäten ordnete. Durch den Verlust der Unsterblichkeit drohte akute Gefahr, durch Xerxes und Artabanos höchstens eine langfristige. Das war vielleicht der einzig gute Effekt der verblassenden Unsterblichkeit: Durch die Nebenwirkung hatten die beiden Vampire möglicherweise das Interesse an einem neuerlichen Kampf um die Macht verloren.

Schließlich fühlte sich Joel selbst ob des Verlustes und seines eigenen Alters wie zerschlagen. Wenn er sich ein weiteres Mal so tief in der Dunkelheit verlor, würde es für ihn vermutlich kein später mehr geben. Aber auch das war ein Problem, welches er nicht sofort erledigen konnte. In Gedanken wiederholte er die Adressen aller Besitztümer, Häuser, Villen und Wohnungen von Magnus. Und damit potenzielle Versteckmöglichkeiten für das Elixier, welches der intrigante Vampir seiner königlichen Schwester Maeve und der Gemeinschaft der Vampire gestohlen hatte und das eventuell den Schlüssel zur neuerlichen Unsterblichkeit enthielt.

Er konnte nur hoffen, dass Magnus seine Grundstücke nicht gegen Vampire gesichert hatte. Sich auf das nächstgelegene Ziel konzentrierend hätte er beinahe laut gelacht. Ausgerechnet. Der einzige Vampirclub in Bayern gehörte Magnus. Ein Umstand, der seine Suche erheblich erschweren konnte, aber immerhin seine Befürchtungen hinsichtlich Magnus' magischen Vampirschutz zerstreute. Er atmete tief ein, schickte seinen Schatten voraus und folgte ihm.

Sekunden später machte er einen Schritt aus der Dunkelheit auf den Club zu.

Niemand kontrollierte den Eingang. Purer Leichtsinn! Aber heute war er nicht als Leiter der Schatten in Bayern unterwegs. Darum ignorierte er den liederlichen Missstand und betrat die Bar.

Die Musik war laut und ebenso aufdringlich wie die rhythmisch wechselnde Beleuchtung, die Barmädchen hübsch, jung und reizvoll. Umstände, die die Lebenden davon ablenken sollten, dass die meisten Gäste des Etablissements bereits tot waren.

Trotz der akuten Reizüberflutung bemerkte er, dass seine Ankunft für Interesse sorgte. Nicht nur bei den hauptsächlich jüngeren Vampiren, die sich in der Kaschemme aufhielten, sondern auch bei den hübschen und jungen Bardamen.

»Was kann ich dir bringen, Großer?«

Die Blondine, die ihm am nächsten stand, musterte ihn von oben bis unten und machte keinen Hehl aus ihren Gedanken. Eine Nacht mit einem hübschen One-Night-Stand.

Joel schüttelte den Kopf, ignorierte das nackte, menschliche Pärchen, welches sich nur wenige Meter vor ihm im gut ausgeleuchteten und verspiegelten Hintergrund der Theke positionierte, und setzte sich an den Tresen. Er würde nur wenige Minuten und Konzentration benötigen, um jeden Anwesenden zu überprüfen. Joel lenkte seine Aufmerksamkeit auf den ersten Tisch. Doch die menschliche Frau des Live-Show-Acts ließ ihre Finger sachte über den bereits erigierten Penis ihres Partners gleiten; der Mann seufzte leise und genießerisch.

Joel blinzelte und versuchte abermals, sich zu konzentrieren.

Die Frau lächelte, formte ihre Finger zu einem O und schloss es um den Penisschaft. Mit den verbleibenden Fingern spielte sie mit dem kleinen Vorhautbändchen, drückte auf die winzige Öffnung des Penis' und nutzte schließlich ihre zweite Hand, um die Wurzel zu umschließen und der Härte des Gliedes noch einmal nachzuhelfen.

Joel wandte den Kopf ab, konnte aber aus dem Augenwinkel sehen, wie der Mann eine Kette hob und sie so hielt, dass die anderen Gäste sie sehen konnten. Kugeln verschiedener Größen waren auf ihr aufgezogen. Jede ein Stück größer als die davor. Die Vampire applaudierten lautstark, während sich Joel geistig dem zweiten Tisch widmete. Er war in Ordnung. Nicht so die Ablenkung durch das Menschenpaar. Die junge Frau drängte sich auf allen Vieren näher an ihren Partner und nutzte ihre Rechte, um sie um seinen Schaft zu schließen, während er sie so drehte, dass er ihr die kleinste Kugel auf ihren Anusmuskel drückte, bis dieser nachgab und die Kugel in ihrem Körper willkommen hieß. Eine Tatsache, die durch den Spiegel und die Beleuchtung für jeden gut sichtbar war. Joel seufzte leise und versuchte das Ziehen in seinem Unterleib zu ignorieren. Er war disziplinierter als die meisten Vampire, aber pure Lust ließ auch ihn nicht kalt. Zumindest nicht, seit die Vampire ihre Unsterblichkeit verloren und wieder anfälliger für Laster geworden waren.

Die junge Frau bewegte ihre Finger den Schaft herab nach unten, zog mit dieser Bewegung die Vorhaut zurück und ließ sie dann langsam über die Eichel zurück gleiten. Bei jedem neuerlichen Hinauf ließ ihr Partner eine weitere Kugel in ihrem After verschwinden. Schließlich zog er sie mit seiner anderen Hand zu sich und dirigierte ihren Mund auf seinen Schwanz. Sie kam seiner wortlosen Aufforderung ohne zu zögern nach, schloss ihre Lippen um die Spitze des Schaftes und ließ sie nach unten gleiten. Für jeden gut sichtbar nahm sie ihre Rechte zur Hilfe, während sie mit der Linken sanft und gekonnt die Hoden ihres Partners massierte. Joel konnte die Wellen der Lust spüren, die durch die Adern des jungen Mannes liefen, die Erregung, die von dem Paar auf die Vampire überging und sich verdichtete. Der junge Mann bog seinen Rücken durch, als ein Orgasmus durch seinen Körper lief.

Was war bloß los mit ihm? Seit 1431 hatte er sich nicht mehr für Sex oder Erotik interessiert, doch ausgerechnet heute schien seine Libido das Interesse am anderen Geschlecht und an der Sinnlichkeit im Großen und Ganzen wiederentdeckt zu haben. Es gelang Joel, sich von dem Anblick loszureißen und den dritten Tisch zu überprüfen. Der Tisch und auch der nächste waren in Ordnung. Der Kuss der zwei Live-Akteure nicht. Lang, anheizend und intensiv, lenkte er Joel ebenso ab, wie die Finger des Mannes, die in die Vagina der jungen Frau glitten und sie fingerten, während sie in einem Crescendo kam. Bei jedem neuen Schauder, der durch ihren Körper lief, zog der Mann eine Kugel aus ihrem Anus, verdoppelte die Lustgefühle und brachte die Frau dazu, orgiastische Schreie auszustoßen, bis sie schließlich, nach einem finalen Schrei, erschöpft zusammenbrach.

»Immer noch nichts zu trinken, Großer?« Die Blondine lächelte ihn ein wenig hämisch an.

Joel verfluchte sich selbst für seine ungewohnte Schwäche, riss sich endgültig von dem Anblick des Menschenpaares los und schenkte der Bedienung ein freundliches Lächeln. »Nein, danke.«

Ein Vampir setzte sich neben ihn. Dicht genug, um aufdringlich zu sein und seine Aufmerksamkeit auf sich zu ziehen.

»Es ist unhöflich, nichts zu trinken zu bestellen.« Die Stimme enthielt eine Warnung, die die anderen Vampire aufblicken ließ. Die Blondine floh hinter die Theke.

»Du kennst mich, Logan.« Joel zuckte mit den Schultern. »Ich war noch nie einer der höflichen Sorte.«

»Wie lange ist es her?«

»Zehn Jahre.« Ein Zeitraum den sich Joel gut merken konnte. Logan gehörte nicht zu den Schatten, aber er war lange Zeit derjenige gewesen, der mit ihnen im Auftrag der Vampirkönigin Maeve und ihrer Schwester Morna eine bestimmte Beute gejagt hatte.

»Ich bin ein wenig enttäuscht, mein Freund.«

Joel beließ es bei diesem Wort, obwohl es einer Unterstellung gleichkam. Logan war nicht sein Freund und würde es auch unter keinen Umständen jemals werden.

»Dieses Jahr hat sie nicht nach mir geschickt, sondern nach dir?!« Obwohl der andere Vampir die Antwort zu kennen schien, machte er eine Frage aus seinen Worten.

»Und da Morna, die unberechenbare Hexe von Vamp-Central, tot ist, nehme ich an, du hast versagt?!«

Zum ersten Mal gestattete sich Joel eine Regung und sah zur Seite. Dorthin, wo sich Logan, der blonde Vampir mit der lockigen Wuschelmähne und dem umwerfenden Lächeln eines Chipendale auf einem Barhocker pfläzte.

»Nein, habe ich nicht. Ich habe mich an die Spielregeln gehalten.«

Maeves Spielregeln, nicht Mornas, fügte er gedanklich hinzu.

»Und? Wie ist sie?« Logans Interesse war unüberhörbar.

»Sofia?« Wieder zuckte Joel mit den Schultern, als sei jede Antwort bedeutungslos.

Früher oder später würde Logan sowieso alles erfahren, der Vampirin Sofia vielleicht begegnen. Joels Blick glitt über die Gestalt seines Gegenübers und verharrte bei der Kette mit den perlenförmigen Anhängern, die auf der nackten Brust des Vampirs ruhte. Verboten! Unwillkürlich hob Joel die Hand und konnte sich gerade noch zur Ordnung rufen, bevor er die Geste des Löwenvampirs imitierte. Auch er war dem neuen Verbot der Königin noch nicht gefolgt und trug immer noch das Band mit den fünf magischen Perlenanhängern. Für Sekunden haderte der Schatten mit sich selbst. Längst hätte er sich seiner Kette entledigen können, es sogar müssen.

Aber alte Gewohnheiten – auch die ungeliebten – legte man nicht so leicht ab. Schließlich war das Tragen der magischen Kette Jahrhunderte lang Pflicht gewesen. Eine Erinnerung an die Macht der Hexe, an die Herrschaft der Königin und die einzige Möglichkeit für Vampire, Frauen unsterblich zu machen und ungehemmt in sexuellen Genüssen zu schwelgen oder vertrauensvolle und ewige Partnerschaften zu pflegen.

Selbst jetzt, nach dem Tode Mornas, konnte Joel noch die Kraft der Hexe in den Anhängern, in jedem einzelnen Glied der Kette, spüren. Sie wartete geduldig auf den Moment, in dem er unachtsam wurde. Genug, um ihn in diesem Moment zu verlocken und dazu zu verführen, den Anhänger mit einer lebenden Frau zu füllen. Seiner Frau. Seinem Eigentum, für alle Zeiten eingesperrt und ihm ausgeliefert. In einem letzten Aufbegehren gegen die Hexe hatte Joel die Kette behalten. – Um sich daran zu erinnern, dass jedes Leben wertvoll war und er niemals etwas tun würde, um eine sterbliche Frau wie eine Sklavin an sich zu binden.

Logan schien diese Skrupel nicht zu haben. Seine Kette war voll.

Joel gab sich Mühe, keine Miene zu verziehen. Er war mit dem festen Vorsatz in die Bar gegangen, nach fünf Minuten wieder draußen zu sein. Jetzt konnte er fühlen, wie sein Vorsatz schwammig wurde und er schimpfte sich selbst gedanklich einen naiven Idioten. Sicher, er hatte die Anwesenden, ihre Gedanken und ihren Ketten-Status kurz überprüft, aber ein Sucher wie Logan wusste selbstverständlich, wie man mentale Tricks auskonterte. Und statt genauer zu prüfen und die Schatten der Anwesenden einzubeziehen, hatte sich Joel blenden lassen.

Logan verzog seine großzügigen Lippen zu einem Lächeln, als könne er Joels Gedanken erraten. – Konnte er nicht. »Sofia ist großartig«, antwortete der Herr der Schatten.

Das Lächeln des blonden Vampirs wuchs in die Breite. »Das habe ich schon von ihr gehört.«

»Zu spät, Logan! Zu spät!« Jetzt war es an Joel zu grinsen.

»Deins?« Das eine Wort sprach Sofia jeden Status und jede Menschlichkeit ab und reduzierte sie zu einem austauschbaren Gegenstand. Die Gesichtszüge des Suchers hatten einen lauernden Ausdruck angenommen und ließen ihn wie einen Löwen wirken, der vom Schlafmodus direkt in den Jagdzustand wechselte.

»Nein.«

Joel schwieg und wartete, bis das Schweigen zwischen ihnen unangenehm wurde. »Sie gehört zu Edward.«

Der Löwenartige Vampir gab einen Laut von sich, der einem Knurren sehr nahe kam. »Das heißt, der Spaß ist jetzt vorbei?«

»Wenn man es denn Spaß nennen mag.«

Dieses Mal fing Joel den Blick des anderen Vampirs ein und hielt ihm stand.

Logan sah zuerst weg, um seine Frage anschließend zu entschärfen: »Der Fluch ist gebrochen und Edward frei?«

»Ja.«

Joel beschränkte sich auf ein Wort und überließ es Logans Fantasie, sich auszumalen, auf welche Art und Weise es Sofia gelungen war, Edward, den Magistraten der Königin, vom Hexenfluch Mornas zu befreien.

»Und deswegen ist Morna gestorben?« Ohne auf eine Antwort zu warten seufzte der Löwenvampir, als gefiele es ihm nicht, seine Aufgabe zu verlieren.

Jahrhundertelang war er der Bluthund der Königin gewesen. Der Jäger, den sie nach Ablauf der Frist auf die Vampirinnen ansetzte, die Edward erschaffen hatte. Alle zehn Jahre hatte der Magistrat eine lebensmüde Frau in eine Vampirin umwandeln dürfen, alle zehn Jahre hatte er die Hoffnung gehabt, dass diese Frau ihn von seinem Fluch erlöste. Einen Fluch, den die Hexe ob ihrer verschmähten Liebe über Edward und seine Familie verhängt hatte.

»Nun ja …« Logan reckte sich und hob seine Rechte zu der Kette mit den fünf perlenförmigen Anhängern. »Wenn er endlich Gefallen an einer Frau findet, mag er ja vielleicht demnächst tauschen?«

»Ich bezweifle, dass das Sofia gefallen würde…« Joel murmelte die Antwort leise, während er sich vorstellte, wie die energische und schlagfertige Vampirin auf Logan reagieren würde.

»Ich habe meine Vorzüge…« Logan ließ seine Stimme beleidigt klingen. »Aber vielleicht gefällt dir ja eine von ihnen?«

Widerwillig starrte Joel auf die Portraits der Frauen, die sich Logan als Lebensabschnittsgefährtin hielt. Langhaarige Prachtexemplare, geschaffen dafür, um bestaunt und bewundert zu werden.

»Die drei«, der Löwenvampir zeigte auf drei Grazien mit langen, blonden Haaren, »habe ich allerdings schon Nemesis versprochen.«

Beim Namen des Verräters horchte Joel auf. Aber Logan verzog keine Miene und nichts in seinem Auftreten ließ darauf schließen, dass er von der Rebellion des alten Vampirs gegen die Vampirkönigin wusste. Eine Rebellion, die nur fehlgeschlagen war, weil Joel und Sofias Freund Edward zur richtigen Zeit am richtigen Ort gewesen waren.

»Warum? Was haben sie dir getan?« Selbst ohne Rebellion war Nemesis niemand, mit dem man Geschäfte machte. Er war grausam und skrupellos. – Gerade in Hinsicht auf seine Frauen. Sein Verschleiß war dementsprechend hoch. Er fand sie, fing sie, brach sie; spielte mit ihnen und tötete sie. Ihm eine Frau zu geben war ein langes Todesurteil voll zwiespältiger Hoffnung und Demütigungen. Was hatten diese Frauen Logan getan, um dieses Schicksal zu verdienen?

»Nichts!« Logan lächelte sein sinnliches Lächeln. »Sie haben mich gelangweilt.«

Joel hob eine Augenbraue. Eine sehr menschliche Geste der Herablassung, denn der Schatten erinnerte sich daran, das Logans Präferenz bei ihrem letzten Treffen Rothaarigen gegolten hatte. »Nach nicht einmal 10 Jahren?«

»Weißt du, mein Freund?«, der blutsaugende Chipendaleverschnitt legte Joel kameradschaftlich seinen Arm um die Schulter. »Hat man erst einmal den akuten Hunger nach ihren aufregenden Körpern gestillt, ihre Hingabe gekostet und das Verlangen nach ihrem Blut befriedigt, werden sie … gewöhnlich.« Logan machte eine wegwerfende Handbewegung.

Joel fühlte einen altbekannten Groll in sich aufsteigen. Die Wut darüber, wie die Vampire mit Frauen umgingen, die Leichtfertigkeit, mit denen sie über ihr Leben bestimmten und sich zu dunklen Göttern machten.

»Wieso benutzt du dann überhaupt die Kette? In zehn Jahren können sie ja nicht allzu sehr altern, oder?«

Er wusste, bei vielen Vampiren würde die Antwort »Macht« lauten. Macht über Leben und Tod. Über ihre Umwelt und ihr Wohlbefinden.

Logan überraschte ihn mit einem herzlichen Lachen. »Nachdem du so um den heißen Brei geschlichen bist, rück schon raus mit der Sprache. Ist es wahr? Maeve hat die Ketten verboten?«

»Ja!« Trotz Logans Reaktion spannte Joel noch während des Wortes seinen Körper an und wappnete sich für einen Angriff.

Doch abermals überraschte der Löwenvampir Joel. »Glaubst du wirklich, ich bin so blöde?« Logan öffnete den Verschluss. »Ich würde nicht für eine Frau sterben wollen. Wieso sollte ich es für fünf tun?«

Tatsächlich hatte Joel den löwenartigen Vampir für dumm genug gehalten. Weniger wegen der Frauen als vielmehr wegen der mit der Abgabe der Kette verbundenen Unterwerfung unter die Herrschaft der Königin. Doch ohne sichtbares Bedauern reichte ihm Logan das Schmuckstück; Joel ließ das magische Kleinod in einer seiner vielen verborgenen Taschen verschwinden. Ein weiteres Problem für später.

Logan lehnte sich lässig zurück und sah gespielt gelangweilt auf seine Fingernägel, was ihn wie den bösen Onkel aus »König der Löwen« wirken ließ. »Allerdings denke ich, dass ich Magnus Tochter etwas länger behalten werde, wenn ich sie habe!«

»Du weißt, wo sie ist?« Joels Stimme war schärfer, als er beabsichtigt hatte. Etwas stimmte nicht, das hier war kein verbales Katz-und-Maus-Spiel mehr, kein geistiges Kräftemessen. Seine Emotionen und Gedanken überschlugen sich und alles in ihm schrie danach, sein Schwert zu ziehen und Logan einfach niederzustrecken. Ohne wenn und aber und ohne auf weitere Informationen zu warten. Nur die Tatsache, dass es schrecklich dumm wäre, sich allein von seinen Instinkten leiten zu lassen, ließ Joel ruhig sitzen bleiben.

»Nein,« Logans Gesichtsausdruck wurde selbstgefällig. Aber ich weiß, wer es weiß – und dass *wir* sie hinterher bekommen werden.«

Er hatte das »wir« genug betont, um Joel aufmerken zu lassen. Noch bevor sich die anderen Vampire in der Bar formiert hatten, war er aufgesprungen, hatte nahezu im selben Moment sein Schwert, das bisher unter seinem langen, schwarzen Mantel verborgen gewesen war, in der Hand und es eingesetzt. Doch dort, wo eben noch Logans Hand gewesen war, war nichts mehr und die Klinge schnitt lediglich durch Luft. In Sekundenbruchteilen verwandelte sich die friedliche Bar in ein Tohuwabohu. Während die Menschen noch versuchten, die Gefahr zu lokalisieren, und dabei von den Stühlen sprangen, Gläser umstießen und sich gegenseitig behinderten, hatten sich die Vampire zu einer Gruppe zusammengeschlossen – gegen Joel.

Die ersten drei Angreifer erledigte der Führer der Schatten mit einem einzelnen Schwertstreich. Die dunkle Klinge – eine Kostprobe von Mornas Magie – schnitt durch das untote Fleisch, als biete es keinen nennenswerten Widerstand. Sauber durchtrennte es Adern, Sehnen, Muskeln und Knochen und vernichtete jede Möglichkeit der Heilung. Was es durchtrennte blieb durchtrennt und was es tötete tot.

In Joels von Adrenalin geprägtes Hochgefühl mischte sich die Trauer über so viel Dummheit. Außer Logan, der immer am Ausgang der Bar lässig an der Wand lehnte und sich das Schauspiel ansah, hatte keiner der Angreifer eine Chance gegen ihn. Sie bemerkten nicht einmal den Tod ihrer Mitstreiter. Er drehte sich einmal, nutzte die wandernde Beleuchtung, die Schatten, verschwand von der einen Stelle, tauchte an der anderen wie ein dunkler Racheengel auf seiner höllischen Mission auf. Er vernichtete und war stets genau dort, wo sein Gegner ihn nicht erwartete, und schien in der Realität zu zerfließen, wie das Phänomen, das seiner Eliteeinheit den Namen verliehen hatte. Finster und nicht greifbar huschte er durch eine Zeitdimension, die für die anderen Vampire nicht zu erfassen war und selbst die allgemeinen Naturgesetze schienen extra für ihn außer Kraft gesetzt worden zu sein. Er wurde zur Verkörperung einer allumfassenden Dunkelheit, die alles Leben auslöschte und nichts übrig ließ – nicht einmal Chaos. Sekunden nach der Verletzung zerfielen die Getroffenen in atemberaubendem Tempo und nichts blieb von ihnen zurück – keine Andeutung davon, dass sie je existiert hatten.

Wieder verschmolz der finstere Vampir mit der Dunkelheit – seine Kleidung und seine schwarzen Haare unterstützten sein Verschwinden – und tauchte hinter der nächsten Linie der Angreifer wieder auf. Der Todestanz diente lediglich dazu, Joels Anwesenheit in Deutschland zu verschleiern. Es hätte nur einen Gedanken von ihm gebraucht, um seine Feinde zu vernichten. Aber ein mentaler Angriff hätte sowohl Freund als auch Feind auf seine Spur gelenkt – und vielleicht mehr von seiner derzeitigen Aufgabe preisgegeben, als ihm lieb sein konnte. Er zirkelte um die letzten drei Vampire herum, wechselte zweimal seine Schwerthand und seine Gegner waren tot, bevor sie überhaupt bemerkt hatten, dass er sich bewegte.

Immer noch lehnte der einzig wirklich ernstzunehmende Gegner am Ausgang. Unter Joels Blick löste er sich langsam und bedächtig von der Wand. Langsam genug, um Joel nicht zu einem sofortigen Angriff zu verleiten.

»Du kannst dich jetzt ergeben und die Seite wechseln, oder dich besiegen lassen und sterben, mein Freund.« Logans Stimme klang rational. Offenbar war er ebenfalls vor diese Wahl gestellt worden und hatte sich entschieden.

»Mich besiegen lassen?« Joel hob anzüglich eine Augenbraue. Logan war gut, aber so gut nun auch wieder nicht. »Von dir und welcher Armee?«

»Meiner!« Der Unterton in dem Wort war so emotionslos, dass selbst Joel ein Schauer über den Rücken lief. Etwas, was er seit seiner Verwandlung in einen Vampir nicht mehr gespürt hatte.

Er drehte sich sehr, sehr langsam um. Und erschrak trotzdem. Sein Verdacht hatte sich bestätigt – und gleichzeitig auch nicht. Nemesis, der durch die Hintertür getreten war, war der Führer der Rebellen, der Planer dieses Hinterhaltes – aber es war nicht mehr der Nemesis, den Joel kannte und besiegen konnte. Es war nicht nur sein Auftreten und seine Selbstsicherheit, es war vielmehr ein Ahnen, eine Reflexion in seinen Augen, die plötzlich nicht mehr menschlich, sondern vollkommen schwarz waren. Älter, machtvoller. Hatte die schwindende Unsterblichkeit den anderen Vampiren Kraft entzogen, so schien Nemesis Nutznießer der freigewordenen Energie zu sein.

Nur durch jahrhundertelange geübte Selbstkontrolle gelang es Joel, keinen überraschten Schritt nach hinten zu machen, als zusätzlich zu diesem Hiobsfakt zwei weitere Vampire durch die Tür kamen. Gorgias, den rothaarigen Clubbesitzer, hatte Joel erst vor kurzem kennen gelernt. Gemeinsam mit dem treuesten Verbündeten der Vampirkönigin Xylos hatte er Seite an Seite mit ihnen gegen Nemesis gekämpft – für die Frau, die jetzt als frisch gewandelter Vampir neben ihm stand. Mit ihrer makellosen weißen Porzellanhaut, den langen, schwarzblau glänzenden Haaren und den roten Lippen wirkte sie wie ein unsterbliches Schneewittchen. Zweifellos war sie ebenso kampfbereit wie Nemesis und Logan, nur ihre etwas zu roten Wangen verrieten sie. Jeder andere Vampir hätte die Röte als Aufregung gedeutet, aber Joel bemerkte auch den flackernden Blick der Vampirin. Sie fühlte sich in ihrer Situation unwohl, hatte Angst und war sich dem sexuellen Interesse Logans' und Nemesis' nur zu bewusst.

Joel kam nicht dazu, diese Information für sich zu nutzen, denn ohne Vorwarnung und vollkommen lautlos strömten Vampire zu den beiden Türen hinein. Sie verteilten sich so schnell und ihre Aufstellung war so gut, dass Joel einen geistigen Hilferuf zu seinen Schatten schicke – und gegen eine mentale Mauer prallte. Nemesis verzog seine Lippen zu einem herablassenden Lächeln, obwohl Joel spürte, dass es nicht die Macht des Rebellenführers war, die ihn gestoppt hatte. In diesem Spiel gab es einen fremden Mitspieler; ein unbekannter Vampir hielt das Essener Hauptquartier der Vampire, und damit auch Xylos und die Schatten, unter Verschluss. Joel konnte nur hoffen, dass sie nicht in akuter Gefahr war. Er jedenfalls war es!

Während er langsam in die Mitte des Raumes zurückwich, versuchte der gefährlichste der Schatten alle Rebellen gleichzeitig im Blick zu behalten. Angriffe liefen immer nach einem Schema ab; zwar gab es unterschiedliche Schemata, aber wirklich wichtig war nur eines: Sie waren berechenbar.

Tatsächlich erwischte er die ersten zwei Angreifer wie geplant, doch der dritte und vierte überraschten ihn ebenso wie der mentale Schlag von Nemesis. Er war nicht gegen Joel gerichtet, sondern gegen die Luft; der Luftdruck um ihn herum wuchs an und verlangsamte seine Bewegungen. Joel konnte förmlich spüren, wie die anderen Kämpfer im Schnell-Vorlauf-Modus blieben und er in Zeitlupe verfiel.

Trotzdem gelang es ihm, den fünften Gegner zu verletzen. Dann erreichte der Druck seinen Kopf, hüllte seine Wahrnehmung in Watte und lenkte ihn ab. Logan schien beinahe ebenso überrascht zu sein, wie Joel selbst, als sich sein Schwert in Joels Oberkörper bohrte. Nur durch die gegenseitige Überraschung verfehlte es das Herz und traf einen Punkt zwischen dem einzigen lebenswichtigen Vampirorgan und der rechten Schulter.

Der aufflammende Schmerz riss Joel aus der Watte und der kurzen Lähmung, doch es war zu spät. Die Verletzung zu gravierend. Obwohl Logan kein Morna-Schwert trug, würde seine Silberlegierung ausreichen um ihn zu töten. Joel konnte spüren, wie Blut im Herzrhythmus aus ihm hervorquoll, sich Adern, Muskeln, Sehnen, Haut und Fleisch zu regenerieren versuchten – doch das Silber verlangsamte die Heilung. Er rutschte beinahe auf seinem eigenen Blut aus, als sich die Schwäche in seinem Körper ausbreitete, durch seine Adern kribbelte und eine Lähmung hinterließ, die mit Müdigkeit einherging.

Die Welt verwischte vor seinen Augen, seine Beine gaben nach und die Müdigkeit war so überwältigend, dass Joel in die Knie ging, während die anderen Vampire Aufstellung bezogen. Sie machten Platz für Nemesis und obwohl Logan so aussah, als täte es ihm leid, wich er ebenfalls zurück.

Tut es ihm leid, weil er es nicht zu Ende bringen kann, oder weil er dich verletzt hat?

Joels vergaß die Frage, sie wurde von Nemesis Anwesenheit überlagert; der Rebellenführer baute sich vor ihm auf und wurde zu seinem Universum. Nicht in der Lage sich zu bewegen, fixiert von dem Blick seines Gegners, und benommen vom Blutverlust gab es nur noch einen einzigen Gedanken: Ende!

Mit letzter Kraft gelang es Joel, das Schwert hochzureißen, auf die Füße zu kommen und Nemesis' Schwertangriff abzufangen. Das Aufeinanderprallen der Klingen riss ihn wieder zu Boden und zum ersten Mal in seinem Leben war Joel nicht in der Lage sein Schwert zu halten. Während er eine Rolle in die eine Richtung machte, aus Nemesis' Reichweite, rutschte es ihm aus der blutigen, kraftlosen Hand. Zu seinem eigenen Erstaunen kam er wieder auf die Beine und duckte sich unter einen Angriff hindurch. Seine Bewegung brachte ihn zur Hintertür; er sah das Erschrecken in den Augen der Vampirin, Gorgias hob sein Schwert, doch fast im selben Moment hielt sie, unbemerkt von den anderen Angreifern, seinen Arm. Für den Bruchteil einer Sekunde sah Joel Verstehen in den Augen des Rothaarigen aufblitzen, dann nutzte er den von der Vampirin geschaffenen Augenblick, wirbelte an ihnen vorbei und lief los.

Er wusste, die Flucht würde ihm nicht gelingen. Selbst unverletzt und bewaffnet hätte er nur eine 50/50 Chance gegen Nemesis und Logan – und selbst wenn er entkommen würde, war die Wahrscheinlichkeit zu sterben hoch. Die Adern in seinem Körper brannten förmlich, sein Herz schmerzte mit jedem Schlag mehr, würde bald einfach versagen, konnte unmöglich noch lange seinen Vampirkörper mit dieser geringen Menge Blut versorgen und am Leben halten. In wenigen Minuten würde er einfach zusammenbrechen und zerfallen. Nicht mehr sein als ein Haufen Staub, vom Winde verweht.

Beinahe hätte er gelacht, als ihm einfiel, worum er bei seiner Landung in Bayern gebetet hatte – jetzt hoffte er das Gegenteil. Denn nur wenn Magnus seinen Besitz doch vampirsicher gemacht hatte – und ihn als seinen Freund von dieser magischen Absperrung ausgeklammert hatte – gab es eine Möglichkeit zu entkommen. Eine winzige Hoffnung, aber sie war der einzige Grund, um weiter zu fliehen.

Stumm flehte Joel, die Verfolger würde ihre bisherige Taktik beibehalten. Sie liefen hinter ihm her und gaben sich keine Mühe aufzuholen. Jeder hatte sehen und erkennen können, wie es um ihn stand. Selbst wenn er jetzt zufällig einem Menschen über den Weg lief, würde er nicht schnell genug das Blut trinken und sich regenerieren können. Joel stolperte um die Straßenecke und versuchte sich daran zu erinnern, in welche Richtung sich Magnus' nächstgelegenes Anwesen befand. Schließlich wandte er sich zunächst nach rechts, an der folgenden Kreuzung nach links. Die Schmerzen in seinem Körper wollten ihn lähmen, zum Aufgeben zwingen. Nie zuvor hatte Joel solche Schmerzen verspürt, derartige Qualen nie für möglich gehalten. Er wollte nur noch, dass sie aufhörten, egal wie, wollte nur noch … es dauerte einen Moment, bis er begriff, dass der gequälte Laut, der durch die nächtlichen Straßen hallte, aus seinem Mund kam. Der Schrei eines tödlich verletzten Tieres.

Wider jede Vernunft zwang er seine Beine zu weiteren Schritten, Richtung Magnus' Wohnung. Der erste seiner Verfolger wurde ungeduldig und erhob sich in die Luft. Nemesis. Beinahe hätte Joel vor Erleichterung gelacht, es würde bald zu Ende sein. Ein Gnadenstoß.

Trotzdem ließ sein Wille nicht zu, dass er aufgab, und kämpfte seinen Körper wieder auf die Beine zurück – er hatte seinen Sturz nicht einmal bemerkt – und Schritt für Schritt weiter in die Richtung, in die er das Ziel vermutete.

Die Luft um ihn herum wurde wieder fester, jede Bewegung schwerer, und einen Augenblick lang befürchtete Joel, Nemesis würde wieder einen mentalen Trick benutzen. Zwei Schritte später begriff er seinen Irrtum und schrie seinen Schmerz in die Nacht hinein. Magnus hatte seine Besitztümer vampirsicher gemacht. Und er würde nicht weiterkommen, die Sicherheit nicht erreichen können. Der Schutz würde knapp außerhalb seiner Reichweite bleiben, nur eine Armlänge entfernt, während er verblutete. Joels Knie gaben endgültig auf, versagten den Dienst und gaben unter ihm nach und er sah keinen Sinn mehr darin, weiterzukämpfen und sich selber weiter zu quälen.

Benommen blieb Joel liegen, während sein Körper – jetzt, wo er nicht mehr seine Kraft mit einer Flucht verschwendete – begann, sich zu regenerieren. Wie durch Watte gedämpft hörte er die Stimmen der anderen Vampire. Sie kamen näher, aber er hatte nicht mehr die Kraft sie anzusehen. Sollte der Tod kommen, wie er wollte; er wollte Nemesis höhnisches Gesicht nicht sehen, nicht Fees Mitleid, Gorgias Verstehen und Logans Überraschung. Welche Beweggründe die einzelnen auch antrieb, das Ergebnis für ihn selbst würde dasselbe bleiben: Tod!

Plötzlich wurde die Luft um ihn herum weicher, hörte auf ihn zu bedrängen und all seine Sinne, die vorher abgelenkt gewesen waren, konzentrieren sich auf Blut. Er konnte es hinter den verschlossenen Fenstern und Türen der Häuser hören, es klopfte durch Adern, Herzschlag für Herzschlag rauschte es durch Körper und jeder Schlag dröhnte in seinen Ohren.

Die Stimmen der Vampire wurden lauter, wie kleine, lästige Insekten, aber er konnte sie nicht verstehen, sie waren undeutlich, klangen irgendwie verzerrt und für einen Moment lang begriff er nicht, warum er noch am Leben war.

Nach weiteren Sekunden, in denen nichts geschah, drehte Joel den Kopf. Die Verfolger waren stehen geblieben, verharrten aufgereiht auf einer Linie wie Insekten, die gegen eine Scheibe geprallt waren.

Joel rappelte sich auf alle Viere, aber seine Kraft reichte nicht einmal für ein müdes Lächeln und selbst sein Hochgefühl war überlagert von vehementeren Nöten. Magnus hatte das gesamte Wohnviertel unter magischen Schutz gestellt, die Magie hatte ihn geprüft und als Freund eingelassen, trotzdem benötigte er Blut. Schnell.

Er wandte sich dem ersten Haus zu.

2

Lichtreflexe huschten über aufgewühltes Wasser, spiegelten sich und warfen die Sonnenstrahlen blendend zurück. Die Beweglichkeit der hellen Reflexionen zog sie in den Bann, obwohl die Geräusche planschender Lebewesen zu hören waren – und fröhliches Kinderlachen.

Unentdeckt sah sie der Szene zu, die sie inzwischen auswendig kannte, fürchtete, hasste und liebte. Ihr glücklichster Traum und ihr schlimmster Alptraum. Maeve versuchte sich auf die Umgebung zu konzentrieren, statt auf die beiden jungen Mädchen, die glücklich in der Mittagssonne spielten und unbeschwerte Erfrischung in dem kleinen Badetümpel suchten. Aber all ihre Konzentration war vergebens, denn der Traum lief stets in der gleichen Reihenfolge ab – und verwob sich mit einem anderen, bevor sie mehr sehen konnte. Einem weiteren Alptraum, gegen den sie sich nun innerlich wappnete.

Er kam nicht! Wie von einem unbekannten Dritten gesteuert, entfaltete sich das Geschehen weiter; lief so ab, wie sie es in Erinnerung hatte. Die einzige Erinnerung, die ihr von der Zeit vor ihrer Verwandlung in einen Vampir geblieben war. Sie war versucht, einen Schritt nach vorne zu machen, hinaus aus dem Schatten des Baumes und hinein in die Sonne, doch sie zögerte. Selbst in einem Traum erschien ihr die Überwindung zu groß. Was wäre, wenn ihr jüngeres Selbst die Träumerin in der Sonne erblickte?

Maeve seufzte, als sie das unbeschwerte Kichern ihrer Schwester hörte, eines Kindes, welches sein ganzes Leben noch vor sich hatte – und sich darauf freute.

Ungewollt lenkte sie den Blick von den hohen Felsen auf das Geschehen im Tümpel. Kaum hüfthoch war das Wasser für die nackten Kinder und mittlerweile trüb von ihrem Herumgetobe. Sie waren vielleicht fünf Jahre alt und bereits jetzt von einer Schönheit, die sie vor allen anderen auszeichnete. Ihre Haut war trotz der Sonne sehr hell, cremig weiß und hob sich leuchtend von ihren roten Haaren ab. Haare, die verwirrt und verfilzt waren, und noch während Maeve darüber nachdachte, hatte sich ihre Schwester schon einen kleinen, anscheinend selbstgeschnitzten Holzkamm vom Ufer geholt und hieß die jüngere Version der Vampirin im flacheren Wasser des Ufers sitzen. Dann begann sie mit geschickten Fingern vorsichtig und mit Hilfe der groben Zinken die eigenen dicken Haare zu entwirren.

»Und gleich bist du dran«, behauptete sie mit der Selbstsicherheit, die vielen älteren Zwillingen zu Eigen war.

»Natürlich.« Selbst durch diese wenigen Worte wurden die Unterschiede zwischen den beiden deutlich. Während Maeve die sanftere von beiden war, war Morna diejenige, die von Anfang an die Führung übernommen hatte. Dominant und trotzdem stets auf Rücksicht gegenüber ihrer Schwester bedacht.

Maeve konnte fühlen, wie sich Tränen der Schuld in ihren Augen sammelten. – Nicht nur im Traum.

Seit wann hatte ihre Schwester gewusst, dass Maeve die Vampirin sein würde, die sie eines Tages tötet? Die Vampirkönigin versuchte ihre Aufmerksamkeit wieder auf die Umgebung des Traumes zu richten. Jeder Hinweis konnte wichtig sein und ihr helfen, sich an ihre Kindheit zu erinnern, an den Ort, an dem sie aufgewachsen war.

Sie hob den Kopf, aber ihre Umgebung schien seltsam verschwommen zu sein, nur das, was direkt vor ihren Augen lag – der Tümpel und die beiden Kinder – schienen wirklich zu sein. Ihre Augen begannen zu schmerzen, als sie versuchte, den grauen, massiven Schleier in einiger Entfernung hinter den Bäumen zu fixieren. Erst nach mehrmaligem Blinzeln verwandelte er sich zu Bergwänden. Undefinierbaren Steinwänden, die überall auf der Welt sein konnten und keine Charakteristika aufwiesen, die sie von gewöhnlichen Bergen abhoben. Zumindest nicht, soweit Maeve sehen konnte. Sie blinzelte erneut und die Schmerzen hinter ihren Augen explodierten in ihren Nervenbahnen. Doch bevor die Welt in einem hellen Gleißen verschwand, konnte sie einige dunklere Stellen in den Bergwänden erkennen. Löcher, die auf Wohnungen hindeuten konnten, die in die Felsen geschlagen worden waren.

Vielleicht ein Anfang!, dachte sie, als sie geistig taumelnd in die Helligkeit stürzte, in der nur noch eine einzige Chance existierte.

Die Rothaarige lag auf dem kalten, weißen Marmorboden der Krypta. Ihre Alabasterhaut war ebenso hell wie der Stein und sie schien trotz ihrer entspannten

Miene abweisend. Sie wirkte wie eine Tote, nur ohne die obligatorische Sargverpackung: auf dem Rücken liegend, ihre Hände wie in einem ewigen Gebet gefaltet und mit einem Gesichtsausdruck, der einen Engel neidisch machen konnte.

Hasdrubal starrte die schlafende Vampirkönigin mit einer Mischung aus Ehrfurcht und heißkalter Wut an. Jedem anderen Vampir hätte er einen geruhsamen Schlaf gegönnt, selbst seinem missratenen Zögling Nemesis, aber die Königin hasste er, seit ihrem Erwachen aus dem Wahnsinn, für ihre Ruhe und die Zufriedenheit, die sie ausstrahlte. Maeve hatte es einfach nicht verdient. Wenn die Welt ein fairer Ort wäre, müsste sie in einer privaten Hölle schmoren, gequält von ihrem schlechten Gewissen. Sie stattdessen schlafend zu sehen, als könne ihr keine Schlechtigkeit etwas anhaben, ließ ihn grollen. Für Sekunden war er versucht, mit wenigen Schritten den Abstand zwischen ihnen zu überbrücken und zu tun, was er sich insgeheim geschworen hatte. Doch es war zu früh.

Er seufzte und versuchte vergeblich, seinen Blick von ihr abzuwenden. Maeves Schönheit traf ihn jedes Mal aufs Neue. Obwohl er die Vampirin schon vor ihrem Wahnsinn gekannt hatte, schienen die Jahrhunderte geistiger Umnachtung sie nur schöner gemacht zu haben. Und auch die Faszination, die er jedes Mal empfand, wenn er in ihrer Nähe war, hatte an Stärke zugenommen.

»Hasdrubal!« Ihre Augen öffneten sich und von einer Sekunde zur anderen war die Königin wach. Der Hauch eines melancholischen Lächelns verwirrte ihn und klagte ihn ebenso an wie die erschreckende Klarheit ihres Geistes, die sich in ihrem Blick widerspiegelte. Einem Blick, der ihn stets anzuklagen zu schien.

»Meine Königin!« Trotz seiner Wut war er versucht, sie anzustrahlen wie ein verliebter Teenager, während er eine kleine Verbeugung andeutete.

»Bin ich das denn noch, deine Königin?« Maeves Stimme war so leise, dass Hasdrubal vorgeben konnte, sie nicht gehört zu haben.

»Meine Königin, Xerxes und Artabanos sind wie vorausgesehen ins Essener Hauptquartier zu Xylos und Melanie gestoßen.« Ihm lief ein Schauder über den Rücken als er an die zwei Wahnsinnigen dachte.

Maeve nickte erleichtert. Sie hatte damit gerechnet, dass sich die ältesten Vampire nach dem Tod Mornas und ihrer damit aufgehobenen Verbannung wieder der Vampirgesellschaft anschließen würden. Die zwei würden Xylos und seiner Gefährtin Melanie helfen, Essen gegen die Rebellen zu verteidigen – zumindest bis die Unsterblichkeit wieder hergestellt war und sie sich wieder ihrer Feindschaft widmen konnten. Aber wenn Joel Magnus' Elixier fand – Maeve zweifelte nicht eine Sekunde daran, dass der treue Schatten es finden und ihr aushändigen würde – konnte sie dieses uralte Problem ein für allemal lösen. »Gut!«

Obwohl das Wort Hohn in Hasdrubals Ohren war, versetzte Maeves wohlklingende Stimme seinen Körper in Schwingungen, die er bis vor wenigen Wochen vergessen geglaubt hatte. Eine weitere Tatsache, die ihn wütend machte.

Unter ihrem prüfenden Blick sah er zu den Särgen, die an den Wänden der Krypta aufgebaut waren. Er hasste es, wenn die Vampirkönigin ihn so eindringlich ansah. Und mit einem Mal begriff er den wahren Grund, warum er sich über seine Verliebtheit ärgerte. Weil Maeve bei klaren Verstand war und es merken konnte! Und wie würde wohl ihr Urteil über ihn ausfallen, wenn sie begriff, dass er die Frau seines toten Bruders begehrte? Die Frau, die seinen Bruder umgebracht hatte.

Maeve war schockiert über Hasdrubals Blick, als sich der Vampir zu ihr umdrehte. Ohne, dass er es bemerkt hatte, hatten sich Risse in der schwarzen Fassade seiner Augen gebildet und der Schmerz, der hindurchschimmerte war allgewaltig. Er schien die gesamte Welt einzuschließen und an seiner Existenz zu zehren. Ihr traten Tränen in die Augen, als sie begriff, dass sie ihn verlieren würde. Wenn es ihr nicht gelang, die nach Mornas Tod erloschene Unsterblichkeit wiederherzustellen, würde Hasdrubal einer der ersten sein, der seinem Alter zu Opfer fiel – und sie würde zurückbleiben und nur noch seinen Tod betrauen können.

Aber wahrscheinlich würde er sie ohnehin vorher töten! Vermutlich spielte er genau jetzt mit diesem Gedanken, rechtfertigte seine beabsichtigte Tat in stummer Argumentation und hoffte, ihr Tod würde alle retten. Sie verzog ihren Mund zu einem bitteren Lächeln. Hasdrubal hatte keinen Hehl daraus gemacht, wie er den letzten Satz aus der Vampirbibel, Lilith 6, Kapitel 6,6 »Zwei sind das Leben der Vampire, Zivilisation und Unsterblichkeit, Zwei werden Tod und Untergang sein, und…« in Zusammenhang mit dem Tod ihrer Zwillingsschwester und der daraufhin schwindenden Unsterblichkeit deutete. Wenn zwei Was-auch-immer das Leben der Vampire, Zivilisation und Unsterblichkeit waren, waren es für ihn auch dieselben zwei Was-auch-immer, die Tod und Untergang sein würden. Sie kannte Hasdrubal gut genug, um zu wissen, mit welchen Gewissensbissen er zu kämpfen hatte, weil er »Was-auch-immer« durch »Zwillinge« ersetzt hatte.

Aber sie zweifelte nicht eine Sekunde daran, dass er seine Theorie prüfen würde – und wenn es darauf ankam, würde er sie töten. So, wie sie es geplant hatte. Hoffentlich irrte sie sich nicht!

Hasdrubal versuchte, den Blick abzuwenden, aber es gelang ihm nicht. Eine einzelne Träne löste sich aus Maeves Auge, hing unendlich lange Sekunden an ihren langen Wimpern und lief dann in einem kleinen Rinnsal ihre Wangen hinab. Dass sie in ihrer Trauer wie eine normale, sterbliche Menschenfrau aussah, ließ die Blutsaugerin verletzlich wirken. Eine Tatsache, die Hasdrubal die Nerven raubte, und ihn an seiner Wut zweifeln ließ, die er in all den Jahrhunderten aufrechterhalten hatte. Nur ihr Wahnsinn hatte seine Zweifel an ihrer Schuld gemildert. Es hatte immer ein »Vielleicht« gegeben. Ein »Vielleicht«, das durch ihre neue Stärke nicht mehr gegeben war und ihn jedes Mal in die Hölle katapultierte, wenn er sie ansah. Sie hatte seinen Bruder geliebt, benutzt und in den Tod getrieben. Dies waren Fakten ohne jedes »Vielleicht«. Und nun versuchte sie ihn zu benutzten. Doch was bezweckte sie mit ihren Tränen?

Er sah zu, wie sich Maeve abgewandte, als versuche sie ihre Gefühle zu verbergen, aber er wusste, dass das Gegenteil der Fall war. Wie in einem lebensgroßen Schachspiel hatte sie beschlossen, ihn zu manipulieren und einzusetzen. War er Bauer oder Läufer? Würde er die gegnerische Königin ausschalten, oder von ihr schachmatt gesetzt werden? Er ballte seine Hände zu Fäusten. Was hatte das Biest bloß vor? Und wie viel wusste sie wirklich? Sekundenlang war er versucht, sich einen mentalen Überblick zu verschaffen. Aber er ahnte, dass die Königin vor einer derartigen Attacke gefeit war. Zu gut erinnerte er sich an die Attentäter, die vor wenigen Tagen versucht hatten, sie zu töten. Keiner von ihnen war ihr auch nur nahe gekommen. Maeve schien magischen Schutz zu genießen, vielleicht ein letztes Abschiedsgeschenk ihrer toten Schwester.

Deswegen würde er sich auch weiterhin beherrschen müssen – und auf seine Chance warten.

3

Vorsichtig streckte Joel seinen Körper, doch nach dem Blut und einer ruhigen Nacht schien er – bis auf den Phantomschmerz an den Kreuzigungsstellen – wieder vollkommen wiederhergestellt zu sein. Lediglich sein Stolz war angekratzt.

Trotzdem verharrte er, vorsichtiger geworden, einen weiteren Augenblick in seinem Versteck und prüfte seine Umgebung auf Schatten, Vampire und überraschende Fallen. Sie war frei von alledem.

Er betrat die Welt der Sterblichen. Größere Einfamilienhäuser und kleine Mehrfamilienhäuser säumten die Straße und verliehen der Umgebung einen Hauch Nostalgie und scheinbarer Stabilität. Natur und technische Menschenwelt vermischten sich an diesem Randstreifen zwischen Stadt und Land und bildeten eine merkwürdige Harmonie aus Sicherheit und Wildheit, an die sich die Bewohner der Häuser längst gewöhnt hatten.

Joel schmunzelte. Seine Sinne waren weit geöffnet und sein Verstand war hellwach. Er fühlte sich frisch und bereit für Neuerungen. Ein Zustand, der ihm schon vor Jahrhunderten abhanden gekommen war. Doch trotz seiner Zuversicht fühlte er eine Wehmut, die sich in seinen Gedanken festgesetzt hatte und die es ihm unmöglich machte, sich ihr zu widersetzen. Sie ließ sich nicht mit dem sanft schmeichelnden Wind erklären, der Düfte mit sich brachte, die an sein untotes Herz rührten, weil sie ihn an sein Leben erinnerten, und auch nicht mit den Geräuschen häuslichen Friedens, die hinter den Hausfassaden hörbar waren. Es war die Sorglosigkeit, mit der die Sterblichen lebten und sich zur Ruhe betteten. In der Gewissheit, am nächsten Morgen wach zu werden und einen neuen Tag zu erleben. Hinter offenen Fenstern, geöffneten Balkontüren oder sogar hinter aufgesperrten Verandatüren konnte er die Lebenszeichen der Menschen spüren. Oftmals nur geschützt durch ein leicht hochschiebbares Rollo und den Glauben an das Gute in den anderen Menschen. Ein Glaube, der ihn ärgerte, weil er beinahe gestorben war, ohne dass sie es mitbekommen hatten. Und tief in ihm nagte ein weitaus verheerenderer Gedanke: Wäre er gestorben, hätte es niemanden wirklich berührt.

Für Sekunden verschmolz Joel, der Anführer der Schatten, mit der Dunkelheit und prüfte das Gebäude in der Mitte des Wohnviertels. Auch hier stand die Balkontür weit offen, es gab nicht einmal Rollläden, die die wilde Nacht aussperrten und die Zivilisation einschlossen. Seltsam, wie sicher sich die Menschen vorkamen, wenn sie im zweiten Stockwerk wohnten. Selbst für einen Einbrecher war die Höhe keine große Herausforderung. Kaum hatte Joel daran gedacht, stand er schon auf dem Balkon und wartete. Noch immer nichts. Seine Sinne hatten ihn nicht getrogen. Kein Magnus und keine Falle warteten auf ihn.

Jetzt konnte er sogar die leisen Atemzüge einer Person im Inneren der Wohnung hören. Magnus Wohnung! Hatte Magnus seine Familie nicht in Sicherheit gebracht? Beinahe hätte Joel gelacht über so viel Leichtsinn. Dann kam die Trauer über die Dummheit Magnus', und er erkannte den Ursprung seiner Melancholie, seinen inneren Zwiespalt. Magnus hatte der Königin ihren wertvollsten Besitz geraubt – und seine Familie zurückgelassen.

Wie hatte er glauben können, Maeve würde vor der Familie seines Bruders Halt machen? Wie hatte Magnus glauben können, Joel würde es tun? Er fuhr sich mit der Rechten durch seine nachtschwarzen Haare und verharrte unsicher. Denn irgendwie hatte er Magnus sein Leben zu verdanken…

Wütend über seine plötzlichen Zweifel öffnete Joel die Balkontür und konzentrierte sich auf seine Neugierde. Er war gespannt auf die Frau. Die Sterbliche, die Magnus die treuen Jahrhunderte an der Seite der Königin hatte vergessen lassen.

Er betrat das Wohnzimmer. Es war aufgeräumt und minimalistisch ausgestattet. Ein Raum wie aus einem Schöner-Wohnen-Katalog: Dunkelbraune Couch, Beistelltisch aus Glas und eine kleine, schmucke Wohnlandschaft in demselben dunkelbraunen Dekor. Eine Best-of-CD-Sammlung und ein Plasmafernseher. Keine Zeitungen oder Zeitschriften, keine Dekoration und kein überflüssiger Schnickschnack. Das einzig Auffallende war die große Durchreiche zur ebenfalls dunkelbraunen Küche. Ihr kam eine schmückende Thekenfunktion zu, doch auch sie beschränkte sich auf funktionalen Minimalismus. Er drehte sich zu der Wand um, die sich hinter ihm befand. Eine farblich angepasstes Klavier, Noten und Hefte in einem Regal daneben, darüber… Joel stutzte, trat näher und reckte sich zu der wertvollen und kunstvoll geschmiedeten Scheide, die die Wand über dem Regal zierte. Tatsächlich hatte der Eindruck nicht getäuscht. Es war kein Zierschwert, sondern Magnus hatte sein echtes, von Morna präpariertes, zurückgelassen.

Verwundert zog Joel es aus der mit Leder gefütterten Hülle und prüfte es. Wo auch immer Magnus war, anscheinend brauchte er es dort nicht. Energisch steckte Joel das Schwert wieder zurück. Die zweite Möglichkeit war so entsetzlich, dass Joel sie sofort beiseite schob, um nicht darüber nachdenken zu müsse. Er hing die Scheide wieder an ihrem Ursprungsort auf. Direkt neben die zwei silbernen Wurfsterne, die ebenfalls Spuren von Mornas Magie in sich trugen.

Erst nachdem sich Joel versichert hatte, dass alles wieder so war wie zuvor, verließ er das Zimmer. In den Flur abbiegend entschied er sich für eine angelehnte Tür, obwohl die Geräusche der schlafenden Person aus einem anderen Raum kamen. Mit einer Vorsicht, die an Paranoia grenzte, öffnete er die Tür einen Spalt. Ein leeres Schlafzimmer mit einem Doppelbett. Der Geruch, der von dem sauberen Bettzeug ausging, war eindeutig: Hier hatte Magnus mit seiner Frau gelegen. Ein sterbliches Leben an der Seite einer Sterblichen gelebt.

Die Erkenntnis traf Joel schlagartig: Im Nebenraum schlief Magnus Tochter!

Er erinnerte sich an sein letztes Telefonat mit Edward und Sofia und an ihre Warnung: Magnus spielt mit uns. Tat er das wirklich? Hatte der Bruder der Königin seine eigene Tochter geopfert, um sich selbst Zeit zu verschaffen? Hoffte er, dem Führer der Schatten so zu entkommen?

Trauer über so viel Herzlosigkeit regte sich in Joel. Sicher hatte die Sterbliche nichts getan, um zu verdienen, was sein Auftrag war: Mit allen Mitteln herausfinden, wo Magnus war – und das Elixier.

Ihm schauderte bei der Vorstellung, was geschehen wäre, wenn die Königin nicht ihn, sondern Xylos geschickt hätte … er mochte gar nicht daran denken, was die Kleine erwartet hätte.

Doch war er tatsächlich die bessere Alternative?

Joel seufzte, von seinem eigenen Gewissen hin- und hergerissen. Doch davon, dass er vor der Kinderzimmertür stand und paranoid all die schlimmen Dinge, die ihn auf der anderen Seite erwarten konnten, durchging, würde es keinen Deut einfacher werden. Obwohl er sich innerlich gegen das Schlimmste wappnete, wurde er das seltsame Gefühl nicht los, dass Magnus hier und jetzt seinen letzten Schachzug machte. Es war einfach zu einfach. Aber ihm blieb keine Wahl.

Leise, um sich gegen jedwede Überraschung abzusichern, öffnete er die Tür, verharrte einen Augenblick lang reglos, und erst als sich seine Augen an die Dunkelheit gewöhnt hatten, glitt er lautlos ins Zimmer.

Das Geräusch eines Weckers durchschnitt die Stille wie eine Klinge und das absolut unerwartete Schrillen verwirrte Joel einen Moment lang.

Die Sterbliche im Bett – er konnte nur einen undeutlichen Schemen ausmachen –, murmelte etwas Verschlafenes und tastete, ohne die Augen zu öffnen, mit einer Hand nach dem lauten Störenfried. Als ihre tastenden Finger das Objekt der Lärmbelästigung auf dem Nachttisch fanden, benötigte sie noch einen zielsicheren Griff und das Schrillen verklang schlagartig.

Joel fluchte in Gedanken. Er hatte gehofft, sich erst einen Überblick verschaffen zu können, bevor er sich für eine Taktik entschied. Der Vampir drückte sich enger in die Schatten. Eine vergebliche Geste, denn Magnus' Tochter drehte sich zur Seite und hüllte sich tiefer in ihre Decke, um noch einige Minuten zu träumen. Ihre Atemzüge waren schlafestief und gewährten ihm Zeit, sich umzusehen. Kein Kinderzimmer mehr, das Zimmer einer jungen Frau.

Joel grinste. Er hatte nicht gewusst, dass Magnus Tochter bereits so alt war. Vielleicht war das hier wirklich eine Falle des alten, intriganten Vampirs. Aber sicher keine für ihn! Eher für einen unverbesserlichen Frauenhelden.

Als sich das Mädchen wieder bewegte, verharrte er reglos. Unter der dünnen Sommerdecke zeichnete sich eine überraschend große Gestalt ab, die sich müde reckte und streckte. Schließlich wälzte sie sich schlaftrunken auf den Rücken und bot Joel zum ersten Mal einen Gesamteindruck. Er korrigierte ihr Alter noch einmal nach oben, definitiv erwachsen. Doch was ihn in den Bann schlug, war die Zufriedenheit der jungen Frau. Sie schien mit sich und der Welt im Reinen zu sein, arglos und glücklich über einen weiteren Tag in ihrem Leben. Von dieser Zufriedenheit abgelenkt, war Joel ihr zielsicherer Griff nach der Nachttischlampe entgangen. Trotz der Blendung durch das plötzliche Licht sah er den erschrockenen Blick in ihren weit geöffneten Augen.

Erschrecken wurde abgelöst von Ungläubigkeit und Panik. Er konnte spüren, wie sich die Muskeln in ihrem Körper anspannten.

»Liegenbleiben!«, befahl er bewusst barsch.

Sie gehorchte sofort, verharrte mitten in der Bewegung.

Judith starrte den Einbrecher an und bemühte sich, nicht zu blinzeln. Seine Körpersprache war eindeutig: Jede Bewegung von ihr konnte ihn zu einem Angriff reizen. Schwarz gekleidet mit schwarzen Haaren und ebenso schwarzen Augen schien er sich aus der Finsternis selbst zusammengesetzt zu haben. Selbst die Art und Weise, wie er still stand, so als warte er nur auf den Moment, in dem er zum Jäger werden konnte, war finster. Eine furchteinflößend schöne Gestalt, die direkt ihrem Traum entsprungen schien.

Nur mühsam konnte Judith ein Zittern verhindern. Die Kälte, die nach dem Schock eintrat und die ihren gesamten Körper umfasste, war allmächtig. Sie konnte die Gänsehaut spüren, die sich auf ihrer Haut bildete, von ihren Armen über ihren Rücken zog und jedes Härchen auf ihren Körper aufrichtete. Sie fror erbärmlich, konnte aber nichts tun, als den Fremden wie hypnotisiert anzusehen. War er real? Wie eine Vision war der Finstere aus den Schatten aufgetaucht. In der einen Sekunde war es ihr Zimmer gewesen. Ein Ort voller guter Erinnerungen – in der nächsten war der Fremde da gewesen und alles hatte sich geändert. Wo eben noch das Licht die Schatten verdrängt hatte, ballte sich nun die Dunkelheit in den Ecken und fraß an der Realität. Die Finsternis schien sie zu belauern und die Grenzen zwischen hell und dunkel waren unheimlich, klar und abgegrenzt. Ihre Welt war mit einem Mal eine aus Gegensätzen. Schwarz und Weiß – etwas anderes schien es nicht zu geben. Obwohl der Fremde kein Riese war, nur ein Stück größer als sie, und bei weitem nicht hässlich, schien seine Präsenz ihr heimeliges Zimmer schrumpfen zu lassen. Freiräume und Fluchtmöglichkeiten schienen kleiner zu werden. Wie oft hatte Judith von solchen Situationen gehört oder gelesen? Sollte sie ihm nicht Geld anbieten? Wertsachen?

»Wo ist dein Vater Magnus?« Die Worte des Eindringlings töteten die Hoffnung in ihren Gedanken. Tief in ihrem Inneren hatte sie die Wahrheit gewusst. Von der ersten Sekunde an. *Der Fremde ist kein Einbrecher und egal, was du sagst und tun wirst, er wird dein weiteres Schicksal bestimmen.* Das Wissen und die Bruchstücke der Zukunft waren da, meldeten sich wie so oft in letzter Zeit ungefragt und drängten sich ihr Bewusstsein.

Schützend zog Judith die dünne Decke höher und versuchte eine Barriere zwischen sich und dem Unheil zu bilden.

Beinahe hätte Joel bei dieser Geste der Hilflosigkeit die Mundwinkel nach oben gezogen. Er hatte viele hübsche Frauen in seinem Leben gesehen und bezweifelte, dass ausgerechnet Magnus' Tochter etwas zu bieten hatte, was ihn aus der Ruhe bringen würde – gegen seinen Willen und offensichtlich auch gegen ihren. Obwohl er zugeben musste, dass sie reizend aussah. Gar nicht sein Typ, aber reizend. Ihre raspelkurzen, schwarzen Haare bildeten einen herrlichen Kontrast zu ihren sanften, braunen Augen unter geschwungenen, braunen Augenbrauen. Hektische rosa Flecken auf ihren Wangen zeugten von ihrer Angst und ein kleiner, herzförmiger Puppenmund war herzergreifend fest zusammengepresst. Einzig ihre Nase, ein wenig zu groß für ihr Gesicht, und ihr energisches Kinn erinnerten an ihren Vater.

»Wo ist er?« Obwohl Joel von ihrem Anblick gerührt war, behielt er einen drohenden Unterton bei und trat einen Schritt näher auf die Liegende zu.

Als sie den Kopf schüttelte, war er bei ihr, bevor sie seine Bewegung hatte sehen können. Seine Hände legten sich wie ein Schraubstock um ihr Gesicht und zwangen sie dazu, den Kopf zu heben und sich halb im Bett aufzurichten. Ihr

Körper reagierte instinktiv. Sie versuchte ihn abzuschütteln und mit Händen und Füßen zu treffen. Ein sinnloses Unterfangen, das seinen Griff nur fester werden ließ. Joel hielt das Mädchen gerade lange genug in diesem Griff, um ihr klarzumachen, wie schmerzhaft er auf Dauer sein würde. Dann legte er eine Hand auf ihren Unterkiefer und öffnete ihr gewaltsam den Mund.

Sie verharrte reglos, während er ihre Zähne prüfte. Kein Vampir! Nachlässig, als spiele sie und ihre Unversehrtheit keine Rolle, ließ Joel die junge Frau ins Bett zurückfallen. Der Blick, mit dem sie ihn musterte, war tödlich. Er konnte spüren, wie sich seine Nackenhaare aufrichteten.

»Also?!« Er lehnte sich lässig an die Wand, die sich im Schatten des Kleiderschrankes befand. »Wo ist er?«

Wut überlagerte Judiths Angst. Der Fremde war kein Gespenst und kein Schatten aus einem Alptraum. Sein Griff hatte ihr eindrucksvoll demonstriert, dass sie es mit einem lebendigen Mann zu tun hatte. Einem exzentrischen und wahrscheinlich völlig durchgedrehten Mann, der ihren Vater suchte.

Der Griff nach ihren Zähnen hatte sie an Vampirjäger denken lassen. – Etwas, das sie im Zusammenhang mit ihrem Vater, dem meist abwesenden Professor für Mythologie und Geschichte nicht überraschte.

Vampir. Jäger. Wieder meldete sich ungewolltes Wissen, gab ihr zu verstehen, dass sie etwas Wichtiges übersah und ließ ihren Kopf schmerzen. Am liebsten hätte sie sich an den Kopf gegriffen, wagte es aber nicht.

Joel war ihr Zögern nicht entgangen. Er entschloss sich, ihr einen kleinen, mentalen Anstoß zu geben. Es ging nicht.

Er versuchte es abermals und musterte ihr Gesicht unter halbgeschlossenen Lidern. Keine Reaktion, keine menschlichen Gedanken und Emotionen, nur vampirische Ruhe. Es konnte nicht sein. Sie war kein Vampir. Ihr Brustkorb hob sich bei jedem Atemzug auf sehr menschliche Art und Weise und das Blut pochte warm und lebendig in ihren Adern. Trotzdem war er versucht, abermals ihre Zähne zu prüfen.

Nur seine Logik hielt ihn zurück. Wenn er beim ersten Mal keine Anzeichen dafür gefunden hatte, dass Magnus seine Tochter verwandelt hatte, würde er auch beim zweiten Prüfen keine finden. Es musste eine andere Erklärung geben. Er musste an Morna denken und die geistige Abschottung der Hexe. Vielleicht hatte Magnus seiner Tochter ein paar einfache, mentale Tricks beigebracht, um sie zu schützen?

Joel dachte einen Moment lang daran, den Druck auf die Psyche des Mädchens zu verstärken, doch volle Gewalt bedeutete auch volles Risiko. Eine Maßnahme, die nur zu oft in Wahnsinn für das menschliche Opfer endete.

»Ich weiß es nicht!« Die junge Frau, die im hellen Radius ihrer Nachttischlampe saß, erwiderte seinen Blick zum ersten Mal völlig offen. Auch ohne seine vampirischen Fähigkeiten hätte Joel gewusst, dass nicht log. Trotzdem fühlte er sich getäuscht.

»Würdest du es mir sagen, wenn du es wüsstest? Wenn du auch nur vermuten würdest, wo ich ihn finden könnte?«

»Willst du mich verarschen?« Ein Ausdruck, den er nicht zu deuten vermochte huschte über ihr Gesicht. Offenbar hatte der Mund der jungen Frau geantwortet, bevor ihr Gehirn eingreifen und ihre Worte mit einem Plan verknüpfen konnte.

»Also nein.«

Joel trat ins Licht, so dass sie ihn zum ersten Mal wirklich sehen konnte. Er wusste, sein Anblick würde seine Wirkung nicht verfehlen.

Judith starrte den Fremden an. Hatte sie ihn vorher nur im Halbdunkel gesehen, oder als Angreifer nur Bruchteile von ihm wahrgenommen, erlaubte ihr das Licht nun einen ersten vollkommenen Blick auf ihren Alptraum.

Er war wunderschön. Für ihn schienen Schwarz und Weiß erst erfunden worden zu sein. Nichtfarben, die sein Äußeres widerspiegelten. Seine Haare und seine Augen waren vollkommen schwarz, schienen das Licht anzuziehen und zu verschlingen, ohne es jemals wieder freizugeben, während seine Haut beinahe alabasterweiß strahlte. So makellos hell, dass es schwer war, den geblendeten Blick nicht abzuwenden. Das Gesicht des Fremden war finster und sein Gesichtsausdruck so kalt, als könne ihn nichts auf dieser Welt erschüttern und aus der Ruhe bringen. Keine Emotion schien ihn zu tangieren, ein Wesen ganz ohne jedwede Lebensfreude.

Nicht menschlich. Sie würde niemals eine Chance gegen ihn haben. Das Wissen war vollkommen, kam aus einer unbekannten Quelle in ihrem Inneren, und schockierte Judith mehr, als es alles Vorangegangene es gekonnt hatte.

Stoisch ließ Joel den prüfenden Blick über sich ergehen, bis sich die Erkenntnis auf dem Gesicht der jungen Frau abzeichnete: Er war der Jäger, sie die Beute.

Judith atmete erleichtert aus, als der Fremde einen Schritt zurück ins Halbdunkle machte. Zum Glück war sie nun nicht mehr dem finsteren Blick ausgeliefert, der mit voller Aufmerksamkeit auf ihr ruhte.

Trotzdem blieb ein vages Gefühl des Bedauerns zurück, als sie den Vampir nicht mehr sehen konnte.

Joel beschloss, seine Fragetaktik zu verändern. Vielleicht würde sie sich einsichtig zeigen und kooperieren, wenn er ihr Hilfe und Verständnis anbot?

»Wo ist deine Mutter?«

Schmerz überzog das hübsche Gesicht der jungen Frau, sie sah weg und verweigerte eine Antwort.

»Ich wiederhole mich ungerne.«

Als sie nicht reagierte, sondern weiterhin auf eine leere Stelle auf dem Boden starrte, trat er abermals vor. Behutsamer als beim ersten Mal drehte er ihr Gesicht ins Licht.

Sie wehrte sich nicht und ließ die Berührung zu. Überraschend warm und weich lag ihr Kinn in seiner Hand, Tränen glitzerten in ihren Augen. Und Joel begriff mit einer Empathie, die er längst für vergessen gehalten hatte, die traurige Tatsache. War der Tod ihrer Mutter der Auslöser für Magnus' Tat?

»Wann?«, fragte er schlicht. Wieder hatte er Mühe, seine wahren Gefühle nicht in seiner Stimme mitschwingen zu lassen.

Die Tochter des Magnus schien sich mit der Situation abgefunden zu haben. Ihr Körper und ihr Blutrhythmus deuteten darauf hin, dass sie nicht fliehen, sondern kooperieren würde.

Tatsächlich antwortete sie: »Vor sieben Tagen.«

Magnus' sterbliche Partnerin war gestorben, nachdem Magnus das Elixier gestohlen hatte. Was hatte der Vampir vorgehabt? Joel dachte über seine Motivation nach. Sie konnte ihm vielleicht helfen, das wichtige Mittel zu finden. Deswegen fragte er: »Wann genau?«

Judith sah ihn an. Die Stationen ihrer Überlegungen standen ihr deutlich ins Gesicht geschrieben. Selten hatte Joel einen Menschen getroffen, der seine ausdrucksstarke Mimik so wenig unter Kontrolle hatte.

Als sie zu der offensichtlichen Überzeugung gelangt war, dass die Antwort ihrem Vater nicht schaden konnte, antwortete sie: »Am frühen Abend.«

Joel nickte gedankenverloren. Mit dieser Information konnte er nichts anfangen. Er brauchte mehr Wissen, mehr Hinweise.

Judith konnte sehen, wie die Miene ihres Gegenübers noch finsterer wurde und wappnete sich innerlich gegen den nächsten Tiefschlag.

»Er hätte ihr Leben retten können!«

Sie spürte die Lüge in seinen Worten und ließ ein absichtlich herablassendes und ungläubiges »Pffft« ihre Lippen verlassen, um den furchteinflößenden Fremden von ihren wahren Gedanken abzulenken.

Ihr Blick huschte zur Tür und nahm Maß, während sie sich ihre Chancen für eine Flucht ausrechnete.

»Spar dir die Mühe, Mädchen«, dieses Mal klang die Stimme des Fremden unverkennbar sanft. Trügerisch sanft, wie eine versteckte Herausforderung. Als wünschte er sich, sie würde es probieren, damit er hinterher nicht dafür verantwortlich wäre, was er würde tun müssen, um sie aufzuhalten.

Ein neuerlicher kalter Schauder lief über Judiths Körper, noch bevor der Finstere sie zu beschwichtigen versuchte. »Ich bin nicht hinter dir her!«

Sie konnte die Lüge deutlich spüren. Eine Fähigkeit, die sie schon ihr ganzes Leben begleitete.

Die junge Frau sah Joel an. Dieses Mal wirkte ihr Gesicht so verschlossen, dass er nur raten konnte, ob sie ihm glaubte. Ihre Emotionen waren hinter einem einzigen undurchdringlichen Bollwerk verschanzt. Als sie aufsprang, waren ihre Bewegungen so schnell, dass sie es tatsächlich bis zur Tür schaffte, bevor er sie zu fassen bekam. Mit einer einzigen fließenden Bewegung riss er sie mit sich und zurück ins Bett. Er war über ihr, bevor sie begriffen hatte, dass ihr Fluchtversuch erfolglos gewesen war.

Zum ersten Mal war Joel dankbar für seine Kaltblütigkeit und für sein Alter, welches ihm gestattete, in dieser verlockenden Position die Kontrolle zu behalten und die Kleine nicht zu reißen wie eine wilde Bestie.

Aber ihre Angst würde er schüren und sich zu Nutzen machen. Er hielt die sich vehement Wehrende fest. Fest genug, um ihr ein wenig weh zu tun. Dann ließ er sie seine Reißzähne sehen. Als sich ihre Pupillen vor Schrecken und Begreifen weiteten, biss er zu und küsste sie gleichzeitig; missbrauchte einen Vampirbiss von unvergleichlicher Qualität und sexueller Verlockung, unterwarf sie absichtlich nicht dem Willen des Blutes, betäubte sie nicht mit Sinnlichkeit, sondern ließ sie in Schmerzen und Angst baden – und in der Gewissheit, dass noch mehr Schmerzen und Angst folgen konnten.

Panisch versuchte Judith zu entkommen, das Monster von sich zu schütteln und der Schmerzen Herr zu werden. Doch unerbittlich war der Griff, mit dem er sie hielt. Unerbittlich die animalischen Reißzähne, die sich in ihre Zunge gebohrt hatten und die Qualen verursachten, die sie nie für möglich gehalten hatte. Sie konnte ihr eigenes Blut auf ihrer Zunge schmecken, den Druck seiner Zähne in ihrem Körper, ein Reißen und Ziehen, während er von ihr trank. Zug um Zug floss das Leben aus ihr heraus, schmerzhaft und mit einer determinierten Endgültigkeit, gegen die sie keine Chance hatte. Sie konnte die Wut spüren, die in dem Wesen über ihr tobte, seine Lust auf Blut – auf ihr Blut. Und die Absicht, die hinter seiner brutalen Angriff steckte. Er tat ihr absichtlich weh, um ihr zu zeigen, was er mit ihr tun konnte. Eine Warnung.

Als der Vampir sein Gewicht verlagerte, versuchte sie an etwas Schönes zu denken, daran, wie ihr Leben gewesen war und das Vertrauen, welches ihre Eltern sie gelehrt hatten. Doch der erwartete letzte Augenblick blieb aus. Zähne und Zunge ließen von ihr ab, und mit dem festen Griff verschwand auch das Gewicht des vampirischen Körpers von ihr.

Judith konnte nicht anders, als den Fremden vor ihrem Bett fassungslos, verängstigt und fasziniert anzustarren, während Gedanken und Emotionen in ihr tobten. Sie hatte nicht eine Sekunde an dem unwillkommenen Wissen in ihrem Inneren gezweifelt, nicht daran, dass er ein Vampir war, eine unnatürliche Kreatur, geboren aus Finsternis, Tod und blutigen Schmerzen. Und trotzdem war alles, was sie in diesem Augenblick fühlte, Faszination und Genugtuung. Sie hatte es gewusst!

Joel gelang es nur mit Mühe, sich wieder zurückzuziehen. Alles in ihm verlangte danach weiterzutrinken, die Frau zu unterwerfen und der animalischen Lust zu frönen, die ihr Widerstand, ihr Blut und ihr Körper in ihm geweckt hatten.

Beinahe übermächtig war der Wunsch, einfach weiterzumachen und keine Rücksicht auf ihre Menschlichkeit zu nehmen. Jeden Anstand und jedes Gefühl für Moral und Mitgefühl über Bord zu werfen und dem dunklen Teil seiner Seele nachzugeben.

Wie lange war es her, seit ihn eine Frau erregt hatte? War er doch genauso wie Xylos oder, schlimmer noch, wie Nemesis? Machte es ihn erst heiß, wenn eine Frau sich wehrte? Konnte er ihre Schmerzen und ihren gebrochenen Stolz lieben?

Judith gab sich Mühe, den vor unterdrückter Gier und offensichtlicher Wut erfüllten Blick zu ignorieren, und tastete mit dem Finger nach der Wunde, die seine Zähne hinterlassen haben mussten. Doch da war nichts. Kein Zeichen für eine Gewalteinwirkung in ihrem Mund; nur ein wenig ihres Blutes, welches sich mit ihrer Spucke verband und einen furchtbaren metallischen Geschmack auf ihrer Zunge hinterließ.

»Dein Vater ist ebenfalls ein Vampir.«

Selbst die Stimme ihres Gegenübers schien sich nach der Attacke verändert zu haben. War tiefer, weniger menschlich.

Joel ignorierte das wilde Kopfschütteln der jungen Frau, mit der sie die Wahrheit in seinen Worten leugnete. »Er hätte deine Mutter retten können.«

»Das ist nicht wahr!« Judith schüttelte den Kopf. Langsamer dieses Mal, nachdenklich, denn sie zog die Möglichkeit in Betracht und dachte über einige Ungereimtheiten im Verhalten ihres Vaters nach.

Er war selten zu Hause gewesen und doch … sie warf einen Blick auf die Fotos über ihrem Bett … sie hatte ihn in der Sonne gesehen, in einer Kirche, aber essen? Hatten Vampire Körperfunktionen? Sie erinnerte sich an die Dracula-Filme und die Fantasy Romance Bücher, die sie liebte und fand den einzig logischen Widerspruch.

Joel folgte ihrem Blick und prüfte die Fotos – nichts.

»Wenn er tatsächlich ein Vampir wäre, könnte ich nicht seine Tochter sein.«

Zielsicher hatte sich die hübsche und clevere Tochter des Magnus das einzige Argument gewählt, das er nicht entkräften konnte. Es war eine allgemein gültige Tatsache, dass Vampire keine Kinder zeugen können. Etwas, was Joel auf keinen Fall als Argument zulassen durfte.

»Ich muss zugeben, das hat uns alle ein wenig überrascht. Aber in allen Mythen gibt es Wechselbälger oder Missgeburten. Du bist etwas, was nicht existieren dürfte, eine kurioser Fehler der Natur.«

Seine gewollt grausamen Worte trennten Licht und Dunkelheit, Legende und Wahrheit und stießen Judith in eine Welt zurück, in der alles möglich sein konnte. War ihr Vater tatsächlich ebenso ein Ungeheuer wie der Mann vor ihr? Rücksichtslos und … sie wollte bösartig denken, doch trotz seines finsteren Gesichtsausdrucks und seiner Attacke war sie nicht dazu in der Lage.

Auch Joel dachte an seine Attacke. Immer noch schmeckte er ihr Blut in seinem Mund, den prickelnden Nachgeschmack des Lebens und das Versprechen auf mehr. Wieder konnte er den Widerstand ihres schlanken, knabenhaften Körpers unter sich spüren. Ihre Wärme und ihre Wut. Reizend!

Offenbar war sie in ihren Überlegungen zu einem Ergebnis gekommen, denn ihre Blässe war noch intensiver geworden, die hektischen roten Flecken auf ihren Wangen noch leuchtender. Beides ließ ihre Augen größer erscheinen und beinahe fiebrig glänzen. Eine Tatsache, die ihre Ähnlichkeit zu Magnus betonte.

Joel beschloss – entgegen seiner sonstigen Natur – ihr die Wahrheit zu sagen. Nur die Wahrheit konnte das Spiel durchbrechen, das ihr Vater für sie geplant hatte. Welches auch immer das sein mochte.

»Dein Vater ist ein Vampir. Er hat eines der wichtigsten Artefakte der Vampirgesellschaft gestohlen und ich bin dafür verantwortlich, es wiederzubeschaffen.« Er ließ seinen Blick drohend über sie gleiten und hoffte, dass sie seinen Angriff und ihren blutigen Kuss noch ebenso deutlich vor Augen hatte wie er. »Unter allen Umständen!«

»Hätte er meine Mutter damit retten können, hätte er es getan«, behauptete die junge Frau vor ihm und sah zu ihm auf. Zum ersten Mal schien sie weder seine Nähe noch seine Größe einzuschüchtern.

»Aber er hat es nicht getan und dich, die es nicht einmal geben sollte, so gering geschätzt, dass er dich allein und schutzlos zurückgelassen hat.« Er beugte sich zu ihr und versuchte, sie mit seiner körperlichen Präsenz einzuschüchtern. Eine Taktik, die ihr Vater oft benutzt hatte.

Sie konnte spüren, wie sich altbekannter Trotz ob dieser Drohgebärde in ihr regte. »Dann hat er es auch nicht gekonnt«, meinte sie mit einer Gewissheit, die durch das Bewusstsein der jahrelangen Liebe zwischen ihren Eltern geschürt wurde. Sie erinnerte sich noch an ihr letztes gemeinsames Essen, an die Trauer die wegen der tödlichen Krankheit ihrer Mutter. Sogar an so Kleinigkeiten wie den Lieblingswein ihrer Mutter, dem speziellen, alten Moseltropfen, den ihr Vater extra besorgt hatte, erinnerte sie sich – und daran, wie schlecht ihr von dem süßen Zeug geworden war. »Mein Vater hätte alles für Mama getan.«

Sie funkelte das untote Wesen vor sich an. Das herablassende Lächeln, mit dem er die Liebe zwischen ihrer Mutter und einem Vampir kommentierte, entfachte ihre Wut und verschloss ihr Geheimnis noch tiefer in ihr.

Joel war erstaunt darüber, dass sie es tatsächlich schaffte, seinem Blick standzuhalten. Etwas, was nur wenigen Vampiren gelang.

»Welches Artefakt?«

Die Frage kam sanft und unerwartet, und zusammen mit ihrem Wegschauen hätte Joel beinahe geantwortet. Unwillig schüttelte er den Kopf. Dieses Zusammentreffen verlief kein bisschen so, wie er es geplant hatte. »Das geht dich nichts an.«

»Ich weiß nicht, wo mein Vater ist.« Wieder sah sie den Vampir an und er spürte die Wahrheit in ihrer Aussage. Trotzdem wusste sie es. Ein Widerspruch in sich. Ihr Gesichtsausdruck wechselte unter seinem Blick von trotzig zu entschlossen. Sie hatte ein Geheimnis und sich entschlossen, nicht mitzuspielen? Dann würde er sie mitnehmen müssen. Als Geisel an einen Ort, den nur er kannte. Der Gedanke war mit einem Mal da, verführerisch und lauernd. Eine gute Lösung. Eine aufgeschobene Lösung. Eine Lösung, die ihm gar nicht ähnlich sah. Als er zu dieser Erkenntnis gelangte, bekam er eine Ahnung davon, worauf Magnus gebaut hatte: Seine Tochter sollte seinen Verfolger ablenken. Schönheit gemischt mit Trotz, Mut und Stärke weckten den Urtrieb der männlichen Vampire. Selbst den seinen. Bei dem Gedanken daran, was die Lösung für die widerstrebenden Gefühle in ihm sein konnte, entschied sich Joel dafür, lieber seinen und ihren Wahnsinn zu riskieren. Er schlug mit seiner gesamten geistigen Macht zu. Ihre Gedanken waren hinter einem Bollwerk eingeschlossen. Trotz der aufbrandenden Kopfschmerzen konzentrierte Joel seine Gedanken weiterhin auf sie. Vorsichtiger dieses Mal, suchender. Doch so sehr er sich bemühte, es gab keine Lücke in ihren Gedanken.

Judith zuckte zurück, als sie die geistige Berührung spürte. Ein suchendes Liebkosen, als seine Aura in ihre drang und sich tastend voran bewegte, um dem Strom ihrer Emotionen zu ihrem Ursprung zu folgen.

Sekundenlang hing Joel in einer geistigen Schwebe, umwirbelt von Farben und unfiltrierten, undeutlichen Eindrücken, bevor ihn ein körperlicher Schlag ins Gesicht traf.

Den zweiten Schlag stoppte er knapp vor seinem Gesicht, überrumpelte seine junge Angreiferin und drückte sie wieder ins Bett. Ihren Körper abermals unter sich zu spüren, ihre Angst und ihre Wut, ließ seine Bewegungen versteinern und um Fassung ringen. Er war nicht wie die anderen. Kein brutaler Vergewaltiger. Er konzentrierte sich auf das Blut, welches aus seiner aufgeplatzten Lippe quoll, noch während sie wieder heilte. Trägflüssiger als normales, menschliches Blut bildete es einen Tropfen und fiel…

Judith schrie, als der Blutstropfen des Vampirs ihre Haut traf. Die plötzliche Hitze versengte ihre Haut und breitete sich in einem qualvollen Gespinst aus Schmerzen in ihren Nerven aus. Sie konnte spüren, wie sich das Blut in ihren Körper ätzte, sie verletzte und ihre gesamte Existenz bedrohte.

Ihr Schrei und ihr Winden traf Joel unvorbereitet, trotzdem gelang es ihm, die Panische festzuhalten und sie daran zu hindern, das Blut augenblicklich von ihrer Haut zu wischen.

Fasziniert sah er zu, wie sie sich unter ihm vor Qualen wand, obwohl ihr das Blut keine sichtbare Verletzung zufügte. Es kam selten vor, dass Sterbliche so extrem auf Vampirblut reagierten. Selten genug, um ihn zu erstaunen.

Er ließ sie los.

Hektisch sprang Judith auf und wischte den Tropfen von ihrer Wange, sorgfältig darauf bedacht, nur den Stoff ihrer Decke zu nehmen und nicht erneut mit dem Blut in Kontakt zu kommen.

4

Hasdrubal schwieg, während Maeve ihm von dem Traum erzählte und von den wenigen Bruchstücken, die sie aus ihrer Erinnerung an ihre Kindheit noch wusste.

Schließlich schwieg die Königin.

»Das ist alles? Wohnungen, die in Felsen geschlagen wurden?«

Er starrte sie an und seine schlechte Laune erreichte einen neuen Höhepunkt. Er riskierte die Rebellion für solche Informationen?

»Es ist alles, woran ich mich erinnere.« Maeve wirkte zerknirscht. Tatsächlich hatte sie auch schon vor ihrem Wahnsinn nicht gewusst, wer sie wirklich war, oder woher sie kam. Und es hatte sie nie interessiert. Mit Morna an ihrer Seite war sie glücklich gewesen und stark. Mit der Unterstützung ihrer hexischen Zwillingsschwester hatte sie sich ein Leben aufgebaut und eine Zukunft.

»Sie hat dich vergessen lassen, oder?« Maeve und Morna hatte es nie erwähnt, aber Hasdrubal erriet die Wahrheit.

»Ja«, gab Maeve leise und betrübt zu. Morna hatte Morna zugegeben, die Amnesie ihrer Schwester verursacht zu haben – zu ihrem eigenen Besten. Maeve hatte ihr geglaubt und vertraut. Doch jetzt war ausgerechnet ihre Vergangenheit der Schlüssel zur Unsterblichkeit der Vampire.

Hasdrubal lachte trübsinnig auf. Vielleicht hatte er tatsächlich recht, die Hexe Morna tatsächlich etwas mit der Unsterblichkeit zu tun und ihr Tod damit, dass die Vampire wieder begonnen hatten zu altern. Wenn sie nicht herausfanden, welche »Zwei« im letzten Kapitel der Vampirbibel gemeint waren, oder die falschen Entscheidungen trafen … dann bot sich ihm eine ganz neue Möglichkeit – einfach zuzusehen, wie alle starben. Königin und Gefolge, die Zwillinge Sofia und Melanie, Rebellen, Alte und Junge.

Dieser Gedanke sah ihm nicht ähnlich! Müde rieb sich Hasdrubal sich mit der Hand über die Schläfe und versuchte, sich an die anderen zu erinnern. An die, die es nicht verdient hatten, in diesen Krieg hineingezogen zu werden: Joel, Edward und Sofia, ihre Zwillingsschwester Melanie und Xylos.

Sie und die zahllosen Frauen, die immer noch in den Perlenanhängern der magischen Ketten auf ihre Befreiung warteten, waren der einzige Grund, aus dem Hasdrubal gewillt war, Maeve eine Chance zu geben, die sie nicht verdient hatte.

Er seufzte. »Du weißt, dass es überall auf dieser Welt Felsenwohnungen gibt? Aus allen möglichen Epochen?«

Auf Anhieb fielen ihm Jordanien und die Türkei ein, etliche Orte in Nordamerika.

»Es ist alles, was ich noch weiß«, beharrte Maeve und schüttelte ihre Haare. Ein Äquivalent zu der kindlichen Geste in ihrem Traum.

»Maeve ist ein irischer Name«, gab Hasdrubal zu bedenken.

»In Irland gibt es keine Felsenwohnungen.«

»Dein Name ist aber ein Anhaltspunkt, die Felsen nicht«, widersprach der Karthager. »Felsen gibt es zu viele, den Namen hauptsächlich in Irland.«

»Eben, hauptsächlich!« Maeve funkelte ihn wütend an. »Und Namen kann man ändern.«

Hasdrubal lächelte, zum ersten Mal mehr gereizt als müde, und traf eine Entscheidung.

5

Zum ersten Mal sah Joel Magnus Tochter wirklich. Ein Anblick, der ihm im wahrsten Sinne des Wortes die Sprache verschlug. Ihr Körper, den er zuvor schlank und knabenhaft unter sich gespürt hatte, zeichnete sich deutlich unter ihrem engen Satinnachthemd ab. Die silberne Farbe des Stoffes, die das Licht einfing und vorteilhaft reflektierte, schmeichelte ihrer Blässe und unterstrich ihre Kurven ebenso wie die gekonnt platzierte schwarze Spitze.

Joel konnte spüren, wie sein Körper auf den Anblick reagierte und nur mühsam gelang es ihm, weiterhin seine stoische Ruhe ausstrahlen, obwohl alles in ihm danach verlangte, das junge Ding zurück aufs Bett zu werfen und mit ihr Dinge anzustellen, von denen er seit Jahrhunderten nicht einmal mehr träumte.

Er glaubte schon, Edwards Lachen zu hören, während er ihm von diesem Vorfall erzählte – falls er es ihm jemals erzählen würde.

Kontrolliert von seinem eigenen Körper und einer Leidenschaft, die er nur mit Mühe niederkämpfen konnte, lenkte Joel seinen Blick auf ihre Füße und verfluchte sie im Stillen dafür, dass ihre Nägel rot lackiert waren. Blutrot – nicht dieses Möchtegern-Blutrot. Echtes geronnenes Blut.

Judith bemerkte das Starren, erinnerte sich an seinen Blick, faszinierter Ekel, mit dem er ihre Reaktion auf sein Blut verfolgt hatte, und sah ebenfalls auf ihre Füße. Nichts besonderes, nur Füße. Als sie hochsah, konnte sie das kurze Wechselspiel in dem Gesicht des Vampirs erkennen: Faszination, Wut und Abscheu, dann hatte er sich wieder unter Kontrolle.

»Zieh dir etwas über«, befahl er knurrend, bevor er den Blickkontakt abbrach und angespannt auf ihr Bett sah. »Zieh dich überhaupt an.« Die Geste, mit der er auf den dünnen Hauch eines Nachthemdes zeigte, machte ihr deutlich, was er von dem Kleidungsstück und von ihr hielt.

Die Tatsache, dass seine Reaktion sie ärgerte, ärgerte sie gleich noch viel mehr, als wenn er einfach über ihren Zustand hinweggegangen wäre. Wahrscheinlich sah sie vom nächtlichen Schlaf zerrupft aus, ungeschminkt und zerknautscht. Etwas, was sie umso mehr störte, da er wie ein junger Gott wirkte. Ein sehr finsterer Gott an einem besonders schlechten Tag mit besonders mieser Laune, aber nichtsdestoweniger gutaussehend und anziehend. Doch der Befehlston in seiner Stimme gab ihr den Rest. Ihre ohnehin schon angespannten Nerven verspannten sich noch mehr – und ihr Gehirn schaltete ihr Verhalten auf stur. Eine Abwehrreaktion auf Situationen, die sie nicht kontrollieren konnte, unvernünftig, aufbrausend und impulsiv – so wie ihr Vater sie immer beschrieb. Aber sie konnte nicht anders.

Mit herausforderndem Blick und kampflustig vorgeschobenem Kinn drehte sie sich von dem Vampir weg, kehrte ihm den Rücken zu, ging zum Schrank und öffnete ihn.

Joel drehte sich um. Normalerweise hätte er all seine Sinne in Alarmbereitschaft geschaltet, weil er jemanden den Rücken zukehrte. Aber seine Sinne waren bereits alarmiert, seit er das Zimmer betreten hatte. Sogar einige Sinne, von deren Existenz er bislang nichts geahnt hatte.

Judith war dankbar, als sich der Vampir – ganz Gentleman – umdrehte und ihr so gestattete, sich umzuziehen. Offenbar war ihm selbst ihr bloßer Anblick zuwider.

Sie starrte in ihren Kleiderschrank, doch statt ihre Kleidung wahrzunehmen, ruhte ihr Blick auf dem Innenspiegel des Schrankes, in dem sie sich sehen konnte – den Vampir zu ihrer Überraschung auch.

»Ist es zu viel verlangt, dass Zimmer zu verlassen, solange ich mich umziehe?«

»Ja, ist es«, meinte Joel, dem diese Idee auch schon gekommen war. Doch nach ihrem patzig vorgetragenen Satz würde er auf gar keinen Fall nachgeben. »Aber mach dir keine Gedanken, ich werde nicht ausgerechnet über eine halbvampirische Missgeburt herfallen.«

Judith lag eine scharfe Erwiderung auf der Zunge, doch sie schluckte sie unausgesprochen hinunter. Wenn seine Worte dazu gedacht gewesen waren, sie zu beruhigen, hatten sie ihre Wirkung verfehlt. Deutlich konnte sie spüren, wie ihre Angst vor dem Vampir einer Wut wich, die selbst ihren Vater beeindruckt hätte. Trotzdem versuchte sie, sich zu beherrschen. Ein Fakt, der ihren Vater noch mehr beeindruckt hätte. Aber schließlich hatte sie nichts gegen den Vampir in der Hand, kein Druckmittel und kein Wissen. Während sie noch darüber nachdachte, was die klügste Vorgehensweise in ihrer Situation wäre, strich sie sich die Träger des Nachthemdes von den Schultern und ließ das Kleidungsstück an ihrem Körper hinabgleiten, bevor sie nach einem schwarzen Overall griff.

Ein Klappern riss Joel aus seinen missmutigen Gedanken und er hatte sich umgedreht, bevor er den Ursprung des Geräusches zugeordnet hatte.

Sie stand nackt vor ihm. Splitterfasernackt! Und statt sich augenblicklich zu bedecken, sich hinter dem schwarzen Einteiler, den sie aus dem Schrank geholt hatte – das Klappern des Kleiderbügels hatte ihn aufgeschreckt – zu verstecken, schien sie vor Schreck erstarrt.

Judith war unglaublich wütend. Noch nie zuvor war sie dermaßen gedemütigt worden. Dieser verdammte Vampir hatte sie bedroht und verletzt und jetzt wagte er es auch noch sich umzudrehen. Und sein Gesichtsausdrücke wechselten in so schneller Folge, dass sie keine einzelnen Emotionen deuten konnte. Wahrscheinlich würde er sich von dem Schreck erholen und doch noch von Ekel getrieben das Zimmer verlassen.

Joel konnte spüren, wie ihm die Beherrschung entglitt und kämpfte dagegen an. Sein Innerstes schmerzte, als das Verlangen erneut erwachte. Dieses Mal mit unvermittelter Wucht. Er ballte zitternd die Fäuste und versuchte seinen abtrünnigen Körper dazu zu bringen, sich erneut umzudrehen, zu fliehen, bevor er einen Fehler machte. Doch als er die Wut in ihrem Blick sah, war es zu spät. Sie zusammen mit ihrer Nacktheit waren ein Aphrodisiakum, dem er einfach nicht widerstehen konnte.

»Das, Mädchen …« Er trat mit einer einzigen, fließenden Bewegung zu ihr und streckte die Hand nach ihr aus, »… war ein verdammter Fehler!«

Der Ausdruck in den Augen des Vampirs machte Judith Angst. Sie wollte zurückzuweichen, aber wie hypnotisiert blieb sie regungslos stehen und konnte nur hilflos mitansehen, wie seine Hand näher kam und sie am Hals berührte.

Seine andere Hand lag an seiner Halskette. Für einen Moment fühlte sie sich merkwürdig fern von ihrem Körper, schwebte zwischen den Möglichkeiten, dann traf sie die Magie.

Judith schrie auf, spürte, wie ihr Körper schrumpfte, sie immer kleiner wurde und kleiner, während er immer größer und gefährlicher wirkte. Sie wollte die Lähmung abzuschütteln, die sie ergriffen hatte, konnte nicht begreifen, was vor sich ging. Unsichtbare Fesseln lähmten ihren Körper und ihren Geist, hielten und banden sie. Der Vampir griff nach ihr, als ihre Verwandlung stoppte und sie die Größe einer Barbie hatte. Er fing sie mit Leichtigkeit und schloss sie in ein Gefängnis aus Fingern. Judith kämpfte gegen den Griff seiner rechten Hand an, biss und trat. Ein bereits als Mensch vergeblicher Versuch, als Mini-Mädchen erst recht ein unbedeutender Widerstand. Er hob sie auf Gesichtshöhe und alles, was sie noch empfinden konnte war Furcht. Eine Träne geboren aus hilfloser Wut rollte über ihre Wange, fiel und blieb mitten im Fall wie erstarrt in der Luft stehen.

Der Vampir biss sich in den Zeigefinger seiner linken Hand und ließ einen Tropfen seines Blutes in die Träne fallen. Schlierenartig verteilte sich das Rot in der klaren Flüssigkeit, verband sich mit ihr und begann zu glühen. Der Farbverbund zog Judiths Blick an, schimmerte faszinierend und schien vor ihren Augen immer größer zu werden, immer leuchtender, denn das Weiß ihrer Tränen schien die Oberhand über das Rot seines Blutes zu gewinnen.

Magie! Der Gedanke war da – unwillkommen, störend, aber so übermächtig wie das plötzliche Erkennen, woher ihr eigenes Wissen kam.

Im letzten Moment wollte Judith ihr Gesicht abwenden, aber es war unmöglich. Das schimmernde Weiß bewegte sich auf sie zu, kam rasend schnell näher, sog sie ein und wurde zu ihrer Welt aus gleißender Helligkeit. Oben wurde zu unten, links und rechts verschwammen, während ihr Gleichgewichtssinn verzweifelt versuchte, die Orientierung wieder zu finden. Statt Orientierung zu finden wurde sie selbst gefunden – von der Erdanziehung. Als Judith auf einen Boden fiel, der durch die weiße Strahlung unsichtbar war, krabbelte sie auf alle Viere, um sich anschließend hektisch aufzurichten. Dann, etwas langsamer, drehte sie sich einmal um sich selbst. Alles um sie herum war weiß, ein reines, leuchtendes Weiß mit einer schimmernden Oberfläche an allen Seiten. Nur an einer Stelle war sie durchscheinend. Und durch diese Stelle konnte sie in eine Außenwelt gucken, die eben noch Judiths gesamte Realität beinhaltet hatte.

In der Spiegelung ihres Schrankes konnte sie es sehen: Sie war winzig klein, gefangen in einem Etwas, das an ein kleines, perlenartiges Gefängnis erinnerte.

Der Vampir wirkte groß und furchteinflößend, als er ihr Gefängnis in sein Halsband steckte. In die Mitte der fünf Öffnungen.

Judith schrie ihren Protest in ihre neue Welt, als ein erneutes magisches Gleißen der Helligkeit aus der Kette hervorbrach und die Perle in der Kette fixierte, Judiths Existenz anpasste und ihr das Bewusstsein raubte.

Sie träumte. Und selbst im Traum war es unendlich hell und unendlich beängstigend. Ihr Kopf schmerzte, als wenn er jeden Augenblick implodieren wollte und das Pochen der Schmerzen störte sie selbst im Schlaf.

Jemand weinte. Ein leises, penetrantes Geräusch, welches sich unter das Pochen mischte und von Verwirrung und Angst zeugte. Langsam, um ihren schmerzenden Kopf nicht noch mehr zu reizen, hob Judith ihre Hände gen Gesicht und schirmte ihre Augen mit ihnen ab, bevor sie sie vorsichtig blinzelnd öffnete. Die

Helligkeit blieb konstant. Nicht unangenehm, nur befremdlich, denn das Licht schien aus keiner bestimmten Quelle zu kommen, nur aus sich selbst. Aus den Wänden, die sie umschlossen und ihr nicht viel Spielraum boten.

Die Feuchtigkeit, die ihre Hände berührte und sich auf ihren Wangen verteilte, machte ihr deutlich, wer geweint hatte: Ihre Tränen, ihr Weinen. Unmöglich. Sie weinte nie. Sie gab nie auf.

Mit zitternden Gliedern stand sie auf und sah sich um. Dann trat sie einen Schritt vor und nickte sich selbst bestätigend zu. Tatsächlich! Der Boden war uneben. Sie hatte an der tiefsten Stelle gelegen und alles andere ringsherum wurde höher. Wie? … sie sah sich erneut um … das Innere eines perlenförmigen Anhängers.

Der Raum war nahezu rund, die Wände, die Decke, der Boden. Alles rund – und sie mittendrin. Immerhin war die Temperatur angenehm warm. Selbst in ihrem unbekleideten Zustand. Prüfend klopfte sie gegen den Boden. Das Geräusch klang sehr stabil. Judith ließ sich auf alle Viere sinken und begann aus dem tiefsten Punkt zu klettern. Ein aussichtsloses Unterfangen. Der Untergrund war glatt, zu glatt, um an die Wände zu gelangen.

Sie kam mehrere Meter weit und einen gefühlten Höhenunterschied von ebenfalls zwei Metern. Dann wurde die Steigung zu steil und sie konnte sich nicht mehr halten. Frustriert ließ sie sich wieder zurück gleiten. Woher sollte sie auch überhaupt wissen, wo die Wände anfingen und der Boden aufhörte? Es gab keine Unterschiede. Alles sah gleich aus, es gab keine Verbindungselemente, oder Hinweise darauf, dass ihr Gefängnis nicht aus einem einzigen Teil bestand.

Magie! Der Gedanke war wieder da und kristallisierte sich immer deutlicher aus den Tiefen ihres Verstandes heraus, ließ keinen Widerspruch und kein Kontra zu, sondern war die einzige Wahrheit, die es noch gab. Sie hatte es gewusst, seit Tagen gewusst. Sie wusste nicht mehr genau seit wann, aber irgendwann war dieses Wissen da gewesen, ohne irgendein Zutun oder einen Beweis. Jetzt konnte sie es beweisen und wünschte sich, sie könnte es nicht!

Judith versuchte, eine einigermaßen bequeme Position in ihrem Gefängnis einzunehmen, doch es war unmöglich. Sitzen, Liegen, Stehen – allesamt ungemütlich und auch nahezu unmöglich wegen der Rundungen. Vor Frust und Ärger hätte sie am liebsten getobt, doch es gab niemanden, der sie hören oder sehen konnte. Nichts, an dem sie ihre hilflose Wut ausleben konnte. Oder die Panik, die in ihr aufstieg. Sie schloss die Augen und versuchte sich auf ihre Atmung zu konzentrieren. Wenn sie jemals entkommen wollte, musste sie zuallererst Ruhe bewahren – und sich darauf konzentrieren, was in den letzten Tagen vorgefallen war. Was hatte ihr Vater gemacht oder gesagt? Gab es irgendeinen Hinweis auf den Vampir, auf ein Artefakt – auf überhaupt irgendetwas, was ihr weiterhelfen konnte?

6

Der Weg führte durch eine verschlungene Felsenschlucht, deren Farben selbst in der Dunkelheit zwischen verschiedenen Rottönen variierten.

Maeve, deren Haare perfekt in die Umgebung passten, hatte darauf bestanden, den Ort mehr oder weniger menschlich zu besuchen. Nur so glaubte sie einen Hinweis auf ihre Vergangenheit zu finden.

Hasdrubal hatte diesem Wunsch Folge geleistet, war gemeinsam mit der Königin in einiger Entfernung gelandet und ging jetzt neben ihr den teilweise gepflasterten Weg des Siq entlang. Anders als die Karawanenreisenden der vergangenen Jahrhunderte fehlte ihm jedwede Erleichterung, als er endlich im fast unzugänglichen Felsenkessel des Wadi Musa vor der Nabatäerhauptstadt Petra stand.

Die ewigen Häuser der gewaltigen, antiken Totenstadt waren direkt in den Felsen gehauen, eine gewaltige Nekropole.

Maeve starrte den Felsen an, bevor sie sich zu Hasdrubal drehte. »Das sind keine Wohnungen.«

»Doch!« Hasdrubal konnte ein hinterhältiges Gefühl der Befriedigung nicht unterdrücken. Es tat gut, den kurzen Anflug von Zorn im Gesicht der ansonsten so übermenschlichen und ruhigen Königin zu sehen.

»Ich suche Felswohnungen für Lebende«, betonte Maeve.

»Ach so.« Hasdrubal kam nicht umhin abermals zu lächeln, als Maeve die Stirn runzelte. Ihr musste klar sein, dass er wusste, was sie suchte – und dass er Jordanien nur zu ihrem ersten Ziel erklärt hatte, um sie zu ärgern.

»Der nächste Ort?« Hasdrubal erwischte sich selbst dabei, wie er Maeve seine Hand anbot. Bevor er sie und damit sein wortloses Angebot wieder zurücknehmen konnte, hatte die Königin sie ergriffen und sah ihn nachdenklich an. Er drehte sich halb von ihr weg und tat so, als müsse er sich auf sein Ziel konzentrieren, obwohl alles, was ihn beschäftigte, die Weichheit ihrer Hand in seiner war. Mit einem sanften Ruck zog er Maeve näher zu sich und sie ließ es geschehen. Hasdrubal war überrascht, wie willfährig sie ihm nahe kam und wie vertrauensvoll sie ihm erlaubte, seine Arme um sie zu schließen, um ihnen den Flug zu erleichtern. Einen Kopf größer als sie, passte sie perfekt in seine Umarmung, ihre roten Haare eine seidige Masse an seinem Kinn, ihre Wärme eine Versuchung für die Sinne und ihr Duft … Hasdrubal atmete tief ein. Venus selbst musste so gerochen haben, wie das Leben selbst, voller Würze und Süße, verborgenen Verlockungen und grausamen Geheimnissen – unwiderstehlich.

Maeve lehnte ihren Kopf an Hasdrubals Brust. Es tat gut ihn zu fühlen, so viel lebendiger als je zuvor. Es war die Wut auf sie, auf ihre Entscheidungen, die seine Lebensgeister trotz seines Alters und trotz der Gefahr, in der er durch die fehlende Unsterblichkeit schwebte, anheizte. Trotzdem würde er sie erst töten, wenn sie versagte – oder ihn darum bat. Sie schloss die Augen und versuchte das seltsame Gefühl zu ignorieren, welches bei dem Gedanken an ihren Tod in ihr aufstieg.

Hasdrubal war erstaunt, als Maeve zu ihm aufsah, als würde sie seine Gedanken kennen. Ihr Blick war voller Zweifel und ihr Gesicht spiegelte die Zerrissenheit ihrer Gefühle wider, Sehnsucht und Hoffnung. Eine wilde Mischung aus zwei widersprüchlichen Emotionen jagte durch seinen eigenen Körper und ließ ihn erstarren. Hass und Liebe. Hassende Liebe, liebender Hass. Etwas, was sich nicht zuordnen ließ und zu beiden Seiten gleich stark ausschlug.

Wütend auf Maeve, auf ihren zärtlichen Blick und die unausgesprochene Einladung ihrer Lippen, und auf sich selbst, gelang es Hasdrubal, sich wieder auf sein Ziel zu konzentrieren – auf seine beiden Ziele.

Maeve spürte den Ruck, der durch seinen Körper lief, und verstärkte ihren Griff.

Diese Art der Fortbewegung – die nahezu gedankenschnellen Reisen, die nur auf großen und freien Strecken möglich waren, hatte sie stets gehasst. Es machte ihr Angst und gehörte ihrer Meinung nach nicht zu den Fähigkeiten, die ein Mensch besitzen sollte.

»Und im Gegensatz zu den meisten anderen Vampiren habe ich nicht vergessen, dass ich einmal menschlich gewesen bin«, sinnierte sie und versuchte den Wind zu ignorieren; die Geschwindigkeit, mit der die Welt um sie herum verwischte und zu einer einzigen, regenbogenfarbigen Schliere wurde, die kakophonisch laut an ihr und um sie herum vorüber zog.

Erst als Hasdrubal antwortete, merkte die Königin, dass sie ihren Gedanken laut ausgesprochen hatte. »Habe ich auch nicht – ich verdränge es nur.« Der Karthager dachte an die Schlachten, die Kämpfe und das Blut. All die Vernichtungen und Toten, die es aufgrund politischer Entscheidungen in seinem menschlichen Leben gegeben hatte. An die Intrigen, denen er und seine Familie mehr als einmal beinahe zum Opfer gefallen wären, und die Freunde, die er nicht hatte retten können. Obwohl er die Augen geschlossen hielt, war er sich sicher, dass Maeve ihn ansah und dass die Art seiner Erinnerungen deutlich in seinem Antlitz abgezeichnet war.

Maeves nächste Frage gab ihm Recht: »Welcher der vielen karthagischen Hasdrubals bist du eigentlich?«

Hasdrubal schluckte. So viele Jahre hatte er diese Frage ersehnt und gefürchtet zugleich, nun rief sie nur seinen Zorn hervor. Zu spät. Sie kam viel zu spät. Und Maeves sanfter Tonfall, der über die Lautstärke des Windes glitt wie eine Nacht aus Venusseide, machte ihm klar, dass sie es wusste.

»Hat Julius es dir nie gesagt?« Eine rhetorische Frage, mit der er sich keine Mühe gab, seine Wut zu verbergen. Derart abgelenkt verlief seine Landung in Ueçhisar etwas ruppig und nur durch jahrhundertelange Übung gelang es ihm, sowohl sein Gleichgewicht zu wahren als auch Maeve festzuhalten.

Wut tobte durch Hasdrubal, als Maeve nicht auf seine Anmaßung reagierte, sondern ihre Umgebung musterte. Nicht einmal auf Julius war sie eingegangen! Dabei hatte er immerzu gehofft, dass es Julius Tod gewesen war, der die Vampirkönigin in den Wahnsinn getrieben hatte. All die Jahrhunderte hatte Hasdrubal seine Loyalität auf Maeves Liebe zu seinem toten Bruder gebaut, doch nun war sie wieder gesund – und schien keinen Gedanken mehr an ihren einstigen Geliebten zu verschwenden.

»Nein.«

»Nein?!« Es dauerte einen Augenblick, bis er verstand, dass Maeve nicht auf seine Frage geantwortet hatte, sondern die Felsenwohnungen meinte. Ohne nachzudenken schwang er sich erneut mit ihr in die Höhe. Dieses Mal langsamer, denn das nächste Ziel lag in der Nähe, im Zelve-Tal.

»Nein.« Maeve hatte nur Sekunden gebraucht, um sich zu fangen und neu zu orientieren. Diesen Ort hatte sie noch nie im Leben gesehen. »Zumindest nicht aus dieser Perspektive.«

Hasdrubals Lächeln jagte ihr einen Schauer über den Rücken, doch bevor sie sich aus seiner Umarmung befreien konnte, hatte er mit ihr in den Armen ihren Standort gewechselt.

»Hier vielleicht?«

Ein erneuter Wechsel.

»Oder hier?«

»Hör auf«, verlangte Maeve, doch erneut hatte er zu einem sekundenlangen Sprung angesetzt.

»Gar nicht?!«

Bevor Maeve antworten konnte, waren sie bei den Felsenwohnungen in Göreme.

»Hier?«

»Oder hier?«

»Hier vielleicht?«

Maeve passte die nächste Landung ab und versuchte Hasdrubal mit einem Ellbogenstoß zur Räson zu bringen, doch der Karthager war zu schnell. Gleichzeitig ausweichend und sich wieder mit ihr in die Luft schwingend hatte er erneut den Ort gewechselt.

Doch auch die Höhlen von Matala kamen ihr nicht bekannt vor.

»Nein!« Erneut versuchte sie sich aus seinen Armen zu winden. Vergeblich.

»Können wir uns Amerika sparen?« Er weidete sich an ihrer Wut und daran, dass sie trotz ihres kampflustig erhobenen Kinns nichts gegen ihn ausrichten konnte. Es sei denn, sie legte es auf einen ernsthaften Kampf an.

»Wie soll ich nach Amerika gekommen sein?« Maeves Stimme war nur ein beruhigender Hauch, der seine Wirkung auf Hasdrubal verfehlte. So langsam begann ihm diese Suche Spaß zu machen!

»Oh … wir sollten keine Möglichkeit außer Acht lassen«, argumentierte er und drückte Maeve fester an sich, bevor er sich gemeinsam mit ihr in die Luft schwang. Die Welt gab unter seinem Willen nach und wurde eins mit seinem Ziel. Zwei Minuten später waren sie am Bandelier National Monument.

»Das ist albern.« Maeve weigerte sich den Canyon de Chelly anzusehen.

»Es ist eine Möglichkeit«, widersprach Hasdrubal. »Genau wie Montezumas Castle.«

Sekunden später starrte Maeve wütend auf das eben erwähnte Castle.

»Wie soll ich … mit ROTEN Haare und HELLER Haut und mit IRISCHEM Namen … hierhergekommen sein?«, fauchte sie.

»Du hast es selbst gesagt: Namen kann man ändern«, Hasdrubal ließ sich bei seiner Demonstration nicht irritieren, sondern brachte Maeve zum Cliff Dwellings National Monument.

»In Ordnung.« Maeve schubste den Vampir mit beiden Händen gegen die Brust. Eine Geste, die ebenso wenig brachte wie ein Schlag gegen einen Felsen. »Ich habe verstanden.« Sie presste die Lippen zu einer schmalen Linie der Verärgerung zusammen, bevor sie fragte: »Irland?«

»Wusstest du, dass Maeve »berauschend« bedeutet?« Hasdrubal konnte nicht länger widerstehen und tauchte sein Gesicht in die roten Haarkaskaden. »und »mitreißend«?«

Tatsächlich berauschte ihn die Frau in seinen Armen mehr als ihm lieb war. Hatte er diese Demonstration ursprünglich einzig dazu nutzen wollen, ihr ihre

Unwissenheit und seine Überlegenheit zu demonstrieren, war er nun versucht, der Verlockung zu erliegen.

»Maeve stammt von dem Namen Medb«, flüsterte er und genoss das Kitzeln ihrer Haare in seinem Gesicht.

»Und wieso bin mir sicher, dass du das vor meiner Traumerzählung gewusst und bereits einen Plan hast?« Maeves Stimme klang so atemlos, als spürte sie dieselbe Versuchung wie er.

»Medb war eine legendäre Kriegskönigin aus dem 1. Jahrhundert vor Christi Geburt.« Abrupt ließ Hasdrubal die Vampirkönigin los und trat einen Schritt zurück. »Die Schöne war für ihre Mannstollheit bekannt und berüchtigt.« Er lächelte ein Lächeln, das all seine Erinnerungen an seinen Bruder Julius enthielt. »Sie soll nicht wählerisch gewesen sein.«

Hasdrubals Blick klärte Maeve darüber auf, dass er an mehr als eine Namensähnlichkeit dachte. Auch sie hatte sich in den vergangenen Jahrhunderten durch Mannstollheit ausgezeichnet.

»Aber ich BIN wählerisch!«, giftete sie und versuchte die Erinnerungen an all die gutaussehenden, blonden Männer zu verdrängen. Männer mit goldener Haut auf der Schwelle des Erwachsenwerdens.

Einmal im Jahr hatte sie ihnen nicht widerstehen können … an Julius Todestag, dem Tag, an dem der magische Bund zwischen ihnen sie beinahe ebenfalls vernichtet hätte … Maeves Gedanken stockten, als ihr klar wurde, welchem Datum sie sich näherten und welche Bedeutung dieser Tag für sie haben könnte.

»Wie dem auch sei …« Hasdrubal riss sie aus ihren Gedanken und machte eine Geste, mit der er klar machte, dass er das Thema um ihretwillen ruhen ließ. »… Königin Medb soll auf dem Gipfel des Cnoc na Ri unter einem großen Steinhügel begraben sein.«

»Und wir schauen nach?«, vermutete Maeve, die immer noch Angst davor hatte, welche Auswirkungen Julius Todestag jetzt noch, nach ihrem Wahnsinn, für sie haben konnte. Hoffentlich keinen Rückfall.

»Er ist bisher ungeöffnet – natürlich schauen wir nach!« In Hasdrubals Behauptung schwang mehr Selbstsicherheit mit, als er tatsächlich empfand.

Wider besseres Wissen hatte sich Maeve abermals von Hasdrubal in die Arme schließen und mitnehmen lassen. Seine Berührung sorgte dafür, dass sie sich wieder lebendig fühlte, frei und ungebunden. Als stünden ihr alle Möglichkeiten dieser Welt und der Liebe offen.

Wütend darüber, dass dem nicht so war, trat sie einen Schritt zurück. Sie sah nicht in die Richtung, in die Hasdrubal deutete, sondern von ihr weg, damit er das Aufblitzen der Schuld in ihren Augen nicht sah. Mochte sie ihn, weil er Julius Bruder war oder weil sie ihn zu ihrem Henker auserkoren hatte?

»Kommt dir irgendetwas bekannt vor?« Hasdrubal stand immer noch so nahe, dass es sie beinahe erschreckte.

Tatsächlich kam ihr die beinahe flache Umgebung bekannt vor.

»Meer und ein See«, murmelte sie, als sie alle Sinne öffnete und sich auf ihre Umgebung konzentrierte. Das Wasser war von ihrem Standpunkt aus sogar zu sehen.

»Aber Medb ist hier begraben, hat nicht hier gelebt.« Maeve sprach mehr zu sich selbst, als zu ihrem Begleiter.

Dieser antwortete trotzdem: »Medb war die Königin von Connacht. Connacht umfasst auch die heutige Grafschaft Sligo.«

Die Vampirkönigin nickte, nicht vollständig überzeugt. Trotzdem drehte sie sich nun, auf alles gefasst, in die Richtung, in die Hasdrubal gedeutet hatte. Ein hoher, monolithischer Berg erhob sich aus der ansonsten ebenmäßigen Landschaft. Er fiel durch seine gleichmäßig abgerundete Form auf.

»Et voila: Der Mondberg!«

Sie kannte ihn. Zweifellos.

»Aber ich bin nicht Medb!« Die laut ausgesprochene Gewissheit war mit einem Male da. Sie fasste sich an den Kopf, als ein Schmerz wie ein helles Gleißen durch ihre Nervenbahnen fuhr und noch bevor Hasdrubal reagieren konnte, hatte sie ihn an die Hand genommen und landete Augenblicke später auf dem Bergrücken des Cnoc na Ri. Sie erinnerte sich an die Cairns, die Hügelgräber. Außer an eines. Das, welches bereits mit einer Breite von über 50 Metern und einer Höhe von 10 Metern aus der Entfernung als zusätzliche Erhebung sichtbar war. Wie ein eigener Berg. Maeve lief ein Schauer über den Rücken, als sie daran dachte, dass dort vielleicht ihre Namensgeberin in voller Rüstung stand und ihr aus toten Augen entgegenblickte.

Der Angriff kam für sie und für Hasdrubal unerwartet und galt ihnen beiden. Doch Sekunden nach Erscheinen des ersten Feindes hatte sich der kampferprobte Karthager gefangen und zu seinem eigenen Erstaunen hatte sein Körper bereits reagiert, bevor sein Verstand eine andere Entscheidung treffen konnte. Vor Maeve stehend empfing er die zehn angreifenden Vampire mit gezücktem Schwert. Für eine Schrecksekunde schien die Welt stillzustehen, dann brach das Chaos über sie ein. Während Hasdrubal seinen ersten Schwung nutzte, die ersten drei Angreifer abzuwehren, umrundeten die anderen ihre Opfer und griffen gemeinsam an.

Er konnte die Macht ihres Anführers spüren, die Hitze, die in Wellen von ihm ausging, alles durchdrang, was ihm nicht widerstehen konnte, Gras und kleine

Lebewesen, die zur falschen Zeit am falschen Ort krabbelten, verbrannte. Die vampirische Magie tauchte die Welt in ein Schattengemälde aus Helligkeit und Licht. Würde sie ausreichen, um den magischen Schutz um Maeve zu brechen? Das letzte Geschenk ihrer Schwester? Er war nicht gewillt, es herauszufinden. Wenn jemand die Königin tötete, dann er! Mit einer tänzelnden Bewegung wich er einer Sarazenenklinge aus, die ohne Übung und Geschick geführt wurde. Ihr Besitzer war tot, bevor er begriffen hatte, dass sein Stich ins Leere gegangen war. Konzentriert und trotz der Bedrohung euphorisch wirbelte der Karthager um den Mittelpunkt seiner Verteidigung, Maeve. Im Gegensatz zu ihm schien sie vor Überraschung wie gelähmt. Kurz erhaschte er einen Blick in ihr Gesicht, die Augen schreckgeweitet, ihr Mund zu einem Ruf geöffnet, der nicht kommen wollte. Im Gegensatz zum letzten Attentat wirkte sie weder erleichtert noch entspannt.

Der Schlag traf Hasdrubal wie aus dem Nichts, schien nicht durch einen Körper verursacht, als vielmehr durch die Kräfte des Alten. Endlich kam der Ton aus Maeves Kehle, eine Warnung, viel zu spät. Hasdrubal konnte die Schmerzen in seinem Rücken spüren, ausschließlich in seinem Rücken. Der Rest von ihm war wie gelähmt, schien nicht mehr zu seinem Körper zu gehören und gehorchte keinem seiner Befehle, keiner Anstrengung und keiner Willenskraft. Hasdrubal konnte spüren, wie einer der Vampire zum letzten Schlag gegen ihn ausholte, konnte sich nicht wenden, sich nicht wehren. Sein Blick traf den der Königin und er war erstaunt über das Entsetzen und die Trauer, die er sah, bevor sie ihre Lähmung abschüttelte.

Ihre Geschwindigkeit erschütterte Hasdrubal, hatte er sie ihr doch ebenso wenig zugetraut, wie die Entschlossenheit, die sich nun in ihren Zügen widerspiegelte. Ihr gezielter Sprung traf den angreifenden Vampir und der Schlag, der Hasdrubal gegolten hatte, streifte stattdessen ihre Schulter. Der Blutgeruch war durchdringend, überlagerte seinen eigenen und mischte sich verführerisch in die Würze der Nacht. Venusblut.

Mit einer fließenden Bewegung kehrte die verletzte Königin zu dem am Boden Liegenden zurück und baute sich schützend über ihm auf. Hasdrubal hätte beinahe gelacht, wirkte die sonst so sanfte Maeve nun tatsächlich wie die wütende und kriegerische Königin aus der Mythologie. Bereit zu verteidigen. Er schluckte, als ihm die Tragweite ihrer Handlung aufging, und versuchte zu sprechen. Sie musste fliehen, nicht ihn verteidigen. Er war gelähmt, hatte keine Chance, war schwer verletzt. Das Blut, das ihr helles Gewand tränkte und trotz ihrer vampirischen Heilungskraft immer noch floss, verriet ihm, wie schwer.

Noch vor Minuten wäre er froh gewesen über diesen Hinweis auf ihre Sterblichkeit, den Beweis ihrer Verwundbarkeit. Nun erfüllte ihn Panik und half ihm, nach seinem Schwert zu greifen. Maeve ging in die Knie, drückte Hasdrubal mit ihrem Gewicht zurück zu Boden.

Dieses Mal griffen die Vampire gleichzeitig an. Mit gebleckten Zähnen sprangen sie wie eine Bestie mit vielen Mündern auf die Königin zu. Statt sie augenblicklich töten zu wollen, hatte sich das Verlangen der Angreifer verlagert. Sie wollten trinken, sich berauschen, sich in den niedrigsten Wolllüsten der menschlichen Natur austoben.

Hasdrubal gab einen verzweifelten Laut von sich, doch das Eintreffen der Angreifer blieb aus. Sie verschwanden direkt vor seinen Augen. Spurlos und unspektakulär. Keine Auren, keine Kraftfelder. Sie waren weg und blieben es auch; verschwunden, als hätten sie nie existiert. Erleichtert ließ er sich zurücksinken auf den verkohlten Boden. Dann erst erinnerte er sich daran, was Maeves Macht und ihr magischer Schutz für ihn und seinen Plan bedeuteten. Doch selbst dieser Gedanke konnte seine augenblickliche Hochstimmung nicht verderben.

7

Joels kurzfristige Euphorie verflog ebenso rasch wie sie gekommen war und raubte ihm jede Kraft.

Er setzte sich auf den Rand des Bettes, in dem vor wenigen Minuten eine gesunde junge Frau gelegen hatte, die ihr gesamtes Leben noch vor sich hatte.

Nun hatte sie kein Leben mehr. Zumindest kein eigenes. Er fasste sich an den Kopf, doch die Kopfschmerzen und die nagenden Schuldgefühle blieben. Was war bloß in ihn gefahren? Vom ersten Moment an war diese Begegnung aus dem Ruder gelaufen. Von der Katastrophe direkt ins Chaos. Und da behauptete Edward stets, Joel sei paranoid, wenn er immer mit dem Schlimmsten rechnete. Gute Dinge konnten ihn überraschen, aber doch keine schlechten!

Aber war es wirklich schlecht? Er hob die Kette hoch und versuchte einen Blick in das Innerste seiner einzigen Perle zu werfen. Doch bevor er Magnus Tochter sehen konnte, ließ er das magische Schmuckstück wieder sinken. Sie war nicht einmal sein Typ. Sicher, sie war hübsch, aber sie war zu dünn. Er mochte weiche Frauen mit einem üppigen Busen, nicht solche mit langen Beinen und kecken, kleinen Brüsten. Trotzdem war er versucht gewesen, an ihnen zu nippen und zu saugen, um herauszufinden, ob sie sich neckisch nach oben aufrichten würden, wenn sie erregt waren.

Joel sah in den Spiegel und war verwundert darüber, dass er aussah wie immer. Nichts deutete auf seinen inneren Zwiespalt hin, nichts auf Gewissensbisse.

Er sah gut aus, wie immer; hätte jede Frau auf der Welt haben können. Die meisten von ihnen wären erfreut gewesen. Der Vampir schüttelte den Kopf und warf einen erneuten Blick in den Spiegel, um einen unauffälligen Blick in das kleine Gefängnis werfen zu können, sah sie jedoch nicht.

Sie war jung, aufbrausend und viel zu temperamentvoll. Eine Eigenschaft, die sie sicher von ihrem Vater hatte. Was war bloß in ihn gefahren, sich solch ein

Teufelsweib zu nehmen? Er hätte sie töten dürfen, hätte völlig freie Hand mit ihr gehabt – aber jetzt war sie ihm für den Rest der Ewigkeit schutzlos ausgeliefert und er wurde von Schuldgefühlen übermannt. Nicht einmal bei Claire – die er doch einst für alle Ewigkeit hatte lieben wollen – hatte er sich so gefühlt. Alles in allem war das hier das Widersinnigste und Unüberlegteste, was er je in seinem Leben gemacht hatte. Und er kannte nicht einmal ihren Namen!

Joel begann zu kichern und schließlich zu lachen. Plötzlich fühlte er sich erleichtert und frei. Ein bislang unbekannter Teil seiner Selbst hatte also beschlossen, dass das Mädchen zu ihm gehörte? Ein Fehler, den er nicht mehr rückgängig machen konnte – oder wollte.

Als erstes würde er zumindest ein wenig ihres Vertrauens gewinnen müssen. Eine Umgebung, die ihr gefiel und in der sie leben konnte. Wieder sah Joel sich um. Dieses Mal fiel sein Blick zum Kleiderschrank. Er trat einen Schritt näher und inspizierte die Kleidung. Die meisten Teile waren flippig, bunt und provokativ. Mit Aufdrucken und Mustern, die seinen Augen weh taten und die er nicht an einer Frau sehen wollte, die ihn interessierte. *Auch die Möbel* … er schnalzte mit der Zunge. Zweifellos ein gemütliches Jugendzimmer. Aber zu klein und zu unordentlich. Er verwarf seine Idee, ihr Zimmer einfach eins zu eins in ihr Perlengefängnis zu projizieren. Abgesehen davon, dass es ihm nicht gefiel – für seine Frau nicht gefiel –, sie wäre auch niemals darauf hereingefallen. Niemals hätte sie ihm geglaubt, wenn er so getan hätte, als wäre sie immer noch in ihrem normalen Zimmer.

Ein Bett. Als erstes brauchte sie ein großes Bett – er grinste – mit Satinlaken und Satinbettwäsche. Beides Schmeicheleien für die Haut und einzig dazu geeignet, sich unbekleidet hineinzulegen. Er entschied sich für denselben Silberton, den ihr Nachthemd hatte, und der ihr so ausnehmend gut stand.

Dann prüfte Joel die anderen Sachen: Kleiderschrank, Spiegel, Kommode, Nachttisch, Nachttischlampe, große Lampe, Schalter und Dimmer, Sitzecke mit Tisch, Fernseher und Stereoanlage, DVD-Spieler, Schreibtisch und Stuhl, Stifte, Papier, Bücher … Er trat näher an ihr Bücherregal, um einzelne Titel lesen zu können. Dann inspizierte er ihre CDs und ihre DVDs. Wieder ließ er seinen Blick zu ihrem offen stehenden Schrank gleiten. Ein echtes Problem – oder eine Herausforderung.

Ein Lächeln zog über Joels Gesicht und er wandte sich wieder dem Nachttisch zu, wo einige aktuelle Modezeitschriften lagen. Konzentriert durchforstete er sie, einen nach dem anderen. Unter dem untersten lag ein verschlossener Umschlag. Verschlossen, nicht adressiert und nicht magisch. – Und trotzdem hatte der Vampir das Gefühl, der Brief habe für ihn dort gelegen. Ausschließlich für ihn. Stirnrunzelnd öffnete er den Umschlag, um an die Nachricht zu gelangen.

8

Maeve ließ sich neben Hasdrubal nieder und sah den Karthager wortlos an. Die Sorge und die verhaltene Zärtlichkeit in ihrem Blick brachten sein Gewissen zum Klingen – und seine Wut. Sie hatte kein Recht dazu, ihn so anzusehen. Kein Recht, ihr Leben für seins zu riskieren. Er schloss die Augen und konzentrierte sich auf seinen Heilungsprozess.

»Du wirst essen müssen!« Selbst in Maeves Stimme schwangen Emotionen mit, die er nicht akzeptieren konnte.

»Du auch«, grollte er wütend. Erst dann fiel ihm ein, dass er ihre Zuneigung für sich auszunutzen konnte, um hinter ihre magische Verteidigungslinie zu gelangen. »Danke«, murmelte er. Trotz seiner Überlegung klang das Wort nicht dankbar, sondern wie eine Anklage.

Maeve schenkte ihm ein Lächeln, als hätte sie es nicht bemerkt. »Ich brauche nur Ruhe.« Sie strafte das Ziehen in ihrer verheilenden Schulter Lüge, setzte sich auf und sah zum Wasser. »Und ein Bad.«

»Wir sollten uns nicht trennen«, meinte Hasdrubal, »wir könnten jederzeit wieder angegriffen werden.«

Er fühlte sich müde und ausgelaugt, als auch der letzte Rest Adrenalin und Euphorie von ihm abfiel. Er vermochte nicht zu sagen, ob es daran lag, dass der Anblick seiner Königin – der Frau, die eben ihr Leben für ihn riskiert hatte – ihn schwächte, oder die Gedanken an seine unendliche große Verantwortung für alle Vampire.

Tatsächlich gab es jetzt nur noch eine einzige Rebellenarmee, und Hasdrubal wusste genau, dass sie ihn nicht angreifen würde. Sie überließen ihm die Königin. Aber das konnte er ihr schlecht sagen.

Maeve schwieg so lange, dass sich Hasdrubal fragte, ob sie von seinen Überlegungen wusste. Doch schließlich schüttelte sie den Kopf.

»Die Chancen sind so gering …« Sie ließ ihre Behauptung ausklingen. »Du gehst jetzt etwas essen und ich … weg … Morgen bei Sonnenuntergang treffen wir uns wieder hier.«

Der Karthager schüttelte den Kopf. Er hatte keine Ahnung, wie lange die anderen Rebellen – allen voran Nemesis – noch abwarten würden, aber jede Stunde, die sie nicht nach der Ursache der plötzlichen Vampirsterblichkeit suchten, war eine verschwendete Stunde. »Wir treffen uns in einer Stunde hier, vor Sonnenaufgang.«

Maeve warf ihrem Begleiter einen skeptischen Blick zu. Noch vor wenigen Wochen hätte Hasdrubal ihr niemals widersprochen, geschweige denn sich einem klaren Befehl widersetzt. Seine neue Stärke gefiel ihr, auch wenn sie sich gegen ihre Autorität richtete.

»Und dann?«

»Dann schlafen wir dort.« Hasdrubal zeigte auf das Hügelgrab.

»Ich habe doch gesagt, ich bin nicht Medb.«

»Aber vielleicht finden wir dort einen Hinweis?«

»Unter wie viel Tonnen Stein?« Maeve schüttelte den Kopf. »Es ist keine Gruft, dort ist neben dem Leichnam kein Platz für uns. Es ist ein Skelett und ringsherum sind Steine.« Beinahe konnte sie schon die geschätzten 50 000 Tonnen auf sich und um sich herum spüren.

»Wer sagt das?« Hasdrubal zwinkerte ihr zu und bevor sie einen weiteren Einspruch platzieren konnte, war er mit der Dunkelheit der Nacht verschmolzen und verschwunden.

»Verdammt«, fluchte Maeve. Was brachte es, Königin zu sein, wenn man nicht über die wirklich wichtigen Vampire herrschen konnte? Niemand, nicht einmal ihr ehemals engster Vertrauter, schien auf sie zu hören. Sie hatte kaum genügend Macht, um gegen ihre eigene Müdigkeit zu kämpfen und nicht einmal eine Ahnung davon, was ihre Zwillingsschwester oder deren Tod mit der erloschenen Unsterblichkeit zu tun hatte. Neue Zweifel keimten in Maeve auf, als sie sich gedanklich auf das Wasser und das Ufer konzentrierte.

Gedankenschnell hatte sich die Welt um sie herum verändert und sie an den Ort gebracht, der eben nur in ihrer Vorstellungskraft existiert hatte. Taumelnd kam sie am Ufer zu stehen und ließ sich zu Boden gleiten. Tatsächlich würde auch sie bald Essen zu sich nehmen müssen, um den Blutverlust auszugleichen. Aber noch nicht jetzt. Jetzt benötigte sie Wasser, um sich daran zu erinnern, wer sie war. Sie schloss die Augen und kämpfte gegen die innere Anspannung. Der tiefe Riss in ihrem Inneren schrie nach ihr und seine Kraft gen Wahnsinn schien wieder stärker zu werden. Einen Moment lang wollte sich alles in ihr fallen lassen, einfach in der Dunkelheit des Nichts verschwinden und wieder den geistigen Frieden der Umnachtung finden.

Ohne ihre Kleidung auszuziehen, machte Maeve drei entschlossene Schritte nach vorne und tauchte in das Wasser des jäh abfallenden Sees. Eisigkalt riss das flüssige Element die Vampirkönigin von dem drohenden Abgrund fort und katapultierte sie zurück in ihre Erinnerung in ein anderes Wasser.

9

Sie musste eingeschlafen sein.

Als Judith die Augen erneut öffnete, war das Innere der Perle nicht mehr das Innere der Perle, das sie kannte. Obwohl sie sich immer noch am selben Ort befand, hatte sich alles verändert. Aus ihrem Gefängnis war ein großes Zimmer geworden. Gemütlich und so zweckdienlich ausgestattet, dass sie sich an den Kopf griff, um sich davon zu überzeugen, dass sie selbst real war und dies hier kein Traum.

Sie stand auf und das nächste, was ihr positiv auffiel war der Boden. Es gab einen. Er war eben!

Erleichtert atmete sie auf. Der Vampir hatte sie an einen anderen Ort gebracht.

Doch wo war das Monster? Verärgert presste Judith die Lippen zusammen, während sie nach der dünnen Satinbettdecke griff und sich in sie hüllte. Danach betrachtete sie ihr Gefängnis. Eine Designer-Sitzecke mit Glastisch. Eine kleine Schrankwand mit Plasmafernseher und Stereoanlage. Mit gerunzelter Stirn ging sie zu dem Glastisch. Der Fernseher funktionierte – hatte aber keinen Empfang. Dasselbe Ergebnis erhielt sie mit dem Radio. Sie würde auf CDs zurückgreifen müssen. Aber immerhin: Judith legte den Kopf schräg und überflog einzelne Titel. Es war ihre gesamte CD Kollektion, samt und sonders. Wie war das möglich?

Nachdenklich prüfte sie die DVDs und die Bücher im benachbarten Regal. Ihre, die gelesenen und die ungelesenen.

Sie drehte sich um und marschierte mit großen Schritten durch den Raum. Etwa 15 mal 20 Schritte maß ihr Reich.

Etwas entgeistert wandte sie sich dem Kleiderschrank zu. Er passte farblich zu der Sitzecke und dem Bettgestell und nahm wesentlich mehr Platz ein als der Schrank in ihrem Zimmer. Plötzlich hatte sie Angst. Wenn der Vampir ihre

Umgebung verändern konnte, konnte er ihr auch die Kleidung zur Verfügung stellen, die er für angemessen hielt.

Trotzdem riskierte sie einen Blick. Moderne Kleider, klassische Kleider, festliche Kleider. Entsetzt ging sie die Bügel durch, bis sie zu den Röcken kam. Dort wiederholte sich das Spiel: Modern, klassisch, festlich. Ebenso bei den Oberteilen. Es gab nicht eine einzige Hose, keine Shorts – und keine kurzen Kleidungsteile. Nichts Beinfreies. Dabei waren ihre Beine das Beste an ihrem ganzen Körper. Nahezu zeitgleich zu diesem Gedanken schalt sie sich selbst. Schließlich hatte sie nicht vor, irgendjemanden – geschweige denn einen gewissen gut aussehenden Vampir – zu reizen.

Sie griff nach einem blauen Kleid mit Spaghettiträgern. Der Stoff war wundervoll und die Farbe würde ihr atemberaubend gut stehen. Bedauernd fuhr sie mit den Fingern über das Kleidungsstück, genoss einen Augenblick lang das Gefühl der fließend weichen Textile unter ihren Händen, dann hing sie das Kleid wieder zurück. Es war nicht ihres, würde es niemals sein. Alles in diesem Zimmer war nicht ihres. Nicht einmal die Bücher, die denen aus ihrem Zimmer nachempfunden waren. Gewohnt, pragmatisch zu denken öffnete Judith eine der Kommodenschubladen. Unterwäsche in allen Farben und Formen reihten sich fein säuberlich geordnet auf Bügel. Schwarz und weiß und rot und rosa, Spitze, Satin und Samt und allesamt ein besseres Hauch Nichts.

Sie stöhnte. War der verdammte Vampir einen Katalog durchgegangen? Und hatte sich dafür entschieden, ihr nichts Zweckmäßiges zukommen zu lassen? Sie stutzte, als ihr ein beängstigender Gedanke kam. Was, wenn dies die zweckmäßige Kleidung war? Plötzlich erinnerte sie sich an seine Drohung »Ich kann alles mit dir tun« und daran, wie erregt er gewesen war, als er sie unter sich gezogen hatte, um ihr Blut zu trinken. Trotz ihrer Angst und des plötzlich auftretenden Phantomschmerzes in ihrer Zunge wühlte sie der Gedanke mehr auf, als ihr lieb war. Denn eines konnte sie zwar vor ihm leugnen, aber nicht vor sich selbst: Auch sie war erregt gewesen. Erregt wie noch nie zuvor in ihrem Leben.

Schicksalsergeben griff sie erneut nach dem blauen Kleid.

10

Erleichtert tauchte Maeve auf. Der Abgrund hatte sich geschlossen, der Riss in ihrem Innersten ruhte. Kein Zug mehr Richtung Wahnsinn. Doch wie lange noch? Sie hatte vielleicht eine Gnadenfrist von wenigen Stunden erreicht.

Wieder in dem kalten Nass untertauchend, befreite sich Maeve von ihrem schwarzen Rock und warf den Stoff ans Ufer. Dann schälte sie sich aus ihrer hellen Tunikabluse. Das Blut hatte sich ohne Probleme aus dem Stoff gelöst und mit einem Seufzer der Befreiung folgten sie und die Unterwäsche dem Rock zum Ufer.

Maeve legte sich aufs Wasser, eine so vertraute, beinahe instinktive Handlung, dass sie es schon immer gekonnt haben musste. Tatsächlich trug die Wasseroberfläche sie, ohne dass sich Maeve auf diesen Zustand konzentrieren musste. Entspannt sah sie zu den Sternen auf und versuchte an nichts zu denken. Schon nach wenigen Sekunden stellte sich der gewünschte Effekt ein. Seltsam losgelöst von ihrem Körper trieb sie gewichtslos und im völligen Einklang mit der Schöpfung und sich selbst in der Dunkelheit. Das Wasser gab ihr das Gefühl von Sicherheit, das sie seit Julius Tod und ihrem Erwachen aus dem Wahnsinn – direkt nach dem Tod ihrer Zwillingsschwester Morna – schmerzhaft vermisste.

Einzig in Hasdrubals Armen hatte sie sich auch geborgen gefühlt. Maeve schnaubte und versuchte den Gedanken an den Karthager zu ignorieren und sich stattdessen wieder auf das Wasser zu konzentrieren. Für eine Sterbliche zu kalt, war es für sie absolut perfekt. Prickelte kalt um sie herum, auf ihrer Haut, und trug ein Versprechen mit sich, welches in Anbetracht des näher rückenden Todestags von Julius trügerisch war. Frieden. Ewigkeit.

Maeve tauchte abermals. Ohne Probleme ging ihr Körper unter, glitt durch das Wasser und blieb erst am Grund stehen. Ihre Haare wirbelten in der von ihr verursachten Strömung hin und her wie Seetang, folgten unsichtbaren Wellenspuren und hoben sich von dem nachtschwarzen Wasser ebenso ab wie ihre Haut. Maeve ließ ihre Hände über ihren Körper gleiten und schlagartig war der Gedanke wieder da: Julius.

Die Erinnerung an die Stunde ihres Bundes war so lebhaft, so intensiv, dass Maeves Fingerspitzen zu einem Widerhall von Julius' wurden. Wie sehr sie ihn liebte und vermisste. Abwesend glitten sie über ihre empfindsame Haut und flatterten seitlich an ihrem Hals entlang zurück, über die Schultern und zu ihrem Busen. Die Brustwarzen zwischen Daumen und Zeigefinger zwirbelnd, merkte sie nur am Rande ihrer Wahrnehmung, dass sie am seicht abfallenden Ufer zu liegen kam. So ihrer Gewichtslosigkeit beraubt, nutzte sie diesen Umstand, um ihre Rechte weiter nach unten gleiten zu lassen, zwischen ihre Schenkel.

Hasdrubal verharrte reglos, seine Müdigkeit zersplitterte in tausend Einzelteile und fügte sich zu etwas anderem zusammen.

Wie in einem Déjà-vu hatte er eine ähnliche Szene vor Augen gehabt, als er statt direkt am Wasser in einiger Entfernung gelandet und hergeschlichen war. Trotzdem traf ihn der Anblick unvorbereitet und kein Gedanke an seinen toten Bruder half. Sein Leib war noch von Leben durchflutet und vom Blut erhitzt, doch was nun wirklich in seinen Adern brannte, war eine Leidenschaft, die ihn beinahe vergessen ließ.

Wie eine wilde Meerjungfrau räkelte sich die rothaarige Undine am Ufer. Nackt und halb im Wasser, halb mit Schlamm bedeckt glich sie einem Fabelwesen, geboren aus den erotischsten Fantasien eines Mannes. Die Erregung ging in kleinen Wellen von ihr aus und umfasste ihre nächste Umgebung ebenso wie ihn selbst.

Sein Penis zuckte. Eine kleine, verbotene Bewegung der Leidenschaft.

Er sah zu, wie sich Maeves kleine, perfekte Finger um ihre rosige Brustwarze schlossen, sie sanft drückten und reizten, bis sie sich verhärtete und keck nach oben zeigte. Maeves andere Hand strich über ihr Gesicht und Hasdrubals Blick folgte der Bewegung, nahm jede Veränderung in der Miene der Königin wahr, jeden neuen Zug der Leidenschaft um ihren Mund, der sich jetzt um einen Finger schloss. Er sah, wie sie den Finger wie küssend mit der Zunge berührte und langsam vor und zurück bewegte und ihn anschließend feucht um die empfindsame Haut der Lippen tanzen ließ. Maeves Gesichtsausdruck wechselte von andächtig zu leidenschaftlich und während ihre Hand nun wieder nach unten glitt, kam er nicht umhin, seinen Blick ebenfalls über ihren Körper gleiten zu lassen. Über den festen, kleinen Busen, dessen Warzen keck und erregt nach oben gerichtet waren, hinab über die schmale Taille und ihre langen Beine entlang.

Widerwillig versuchte er sich daran zu erinnern, wer er war und wer sie war.

Versuchte, sich an seine Moral zu halten, an das Wissen um seinen Bruder. Vergeblich. Er konnte spüren, wie sein Schaft sich bewegte, als gelte jede der beinahe magischen Bewegungen der Königin ihm und ihm allein. Der gottgleiche Anblick der sich windenden Vampirin ließ ihn nicht kalt.

Sachte ließ er seine Hand über die Wölbung seiner schwarzen Stoffhose gleiten und umschloss sie durch die Textile. Beinahe hätte er gestöhnt und durch diesen Laut Maeve aus ihrer nebelhaften Verzückung gerissen!

Beschämt ob seiner Erregung und seiner Disziplinlosigkeit versuchte er abermals den Blick abzuwenden.

Exakt diesen Augenblick nutzte die Königin, in ihren Gedanken gefangen, um ihre Beine ein wenig mehr zu spreizen. Das leicht rosige Innere ihrer Vulva leuchtete ihm trotz der Dunkelheit einladend entgegen und der verlockend kreisende Finger auf ihrer perlenförmigen Klitoris reizte ihn dazu, aus seinem Versteck zu treten und sich zu seiner Königin zu gesellen.

Maeve schauderte, als sie an den Augenblick dachte, an dem Julius in sie eingedrungen war. Bis zu diesem Moment war sie Jungfrau gewesen, unberührt und auf den richtigen Mann wartend.

Sie ließ einen Finger in sich hinein gleiten, genoss die seidige Enge, die sich fest und verlangend mit einem leisen Geräusch, der wie ein sinnliches Schmatzen klang, um sie schloss.. Nach Julius' Tod kam ihr ihre Selbstbefriedigung zwar wie ein kleiner Liebesverrat vor, würde aber den drohenden Verfall in den Wahnsinn eventuell ein wenig hinauszögern, auch wenn sie ihm wahrscheinlich nicht entkommen konnte. Dieses Mal nicht mehr.

Hasdrubal warf seinen klaren Verstand über Bord, seine Moralvorstellungen und seine Regeln. Wenn er Maeve schon nicht zur Hand gehen und ihren Körper in Besitz nehmen konnte, um sie für alles zu bestrafen, was sie seinem Bruder versprochen und nie gehalten hatte, so würde er doch nehmen, was sein Körper ihm zur Verfügung stellte. Wenn seine Libido nicht widerstehen konnte, warum sollte er dann?

Hasdrubal schob seine Hose nach unten und befreite seine Erektion. Ohne seinen Blick von Maeve abzuwenden, von den Fingern, die in ihren Körper hineinpumpten, ließ er seine Finger sachte über die Spitze seines Penis gleiten, spielte mit dem kleinen Vorhautbändchen und drückte auf die winzige Öffnung, an der sich bereits ein Lusttropfen gebildet hatte. Dann umschloss er mit der zweiten Hand seine Peniswurzel und mit der Rechten seinen Schaft, ließ den Druck der Finger langsam wachsen, bevor er die Hand am Schaft nach unten bewegte. Und wieder nach oben, über die Eichel, zurück über das Bändchen und wieder nach unten.

Maeves Finger glitt in die Feuchtigkeit ihrer Scheide, ihr Daumen tanzte über ihre Klitoris, in der sich all die leidenschaftlichen Impulse ihres Körpers sammelten, verknüpften und durch alle Nervenbahnen zerfaserten, als sie der visuelle Schock unvorbereitet traf. Julius tauchte direkt vor ihrem inneren Auge auf. Ebenso schön, herrisch und verlockend wie vor Jahrhunderten. Der immer noch aktive Bund zu ihm, zu einem Toten, und die Lust nach ihm, drohten sie zu überwältigen.

Dann fühlte sie etwas anderes, ein Pulsieren in der Nacht, einen vampirischen Körper, der seiner animalischen, amoralischen Leidenschaft nachgab und der Bund gab Ruhe.

Nicht jedoch das Verlangen ihres Körpers nach Julius' Körper, nach seiner Fülle. Sie ließ einen zweiten Finger in sich hinein gleiten und einen dritten. Fast!

Hasdrubal ließ sich von den Wellen der Leidenschaft tragen, die sie ausstrahlte, der wilden Hingabe, die ihr wahres Wesen beinahe auszulöschen schien, sie zu einer Göttin werden ließ.

Die Finger des Karthagers schlossen sich fest um seine Erektion, benutzten Maeves Rhythmus, um sich zu befriedigen.

Als sich Maeves Becken hob, ihr Finger bis zum Anschlag in ihr versank, verlegte er sich darauf, mit drei Fingern gleichzeitig mit seinem Vorhautbändchen zu spielen.

Maeve wimmerte, als sie wieder den kleinen Knubbel in ihrem Inneren berührte und Feuchtigkeit aus ihr schwemmte.

Die erste Woge ihres Orgasmus' traf sie völlig unvorbereitet und jagte in konvulsivischen Schauern durch ihre Muskeln. Ließ sie krampfen und sich entspannen in einem Tempo, das sie zum Stöhnen brachte. Ihr Becken zuckte nach oben, wollte mehr, wollte die Finger tiefer, doch es ging nicht. Ihr Po zog sich zusammen, während sich ihre Scheide entspannte und wieder zusammenzog. Ihre Finger glitten aus ihr, doch ihr Körper krampfte immer noch, verlangte und forderte, genoss und bekam. Die Erinnerung an jeden Orgasmus, den sie je durch Julius erfahren hatte, brach aus ihr hervor, überschwemmte ihren Körper und pflanzte sich in jeder ihrer Körperzellen fort, bis die Grenzen zwischen ihrem Körper, ihrem Verstand und ihrer Seele nichtig wurden.

Ihr Schrei der Erlösung gellte in die Nacht, vermischte sich mit dem lautlosen Stöhnen des Beobachters und katapultierte sie für einen Augenblick körperlos zurück zum Ursprung jedweder Existenz.

11

Nur mühsam konnte sich Joel von den Worten losreißen und den Brief wieder zurück in den Umschlag schieben. Die knappen und klaren Sätze hatten jeglichen Zweifel ausgelöscht. Es war klar, von wem der Brief stammte und an wen er gerichtet war. Das Wissen des Magnus hatte Joel beeindruckt und abgestoßen, der Plan des einstigen Freundes war in Gänze aufgegangen, auch wenn er noch nicht den Sinn und Zweck verstand.

Aber Judith würde verstehen! Judith. Joel drehte das Wort in seinem Mund hin und her wie einen exquisiten Wein. Bittersüße Judith, bittersüßer Name. Hart und weich zugleich. Was hatte Magnus mit ihr vor? Und was mit ihm?

Joel seufzte. Irgendwann würde er sich seiner Gefangenen ohnehin stellen müssen – und den Konsequenzen seiner Handlung. Er seufzte abermals. Dann nahm er all seinen Mut zusammen, schloss die Augen und konzentrierte sich auf seine schöne Gefangene und auf ihr Gefängnis. Ein helles Gleißen löschte für einige Sekunden seine Existenz aus.

Als er die Augen wieder öffnete, stand er in der Mitte des Perlenzimmers. Mit einer anmutigen Bewegung erhob sich seine Gefangene aus dem Sessel und trat einen Schritt zur Seite. So, dass sich der Couchtisch zwischen ihnen befand. Die Wut in ihren ausdrucksstarken Zügen schmälerte die Wirkung, die sie auf ihn hatte, kein bisschen. Das blaue Kleid, welches sie aus ihrer neuen Garderobe gewählt hatte, schmeichelte ihr. Die Farbe betonte die Blässe ihrer Haut und ließ sie beinahe ebenso hell schimmern wie seine eigene. Ihre lebhaften Augen wurden betont, während der Stoff des Kleides ihrer eigentlich knabenhaften Figur einen nahezu anrüchigen Touch verlieh. Kurvig und verführerisch. Ihre Haltung, eine Art königlicher Trotz, ließ darauf schließen, dass sie ihn bereits erwartet hatte.

»Ich bin also eine Gefangene?« Bei diesen Worten, die ihre Situation zusammenfassten, zog sie eine Augenbraue in die Höhe. Eine herablassende Geste, die ihn bei jeder anderen Frau gestört hätte. Bei ihr fand er sie entzückend. Schließlich wusste sie nicht, wie Recht sie mit dieser Frage hatte.

Er trat einige langsame Schritte näher zur Sitzgruppe. Sie wich nicht vor ihm zurück, sondern hielt seinem Blick mit einer Gelassenheit stand, die ihn reizte. Genau die Art von Reiz, durch den sie beide an diesen Ort gelandet waren. Wütend zog Joel den Brief aus seiner Tasche.

»Wann hattest du vor, mir das hier zu geben?« Joel hielt Magnus Nachricht in die Höhe und wedelte damit wütend über dem Couchtisch in der Luft herum. Hätte ihm dieses kleine, hübsche Biest den Brief gegeben – oder nur eine Andeutung gemacht, dass ihr Vater mit seinem Auftauchen gerechnet hatte – dann wäre er nicht abermals auf eine temperamentvolle und verlogene Frau hereingefallen und jetzt frei. Und sie auch!

Judith streckte die Hand nach dem Zettel aus und zu seiner eigenen Überraschung überließ er ihn ihr. Joel beobachtete, wie Magnus Tochter die Nachricht las. Ihre Miene zeigte eines deutlich: Sie hatte diese Worte nie gelesen. Und nie einen Verdacht gehabt. Die Vorwürfe gebührten folglich allesamt ihm allein. Er selbst hatte die Mitteilung übersehen, zu fasziniert von Magnus Tochter, um sich auf das Wesentliche zu konzentrieren. Stumm verfluchte er sich selbst.

Doch selbst jetzt war sie wieder da. Die unerklärliche Faszination, die Judith auf ihn ausübte und der er sich nicht entziehen konnte. Und je stärker er es versuchte, desto mehr übernahm der primitive Teil seines Selbst die Kontrolle.

Judith starrte auf die weiße Seite und versuchte, sich auf den Text zu konzentrieren. Inzwischen hatte sie ihn mehrmals gelesen und obwohl die Worte immer dieselben waren, schien sich mit jedem Mal Lesen ihre Aussage zu verändern – nicht zu ihren Gunsten.

Sie konnte spüren, wie die Kopfschmerzen erneut einsetzten und das Pochen hinter ihren Schläfen begann.

Sie sah auf. Der Vampir hatte sich nicht bewegt, sah sie nur mit dieser erdrückenden Determination an, die auch in den Worten ihres Vaters mitgeschwungen war. Beides machte sie wütend.

Sie reichte ihm den Brief zurück, sorgsam darauf bedacht, das untote Wesen nicht zu berühren.

»Was soll das bedeuten?« Sie gab sich keine Mühe, die Schärfe aus ihrer Stimme zu verbannen.

»Magnus hat geplant, dass du meine Geisel wirst – oder meine Geliebte.« So wie der überhebliche Blutsauger das Wort Geliebte betonte, beinahe ausspie, fand er den Gedanken ihres Vaters lachhaft.

Ein Umstand, der sie erneut wütend machte. Nur weil er erschreckend gut aussah und sicherlich nahezu alle Frauen haben konnte, die er wollte, musste er ihr nicht so deutlich zu verstehen geben, was er von ihr hielt. Die Missgeburt eines anderen Vampirs.

Joel beobachtete wie Judith höhnisch schnaubte. Die Geste hob ihren Brustkorb und lenkte seinen Blick auf ihren Busen. Einen kleinen, festen Busen, der keinerlei Schmuck nötig hatte, keinen unterstützenden BH, und der doch von einer Weiblichkeit zeugte, die Judith noch nicht einmal bemerkt zu haben schien.

»Deine Geliebte?!« Judith musste sich keine Mühe geben, ihren Unglauben über die Worte des Vampirs auszudrücken.

»Ja, lustig, nicht wahr?!« Joel streute diese Worte lässig in das Gespräch. Er konnte Judiths Wut spüren und nachvollziehen. Anscheinend mochte sie es ebenso wenig wie er, als Spielfigur benutzt zu werden.

»Kein bisschen lustig!« Sie maß ihn mit einem Blick, der ihn wütend machte, auch wenn er versuchte, das Gefühl zu leugnen.

»Wieso? Nicht zum Vögeln aufgelegt?« Joel wunderte sich über seine eigene Ausdrucksweise. Sie passte nicht zu ihm. Ebenso wenig wie der grobe Tonfall.

»Mit dir?« Judith konnte nicht anders, als abermals eine Augenbraue höhnisch nach oben zu ziehen. Der herablassende Ton des Vampirs gab ihr den Rest, obwohl sie wusste, dass sie ihn dadurch noch mehr provozierte.

»Ah!« Joel schlenderte näher. »Mit jedem anderen – aber nicht mit mir«, vermutete er und die Wut, die Joel über Magnus‘ Plan empfand, erstreckte sich plötzlich auch auf dessen Tochter.

Judith trat einen Schritt zurück. Wie zum Teufel war sie bloß in diese Situation gekommen? Sie hatte sich vorgenommen, vernünftig zu bleiben, gelassen und ruhig – und sich unter keinen Umständen provozieren zu lassen. Aber ihr Vater kannte sie zu gut! Er hatte gewusst, dass sie seinen Brief und die Selbstverständlichkeit, mit der er sie zur Geliebten eines Wildfremden auserkoren hatte, nicht auf sich würde sitzen lassen können. Und dass ihre Wut den besagten Wildfremden reizen würde.

Kurz lag ihr eine Entschuldigung auf den Lippen, doch bei dem Gesichtsausdruck des Vampirs versagte ihr die Sprache. Mit einer Gewissheit, die ihren Ursprung in einem fremden, magischen Teil ihres Bewusstseins hatte, war ihr klar, dass sie ihn nicht würde stoppen können. Nichts, was sie sagte oder tat, würde ihn noch aufhalten. Selbst der kleine Tisch zwischen ihnen war ein Witz im Vergleich zu seiner bezwingenden Stärke.

Trotzdem griff sie hinter sich und nahm den erstbesten Gegenstand, den ihre Finger berührten. Das erste Buch verfehlte Joel nur knapp, ebenso das zweite.

»Verdammt«, fluchte er und wehrte ein drittes Buch ab. »Hör auf!«

Das nächste Buch streifte ihn am Kopf. Sie hatte es so schnell geworfen, dass er es nicht hatte kommen sehen. Joel zögerte. Einen Moment, den Judith nutzte, um aus der Ecke der Sitzgruppe zu fliehen, sie zu umrunden und nach einer der schwereren Glaskugeln zu greifen, die ihr Regal zierten. Sie hatte sich bewegt wie ein Vampir. Schnell und zielgerichtet und für das normale Auge kaum wahrnehmbar. Als die Glaskugel in derselben Geschwindigkeit angeflogen kam wie die Bücher, hatte Joel genug.

Bevor Judith seine Bewegung sah, hatte der Vampir sie auf das Bett geworfen. Über ihr thronend wirkte er furchteinflößend und sein Blick wies mehr als deutlich darauf hin, dass sie einen Fehler gemacht hatte. Sie war den entscheidenden Schritt zu viel gegangen. Hier und jetzt würde sie den Preis dafür bezahlen und sterben.

Panisch trat sie nach dem Vampir und zu ihrer Überraschung traf sie ihn dieses Mal tatsächlich. Und das, obwohl er versuchte ihr auszuweichen. Die Tatsache, dass sie ihn verletzt hatte, dass sie ihn überhaupt verletzten konnte, gab ihr neuen Auftrieb und sie verstärkte ihre Bemühungen, sich aus seinem Griff zu befreien.

Joel, der eben dabei war, den Griff um ihre Handgelenke zu verlagern, verlor das Gleichgewicht. Die Berührung, der volle Körperkontakt, gab ihm den Rest. Es dauerte eine Sekunde, bis er bemerkte, dass das laute und vehemente Knurren aus seiner Kehle kam. Eine Sekunde, die er brauchte, um die Widerspenstige unter sich festzuhalten und mit Hilfe seiner Hände und Beine reglos zu fixieren.

Judith stöhnte empört auf. In den Klauen des Raubtieres gefangen.

Als er den Kopf zu ihr beugte, schloss sie die Augen. Sie würde ihn bei ihrer Tötung nicht ansehen, sondern ihn ausschließen und sich wehren – wenn auch nur noch mental. Niemals würde sie um Gnade bitten, ihn niemals ihren Stolz brechen lassen. Ihr Tod würde ihm keine Befriedigung verschaffen – nur Nahrung.

Sein Mund legte sich auf ihren und trotz ihrer Überraschung versuchte sie, ihre Lippen geschlossen zu halten. Zwecklos. Der Druck seines mahlenden Mundes war mehr, als sie ertragen konnte. So also würde es enden. Ebenso schmerzhaft wie es begonnen hatte. Sie konnte die Tränen nicht länger zurückhalten, als sie nachgab und ihren Mund öffnete.

Joel biss zu. Sanft dieses Mal, verführerisch. Er griff nach ihren Gedanken und strich an ihnen entlang. Sein Schmeicheln war auf allen Ebenen eindeutig.

Judith wand sich unter dem Vampir. Sie wusste selbst nicht mehr warum. Tausend Gedanken schwebten durch ihren Kopf, schienen nicht mehr ihr zu gehören, sondern einer fremden Frau. Einer Frau, die genoss, was gerade geschah, die Hilflosigkeit begrüßte, mit der er sie dazu zwang, seine Liebkosung zu empfangen. Alles in ihm, sein Körper, sein Mund und seine Gedanken, forderten sie auf nachzugeben. Eine Aufforderung, die sie längst nicht mehr benötigte. Ihr Körper schien nur noch aus Wollust zu bestehen, aus einer Leidenschaft, die sie selbst erschreckte und ihre zivilisierte Fassade und ihre Moralvorstellung zu einer Lachnummer degradierte.

Joel löste sich von der Wunde, dieser Möglichkeit, Judiths Körper zu infiltrieren, zu penetrieren und sich zu eigen zu machen, und schloss sie mit einem neckischen Lecken seiner Zunge. Sie verheilte augenblicklich und gestattete ihm, sich ausgiebig ihrem Mund zu widmen. Zu seiner Verblüffung war Judiths Gegenwehr erlahmt und ihre Lippen lagen weich unter ihm. Gerade, als er dachte, er könne sich von ihr lösen, sich entschuldigen und ihr das Versprechen geben, sich von nun an von ihr fern zu halten – sehr fern – brach ihr geistiger Widerstand in sich zusammen und er befand sich im Zentrum einer rollenden Welle.

Judith spürte seine Gedanken, die ausstrahlende Verführungskraft und begriff, dass sie einen Fehler gemacht hatte. Sie hätte ihn aufhalten können. Jetzt war es zu spät! Aber selbst dieser Gedanke spielte keine Rolle mehr. Er war bloß ein weiterer Grund, sich später aufzuregen, aber nicht jetzt. Jetzt gab es nur noch sie und ihn und die Lust zwischen ihnen. Sein Geschmack drang von ihrer Zunge in ihren Körper und prickelte in ihrem Verstand. Wie konzentrierte Seide flüsterte ihr Blut von verbotenen und verruchten Dingen, während der Vampir weiterhin ihre Hände gefangen hielt. In einem Griff, der genau die richtige Dosis Schmerz durch ihre Adern sandte. Judith grollte, weil er sich Zeit ließ, viel zu viel Zeit.

Joel biss erneut zu. Ein menschlicher Biss in ihren Hals. Gerade fest genug, um ihr die immer noch vorhandene Gefahr vor Augen zu führen und sich an ihren wollüstigen Schreien zu ergötzen.

Judith hörte ihren eigenen Schrei, fremd und anregend in ihren Ohren. Ein Opfer, welches darauf brannte, vollkommen unterworfen zu werden. Bevor ihre ohnehin vage Moralvorstellung eingreifen konnte, biss der Vampir erneut zu. Sie konnte spüren, wie sich seine Zähne in ihre Haut drückten und einen nahezu vollkommenen Abdruck in ihr hinterließen. Sie bäumte sich unter ihm auf und dieses Mal ließ er ihre Hände entkommen, ließ zu, dass sie nach ihm griff und ihn berührte. Er war warm von seinem letzten Trunk, gesättigt von ihrem Blut. Judith wurde schwindelig, als der Vampir sie nachahmte, den Griff, mit dem sie sein Hemd zerrissen hatte, und ihr die Träger ihres Kleides von den Schultern riss und es mit einem einzigen, beinahe gewalttätigen Griff zerfetzte. Dann biss er sie erneut.

Entzückt schrie sie auf, während ihre Hände wie von selbst unter den Stoff seiner Hose glitten und seine Pobacken umschlossen. Der Druck seiner Zähne auf ihrer Haut, die unausweichliche Zeichnung und die Leidenschaft, mit der er über sie herfiel, war mehr, als sie sich in ihren wildesten Träumen erhofft hatte. Seine herrische Dominanz der Grund, warum sie bis jetzt jeden anderen potenziellen Liebhaber abgelehnt hatte. Jeder andere wäre vor ihren Wünschen zurückgeschreckt, davor, ihr die richtige Dosis Schmerz zuzufügen.

Joel konnte keinen klaren Gedanken mehr fassen und keine moralischen Entscheidung mehr treffen. Nie war eine Frau süßer gewesen, nie eine Aufgabe leidenschaftlicher, mehr einer Hingabe gleich als bei Judith. Wieder biss er zu, wunderte sich über die Gewalttätigkeit, die er empfand, als sie seine Hose öffnete, den Wunsch, ihren Körper zu zeichnen und daran zu erinnern, zu wem sie gehörte. Und sie genoss es!

Die Rotfärbung seiner festen Bisse, die Ebenmäßigkeit seiner Zahnabdrücke zierten Judiths Haut, ließen sie vollkommener werden, ein Kunstwerk der Liebe und Leidenschaft. Er kostete sie mit jeder Faser seines Selbst, als er erneut zubiss. Dieses Mal seine Vampirzähne und die Macht des Blutes nutzend.

Judith konnte erneut einen erstickten Schrei hören und wunderte sich, welche Frau es war, die diese Laute von sich gab. Sie spürte das Blut, welches aus ihr herausfloss. Schlag um Schlag in ihn eindrang und in seinen Adern weiterpochte. Ein inneres Pulsieren in einem Gleichklang, der sie zittern machte.

Joel spürte den Ansturm ihrer eigenen Gedanken, eine unbekannte Hitze, die ihn einhüllte, verlockte und verführte. Für Sekunden hielt ein mentaler Widerstand ihn auf, eine Sekunde, die er dazu nutze, wie ein Raubtier Judiths Unterhose zu zerreißen und das Wirbeln in seinen Emotionen zu ignorieren. Er hörte ihren protestierenden Seufzer – Musik in seinen Ohren –, als er erneut in ihre geistige Welt abtauchte. Er konnte ihre Gedanken fühlen, ihre Emotionen sehen – und ihre Aura. Ohne Blut und ohne körperliche Verbindung!

Bevor Joel sich von dem Schock erholt hatte, küsste sie ihn. Ein weiterer Schock. Forsch übernahm sie die Führung, lockte ihn neckisch, um sich augenblicklich zurückzuziehen, bevor er auf sie eingehen konnte. Entfloh ihm und entzog ihm Zunge und Hände, bis er erneut die Kontrolle verlor und seine Dominanz an ihr ausließ. Was sie aus tiefster Seele zu begrüßen schien.

Joel bewegte seine Hüfte, sein Penis glitt durch Judiths äußeren Schamlippen, verteilte die Nässe, die bisher aus ihr heraus geflossen war, und mit jedem Vor und Zurück reizte er ihre Klitoris.

Judith wollte ihn zu sich ziehen, ihre Finger wieder um seinen muskulären Hintern schließen und seine Bewegungen spüren, doch er ließ sie nicht. Widerwillig ließ sie zu, dass er erneut ihre Hände fing und über ihrem Kopf in die Matratze drückte, um sie zum Stillhalten zu bewegen. Empfangen, nicht geben.

Joel verstärkte den mentalen Druck und Judith tauchte in den Gedankentaumel ein, der sich zwischen ihnen aufgetan hatte. Emotionen und Moralfetzen, Vorstellungen und Hoffnungen, genährt von Küssen und Berührungen und einem Spiel aus Unterwerfung und Dominanz. Als der Vampir endlich sein Spiel beendete und mit einer einzigen fließenden Bewegung in sie eindrang, begrüßte sie den kurzen Schmerz und die intensive Fülle.

Er gab ihr keine Chance, sich an ihren neuen Besitz zu gewöhnen, sondern ging sofort in einen Rhythmus über, der ungewohnt war, archaisch. Judith konnte nicht mehr denken, nicht mehr einzelne Gefühle herausfiltern, zu verworren waren die Botschaften, die ihr Körper ihr sandte. Abgerissene Schreie verließen ihren Mund, während krampfhafte Zuckungen ihre Gliedmaßen schüttelten. Schmerzen und Freude, Ekstase und Leidenschaft ebenso stark wie Verwirrung und Überforderung, ohne dass sie sich wehren konnte oder wollte. Sie konnte spüren, wie ihr Denken vollständig erlosch und etwas anderes, Dunkleres aus ihr hervorbrach, und die Kontrolle über ihren Körper übernahm, um sie sogleich an den Vampir abzugeben. Ein lang gezogener, animalischer Schrei quoll aus ihr empor, als sie die Entladung ihrer Sinne kommen fühlte und der Orgasmus über ihr zusammenschlug

12

Als die Leidenschaft abebbte, schloss sich bittersüße Verzweiflung um Maeve. Nie wieder würde Julius sie anfassen, ihr nie wieder Liebe schwören. Er war tot und nur ihre Erinnerung und ihr Bund waren ihr geblieben.

Sie begann zu weinen, als der Schmerz ob des Verlustes beinahe zur körperlichen Qual wurde.

Hasdrubal starrte auf das verzweifelte Geschöpf im Uferschlamm, welches vor wenigen Augenblicken noch eine verführerische Undine gewesen war. Nun wirkte sie wie ein Irrwisch, der wütend auf alles und jeden zu sein schien. Wasser und Schlamm spritzte unter ihren Hieben auf und tauchte ihre Makellosigkeit in Dreck: Ihr nahezu gleichzeitiges Lachen und Weinen klang zum Erbarmen.

Hasdrubal lief ein Schauder über den Rücken. Der Wechsel zwischen Verzückung und Hysterie erinnerte ihn an die Maeve der letzten Jahrhunderte, die Maeve, die von Wahnsinn zerfressen gewesen war, ein Spielzeug in den Händen ihrer Schwester. Noch vor Minuten hatte er die Vampirkönigin dafür gehasst, dass sie nicht mehr wahnsinnig war – nun hatte er Angst, sie könne wieder der geistigen Umnachtung anheim fallen.

Was war bloß in Edwards Tempel geschehen? Wie hatte Maeve den Verlust ihrer Schwester überlebt und gleichzeitig den Wahnsinn abgeschüttelt?

Er trat aus dem Schatten der Bäume hervor, doch sie nahm keine Notiz von ihm. Zornig weinend schlug sie weiter auf die Wasseroberfläche ein, als gelte dieser ihre gesamte Wut.

»Maeve?« Hasdrubal legte all seine Gefühle für die verhasst-geliebte Königin in dieses eine Wort und hoffte, dass sie ihn hörte und verstand. Als sie nicht reagierte, bückte er sich nach ihrer Kleidung und hob sie auf. »Ich bin hier und ich werde dich jetzt mitnehmen.« Er trat näher an die um sich Schlagende heran, die tatsächlich in ihrer Bewegung inne hielt und nur noch erstarrt in sich hinein weinte.

»Wir schaffen das!« Hasdrubal zögerte einen Moment, bevor er der nackten

Gestalt vor sich unter die Arme griff und sie hochhob. Sie wog weniger als erwartet und ließ sich widerstandslos auf seinen Arm nehmen. Schluchzend klammerte sie sich an ihn, als sei er das einzig Reale in der Welt.

Trotzdem wirkte sie nicht wahnsinnig. Hasdrubal war verwirrt, mit welch kindlichem Vertrauen sie sich in seine Umarmung schmiegte. Als gäbe es keinen Verrat, keine Todesdrohung zwischen ihnen – und keinen Julius.

»Hasdrubal?« Ihre Stimme war so leise, dass er sie beinahe nicht gehört hätte.

»Pscht«, beruhigte er sie. »Ich bin hier.« Er machte die ersten Schritte.»Ich bringe uns für den Tag in Sicherheit.«

Gedankenschnell erreichte er Medbs Steingrab.

»Ich muss es aufgraben.« Hasdrubal sah sich nach einem Platz um, an dem er die Vampirkönigin für die nächsten Minuten in Sicherheit und aus seinem Weg bringen konnte. Ihr Griff um seinen Oberkörper verstärkte sich.

»Maeve!« Er suchte ihren Blick, doch ihre Augen blickten starr geradeaus, als sähen sie ausschließlich einen Punkt in ihrem Inneren.

»Ich muss den Cairn für uns aufgraben.« Ihre Umarmung wurde nicht lockerer. »Ich komme ja wieder!« Hasdrubal strich ihr beruhigend durch die roten Locken und wunderte sich über die Gefühle, die in ihm tobten. Er wollte sie in Sicherheit bringen. Er wollte ihr helfen. Und gleichzeitig verlangte alles in ihm nach Rache, nach einer Erklärung und danach, sie von sich zu stoßen und zu vergessen. »Ich verspreche es dir, ich komme wieder!«

Zögernd wurde der Griff der Abwesenden lockerer und sie ließ es zu, dass er sie in einiger Entfernung zum Cairn in das weiche, nachtkalte Gras legte. Schuldgefühl griff mit aller Macht nach ihm und drückte zu. Sie vertraute ihm! Sie glaubte seinem Versprechen und vertraute darauf, dass er zu ihr zurückkam. Schlagartig gerieten Hasdrubals rebellische Pläne ins Schlingern. Als sich dann auch noch eine einzelne Träne aus Maeves geschlossenen Augen hervorstahl, konnte der Karthager nicht widerstehen.

Er bückte sich zu ihr und anders als wenige Stunden zuvor machte ihn der Anblick der beinah Schlafenden nicht wütend, sondern rührte ihn.

»Ich weiß nicht, was los ist, aber wenn es dich quält, solltest du es jemandem erzählen …« Sachte strich er ihr die Träne von der Wange. »Ich sorge jetzt für unser Quartier – und du solltest dich anziehen.«

Hasdrubal wandte sich dem Cairn zu. Plötzlich fühlte er sich alt und ausgelaugt. Unwirklich und losgelöst von den Ereignissen, die ihn direkt betrafen. Am liebsten hätte er sich ebenfalls auf den Boden gelegt und einfach den Himmel betrachtet, während langsam die Sonne aufging.

Er drehte sich um und warf einen Blick auf den herrlichen Körper der Königin. Er seufzte, als er begriff, dass er es nicht tun würde. Nicht hier und nicht gemeinsam mit ihr. Dafür war er nicht stark genug – nicht heute.

13

Joel spürte die inzwischen übliche Orientierungslosigkeit beim Erwachen.

Dann erinnerte er sich und setzte sich ruckartig auf. Er hatte die Kontrolle verloren. So vollständig wie niemals zuvor und wie hoffentlich niemals wieder. Nicht einmal bei Claire hatte er sich so gehen lassen – und doch war es schon damals zu viel gewesen.

Er blinzelte in der gedimmten Helligkeit des Zimmers. Es glich einem Chaos. Überall lagen aufgeklappte Bücher und Scherben – Zeugnisse des vergangenen Streites, in dem Magnus' kleine Teufelin beinahe die Oberhand gewonnen hätte.

Er drehte sich zu ihr und sein schlechtes Gewissen belastete ihn mit unverhohlener Macht. Er hatte sich schäbig verhalten, sie misshandelt und benutzt! Und trotzdem schlief sie an seiner Seite. Vertrauensvoll und friedlich. Er konnte spüren, wie sich seine Mundwinkel zu einem Lächeln verzogen. Es war schön, ihr beim Schlafen zuzusehen. Entspannend und …

Ein komischer Gedanke bei dieser Furie, die zu einer Leidenschaft fähig war, die seiner gleichkam.

Er starrte auf seine nackten Füße. Zum ersten Mal seit Jahrhunderten nahm er seinen Körper wieder bewusst war, fühlte sich lebendig und wach wie schon lange nicht mehr. Er hatte keine Probleme sich zu erinnern, keine Probleme, sich zu motivieren. Alles der Verdienst einer einzigen Frau.

Zärtlich strich er Judith über die Wange. Eine Geste der Hilflosigkeit. Schon bald würde sie erwachen und ihn mit Vorwürfen überfallen. Zu Recht. Nicht nur, dass er sie hier hergebracht hatte; sie war völlig schuldlos in diese Situation geraten. Magnus hatte sie benutzt – wofür auch immer. Und Joel hatte sie auf ewig verdammt, weil er seine Triebe nicht unter Kontrolle hatte. Gar nicht. Heiße Wut auf sich selbst stieg in ihm auf. Er konnte vor sich rechtfertigen, dass er sie als Geisel in die Perle gesperrt hatte, konnte argumentieren, es wäre notwendig gewesen, um das Versteck des Elixiers zu erfahren. Doch der beinahe gewalttätige Liebesakt hatte nichts mit einem Elixier zu tun. Es gab keine Ausrede. Er hatte sie gewollt und die Situation, in die er sie ohnehin gebracht hatte, noch verschlimmert indem er seine Überlegenheit ausgenutzt hatte.

Er sah sie erneut an. So friedlich und vertrauensvoll würde sie nie wieder neben ihm schlafen. Wahrscheinlich tat sie es jetzt ohnehin nur, weil sie zu erschöpft gewesen war, um erneut zu streiten. Im Schlaf wirkte sie sehr unschuldig und sehr jung. Als spüre sie seinen Blick, begann sie sich zu räkeln und zu strecken.

Minutenlang genoss Judith das Gefühl, zwischen Schlafen und Wachen zu schweben, in Erwartung eines neuen Traumes und in erwachender Gewissheit eines plötzlich aufregenden Lebens. Dann wandte sie ihre Aufmerksamkeit auf ihr neues Körperempfinden. Es war warm, angenehm, der Satinstoff schmeichelte ihrer Nacktheit, glitt über ihre Haut und veränderte je nach Lage die Temperatur unter der Decke. Schließlich gab sie den Versuch auf, sich selbst in dem faszinierend ausgefüllten Traum zu halten. Sie konnte den Blick des Vampirs spüren und wusste, dass er auf sie wartete. Früher oder später würde sie sich sowieso den Tatsachen und dem, was zwischen ihnen vorgefallen war, stellen müssen. Sie konnte die Vergangenheit nicht rückgängig zu machen. Nicht, dass sie es überhaupt gewollt hätte. Es war überwältigend gewesen – im wahrsten Sinne des Wortes. Sie konnte spüren, wie ihr Gesicht ihre Gedanken widerspiegelte. Sie befürchtete, vor Glückseligkeit und Befriedigung zu strahlen. Genauso hatte sie es gewollt. Unaufhaltsam und mit einer Dominanz, die es ihr erlaubte, jede Hemmung zu verlieren. Sie schlug die Augen auf.

Er war ihr atemberaubend nahe.

»Joel!«

Er war überrascht davon, dass sie seinen Namen flüsterte und ihre Hand nach ihm ausstreckte. Es reichte nicht, um ihn zu berühren. Er wagte nicht, sich zu bewegen und den Abstand zwischen ihnen zu überbrücken. Um nichts in der Welt hätte er eine Garantie dafür geben können, nicht sofort abermals über sie herzufallen.

»Was ist?« Alarmiert setzte sich Judith auf. Die Decke glitt von ihrem Oberkörper und sammelte sich in ihrem Schoß. Sie ignorierte den kurzen Anflug von Scham über ihre Nacktheit und rief sich in Erinnerung, was sie stundenlang getrieben hatten. Aber er reagierte nicht, sah sie nur stumm an und hielt seinen Blick auf ihr Gesicht geheftet.

Sein Ausdruck machte ihr Angst und sie griff sich instinktiv an den Hals. An die Stelle, von der er im Laufe der Nacht wiederholt getrunken hatte. »Falls ich mich verwandele, werde ich echt sauer«, meinte sie mit einer Sicherheit, die sie nicht empfand.

Joel musste gegen seinen Willen schmunzeln. »Wirst du nicht«, versicherte er ihr und beschloss, sie über den Grund seiner abweisenden Haltung aufzuklären.

Judiths Blick folgte der Handbewegung, die der Vampir Richtung Bett machte.

»Das hier … «, erklärte er auf das zerwühlte Bett deutend, dann stockte seine Stimme und sein Gesichtsausdruck ließ ihn leidend wirken. Schließlich meinte er: »Es tut mir Leid.«

Mit einer unlesbaren Miene sah er sie an. »Es wird nicht mehr vorkommen.«

Joel bemerkte, wie Judiths Augen sich ungläubig verengten, darum hob er nochmals hervor: »Ich schwöre dir, es wird nie wieder vorkommen!«

Judith konnte es nicht fassen. Vor wenigen Stunden noch hatte er in ihren Armen gelegen, in einer fremden Sprache verführerische Worte in ihr Ohr gehaucht und sie mit einer Intensität geliebt, wie sie es sich immer erträumt hatte und im nächsten Moment war er wieder so, wie sie ihn kennen gelernt hatte, derselbe wie in ihrem realen Zimmer. Kalt und abweisend gab er ihr das Gefühl eine Missgeburt zu sein. Jemand, der nicht existieren sollte und der seiner Aufmerksamkeit nicht wert war … und wie er ihr Blut ansah …

Sie musste sich irren.

»Aber …«, weiter kam sie nicht, denn er stand auf.

»Ich schwöre dir, ich werde dich nie wieder anrühren!«

Emotionen, die sie bisher hatte unterdrücken können, stiegen in ihr auf. Der verdammte Mistkerl. Kam in ihr Zimmer, misshandelte und bedrohte sie, nahm sie gefangen, versklavte sie in einem Schmuckstück und sorgte dafür … Ja, wofür eigentlich?

Als sie die Antwort erkannte, warf sie wütend mit dem Erstbesten nach ihm, das sie in die Hände bekam. Zu seinem Glück nur ein Kissen. Es traf, richtete aber keinen Schaden an.

Joel starrte die kleine Range vor sich an. Ihre Augen funkelten wütend und ihre Hände waren zu Fäusten geballt. Obwohl sie ihm kaum bis zur Schulter ging, schien sie dieser Umstand ebenso wenig zu bekümmern, wie die Tatsache, dass sie splitterfasernackt vor ihm auf dem Bett hockte.

Judith warf das nächste Kissen und wünschte sich, sie könnte ihm wehtun. Ihn so sehr verletzen, wie er sie mit seinem Schwur verletzt hatte. Dieser war schlimmer als alles, was er ihr zuvor angetan hatte. Zeugte davon, wie wenig sie und der Umstand, dass sie mit ihm geschlafen hatte, ihm bedeuteten.

»Du bist so ein verdammter, arroganter Scheißkerl!«

Sie hätte ihn lieben können! Sie hätte ihn verdammt noch mal lieben können! Die Intensität ihrer Gefühle und Gedanken erschreckte sie. Nie zuvor hatte sie sich so verletzlich gefühlt, so hilflos ihren Emotionen ausgeliefert. Und er hatte nichts Besseres zu tun, als ihr ihre Bedeutungslosigkeit vor Augen zu führen.

Sie konnte spüren, wie Tränen in ihren Augen brannten und war doch nicht in der Lage, sie zurückzuhalten und zu unterdrücken.

Joel sah weg, als er ihre Wuttränen bemerkte. Er hatte es doch gewusst. Natürlich war sie wütend auf ihn. Wie hatte er es auch anders erhoffen können? So, wie er sie behandelt hatte, hatte sie alles Recht der Welt, auf ihn wütend zu sein. Und trotzdem schmerzte es ihn, denn ein Teil von ihm, der winzig kleine Teil, über den er jedes Mal die Kontrolle verlor, wenn er Judith zu nahe kam oder sie gar berührte, hatte auf eine andere Reaktion gehofft. Immerhin zeigte sie ihre Wut offen, log und betrog nicht, um einen guten Moment abzupassen…Als ihm ein weiteres Kissen an den Kopf flog, tat er das einzig Richtige und Edelmütige. Er floh. Zum ersten Mal in seinem Leben floh der Führer der Schatten – noch dazu vor jemandem, den er nicht einmal als Feind betrachtete.

14

Hasdrubal registrierte voller Erstaunen, dass Maeve tatsächlich angezogen war. Einzig ihre nassen, an ihr klebenden Kleidungsstücke zeugten von ihrem Ausbruch gen Wasser. Doch noch mehr erstaunte es ihn, dass Maeve aufstand, als sei nichts geschehen. Nur ihr Blick strafte ihre Haltung Lügen und warnte ihn davor, Fragen zu stellen. Dies wiederum reizte ihn, genau das zu tun.

»Es ist fertig!«

»Müssen wir bei einer Leiche schlafen?« Die Stimme der Königin wirkte ebenso schamhaft und schuldbewusst wie ihr Blick.

»Ja.«

Hasdrubal gönnte ihr jedes Quentchen Unwohlsein und ging, ohne ihr Folgen abzuwarten, zu seiner unverhofften Entdeckung zurück. Tatsächlich folgte ihm Maeve – wenn vielleicht auch nur, weil sie es ihm gerade in diesem Augenblick schuldig war.

Maeve war dankbar dafür, dass ihr kurzer emotionaler Ausbruch sie um die entnervende Ausgrabungsarbeit gebracht hatte. Zumindest war der modrige Geruch inzwischen erträglich und hatte der sanften Würze Platz gemacht, die der spätnächtliche Wind mit sich trug. Sie warf einen Blick gen Himmel.

Bald würde es hell werden. Selbst jetzt konnte sie die Drohung und das Versprechen der Sonne bereits fühlen. Wärme und Leben. Sie seufzte und überbrückte die letzten Meter.

Von der königlichen Hoheit Medbs war nicht mehr viel übrig. Anders als in normalen Hügelgräbern musste die große Königin in einer Steinhöhle begraben worden sein, denn ein kleiner Hohlraum bot genügend Platz für Maeve und Hasdrubal – und für eine Überraschung.

»Nach dir!« Hasdrubal bot der Vampirin den Vortritt an und verschloss sorgsam hinter ihr den kleinen Eingang.

»Warum …?«, weiter kam Maeve nicht, denn der Karthager legte ihr einen Zeigefinger an die Lippen. Eine sehr intime Geste, die ihr einen Schauer über den Rücken jagte und an dem zweifeln ließ, was sie eben mit dem erinnerten Julius erlebt hatte.

»Die Sonne geht gleich auf«, erklärte er und ihr lief ein Schauder über den Rücken. Er war ihr zu nahe. Viel zu nahe. Plötzlich wünschte sie sich, nicht ausgerechnet ihn zu ihrem Mörder ausersehen zu haben, wünschte sich weit weg von ihm – und von dieser Gruft, die genau genommen auch ihr Grab werden könnte. »Aber was …?«

Hasdrubal lachte leise und dirigierte sie rückwärts ein Stück tiefer in das kleine Gewölbe. Offenbar hatte er sich bereits im fahlen Licht des Morgengrauens einen Überblick verschafft.

»… waren das für Zeichnungen?« Endlich gelang es Maeve ihre Frage zu vervollständigen.

»Informationen zu deiner Geschichte, deiner Herkunft«, erklärte Hasdrubal. Er klang erschöpft und nicht mehr bereit, weiterzureden.

Auch Maeve konnte die Müdigkeit bleischwer in ihren Gliedern fühlen, kämpfte aber gegen sie an. Neue Informationen bedeuteten neue Hoffnung. Für sie und für die Vampire.

»Welche?« Maeve stoppte ihre Bewegung und Hasdrubal drängte sie nicht weiter rückwärts, sondern ließ sie gewähren.

»Du hattest Recht, du bist nicht die Kriegerkönigin Medb, aber ihr zu Ehren ist ein Kind benannt worden. Ein Zwillingskind.«

Durch die Dunkelheit konnte Maeve Hasdrubals Kleidung hören, als er sich setzte. Sie folgte seinem Beispiel. Doch die plötzliche Kälte in ihren Adern hatte nichts mit dem Sitzen auf dem kalten Boden zu tun oder mit der Raumtemperatur. Unbewusst rückte sie näher an den Karthager heran.

»Einem jungen Mädchen namens Deirdre wurde prophezeit, dass sie zu einer Schönheit heranwachsen würde, wegen der Könige und Helden in Streit geraden würden.«

Maeve lehnte ihren Kopf an Hasdrubals Schulter und genoss das Gefühl der Wärme, die langsam von ihm zu ihr überging. Sie ließ ihre Kopfhaut prickeln, sandte kleine Schauder über ihren Rücken und tastete sich über ihre Haut vor, bis sie selbst die entfernten Gliedmaßen erreicht hatte.

»Der König von Ulster Conchobar mac Nessa wollte sie heiraten, sobald sie erwachsen war. Aber Deirdre verliebte sich in Naoise, mit dem sie floh. Doch überall wurden die beiden vom jeweiligen König verfolgt. Schließlich stellte

Conchobar die beiden, es kam zu einem Kampf, in dem Naoise getötet wurde. Die schwangere Deirdre beging vor den Augen ihres Sohnes Selbstmord, indem sie ihren Kopf gegen einen Felsen schlug …« Hasdrubals Stimme verstummte.

»Und dann?« Maeve veränderte ihre Position und versuchte ihrem alten Vertrauten ins Gesicht zu blicken.

Hasdrubal starrte sie an. Nie zuvor hatte er ihr Gesicht so nahe gesehen, es noch nie zuvor so ungeniert betrachten können. Um Maeves Augen spann sich ein feines Netz aus Lachfältchen, zwei kleine Grübchen zierten ihre Wangen und wenn sie verärgert war, neigte sich ihre Nasenspitze ein wenig zu ihrem Mund. Einem Mund, den sie nun nervös mit ihrer Zungenspitze befeuchtete und dabei einladender als je zuvor wirkte.

»Hasdrubal?!« Sie streckte ihre Hände nach ihm aus und schüttelte ihn leicht.

»Ich bin wach.«

Seine Stimme erschreckte Maeve und sie versuchte ein Stück von ihm abzurücken, doch sein Arm legte sich um ihre Schultern und zog sie wieder zurück in die bequeme Position, die sie zuvor inne gehabt hatte.

»Deirdre starb nicht. Königin Maeve fand die Sterbende und rettete sie, ihren Sohn und die zwei Ungeborenen! Deirdre und die Kinder haben das Land verlassen – gen Italien.«

»Großer Gott!« Maeve wollte aufspringen, aber ihr fehlte plötzlich die Kraft dazu.

»Hasdrubal reicht völlig«, war das Letzte, was sie vor der traumlosen Schwärze hörte, die sie umfing.

15

Joel verstand sich selbst nicht mehr. Er, der geschickte Führer und Manipulator, hatte versagt. Und zwar auf der ganzen Linie. Seit Claire hatte er nicht mehr so sehr versagt – und um das Ergebnis zu betrachten, musste er nur die Perle mit Judith betrachten.

Wieder fiel ihm auf, dass er sich nervös durch die Haare fuhr. Wahrscheinlich würde er nach einem Jahr mit Judith keine Haare mehr haben. Verärgert stoppte er die Geste. Er durfte sich nicht von seinem schlechten Gewissen leiten lassen. Er hatte sie gefangen – und mit ihr geschlafen. So what? Hunderte, vielleicht Tausende von Frauen vor ihr hatten dasselbe Schicksal erlitten.

Aber keine Einzige durch ihn.

Joel seufzte, als ein Teil von ihm zurück zu Judith wollte. Vehement. Wollte ihr nah sein, sie berühren und wieder ihre wilde Leidenschaft genießen. Aber seine Moralvorstellungen hielten ihn ab. Judith war mehr wert – und deswegen verstand er auch nicht, wie er überhaupt mit dem Gedanken spielen konnte, sie Xylos zu überlassen. Xylos, der wahrscheinlich einzige Vampir, der sicherlich innerhalb einer einzigen Nacht herausfinden würde, welche Geheimnisse Judith verbarg. Und wenn sie wusste, wo das Elixier war, würde sie es dem unehrenwerten Callboy sicherlich in einer entzückenden Sekunde der Selbstaufgabe mitteilen.

Ein Gefühl flammte in Joel auf, welches er nur mit Eifersucht beschreiben konnte. Wenn er daran dachte, dass ein anderer Vampir Judith berührte – oder bloß mit ihr sprach –, konnte er das Blut in seiner Zornesader hören. Es begann auf unheilvolle, magische Weise zu pochen und verkündete einen Wutausbruch, wie er ihn seit Jahrhunderten nicht mehr gehabt hatte.

Aber es war trotzdem die logischste und beste Möglichkeit. Xylos würde erreichen, was Joel nicht konnte, und es war besser Judith zu verlieren als sein Herz.

Joel schüttelte den Kopf. Welch blödsinniger Gedanke. Ausgerechnet er, der Führer der Schatten, stand wie ein Narr im Zimmer einer gerade erst volljährigen Frau und sehnte sich zurück in ihr liebeswarmes Bett.

Joel schlug gegen die Wand und wunderte sich, dass das Haus nicht um ihn herum zu Staub zerfiel. Er hatte sie entjungfert – grausam, selbstgefällig und animalisch. Ohne Rücksicht auf ihre Gefühle. Jeder Anflug von schlechtem Gewissen kam zu spät.

Er würde sie Xylos überlassen müssen. So schnell wie möglich und bevor er Dinge empfand, die er nicht mehr würde kontrollieren können. Bereits jetzt, nach einer einzigen Nacht, fühlte er sich der Tochter des Magnus verpflichtet, fühlte sich zwischen schlechtem Gewissen und reinster Lust hin- und hergerissen, ohne sagen zu können, welche Seite seiner Persönlichkeit schließlich die Oberhand gewinnen würde. Abermals drückte ihn die Last seiner Schuld. Bis er Xylos fand – und ihm Judith überlassen würde –, konnte er wenigstens ihren Aufenthalt im Perlengefängnis so angenehm wie möglich gestalten.

Sein Blick glitt über die Bilder, die an der Wand hingen.

Eine brillante Bestechungsidee!

16

Der Traum kam aus dem Hinterhalt des Unterbewusstseins und hatte sich manifestiert, bevor seine bösen Absichten deutlich werden konnten. Eben noch umfing sie Schwärze und die Ruhe eines nahezu todgleichen Schlafes, im nächsten Augenblick fühlte Maeve eine Glückseligkeit, die sie in langen Jahrhunderten vermisst hatte. Julius' Lachen war das Erste, was sie hörte. Dieses Geräusch führte ihr ihre Gefühle für ihn deutlich vor Augen. Das altbekannte und schmerzhaft vermisste Ziehen in ihrem Unterleib, das Kribbeln der verliebten Aufregung, war wieder da und obwohl ein Teil von ihr wusste, dass sie sich in einem Traum befand, dass Julius tot war, änderte sich nichts.

Sie wandte sich zu dem Lachen um und plötzlich war es hell, der Traum wirklich da. Julius stand vor ihr und lächelte sie gewinnend an, wie er es seit ihrer ersten Begegnung getan hatte. Die vier Grübchen, zwei unterhalb der Lippen am Kinn und zwei knapp neben den Lachfältchen am Mund, wurden tiefer, als er ihren Blick spürte.

»Ich vermisse dich!« Selbst als bewusst Träumende war Maeve erstaunt darüber, wie traurig ihre Stimme klang.

Julius sagte nichts.

Sie streckte ihre Hand nach ihm aus. Unter ihren Fingerspitzen fühlte sich die Haut ihres Geliebten warm an, lebendig. Die kleinen Bartstoppeln, die ihn in den Untod begleitet hatten, kratzten leicht und wohlbekannt, kein Irrtum möglich.

Er trat einen Schritt näher und mit einem Mal war sich Maeve nicht mehr sicher, dass sie sich in einem guten Traum befand, in einer lebhaften, freundlichen Erinnerung.

Doch es war zu spät. Julius hatte bereits seinen Arm um ihren Körper gelegt und zog sie, im Traum ebenso unerbittlich wie in ihren Gedanken und Gefühlen, näher zu sich. Als ihre Körper sich der Länge nach berührten, vergaß Maeve, dass es nur ein Traum und sie in Sicherheit war. Wie versteinert starrte sie auf den verführerischen Mund, der sich ihrem näherte, konnte nicht anders, als die Augen schließen und ihm entgegenzukommen. Als sich ihre Lippen berührten, leicht und sanft, öffnete sich die Finsternis in ihrem Inneren und sie spürte den Sog einer längst unkontrollierbaren Kraft.

Julius Hände schlossen sich um ihre, fixierten sie hinter ihrem Rücken, bis er beide Handgelenke mit einer Hand umschließen konnte. Seine freie Rechte nutzte er dazu, um über ihren Körper zu streichen. Fordernd und verlangend.

Er hatte kein Recht dazu. Der Gedanke war da, schwach aber beharrlich. Sie wandte sich in der Umarmung, doch das einzige, was sie erreichte, war ein festerer Griff.

Sie versuchte ihren Mund zu befreien, um um Hilfe zu rufen, sich durch ihre eigene Stimme aus dem Traum zu befreien, doch es war unmöglich. Julius' Hand vergrub sich in ihren Haaren, zog ihren Kopf zurück und brachte sie dazu, ihre Lippen für ihn zu öffnen. Seine Zunge glitt in ihren Mund und erkundete ihre seidige Höhle in langen, genießerischen Küssen. Mit einem Seufzen gab sie nach und wurde mit einem Kuss belohnt, der ein gebrochenes Herz heilen oder es endgültig in den Untergang ziehen konnte. Ein sanftes Necken, Zähne an der empfindsamen Haut der Lippen, zärtliche Bisse und verspieltes Züngeln ließen Maeve immer tiefer in den Traum gleiten. Bis sie nicht mehr wusste, was real war und was nicht. Eine Aufgabe ins Unbekannte.

Plötzlich gab Julius sie frei und sah sie auffordernd an. Und sie folgte seiner stummen Aufforderung, folgte ihm Schritt für Schritt nach hinten, wo sich ein traumhaft weißes Bett vor einem fließenden, weißen Hintergrund abzeichnete. Alles war hell und mit einem feinen Leuchten umgeben, so dass die Konturen unwirklich wurden, verwischten und alles in einem ständigen Fluss erschien.

Maeve sah zu, wie ihr Geliebter sich auf den weichen Untergrund legte. Immer noch schwieg er, immer noch sah er sie an. Unheimlich – und verlockend.

Sie kicherte. Ein Laut, der sie verwunderte, weil sie sich nicht daran erinnern konnte, wann sie das letzte Mal mit dieser seltsamen Mischung aus Verwunderung und Stolz gekichert hatte. Sie beugte sich über Julius und strich über den Stoff seiner Beinbekleidung. Statt der für ihn üblichen Kleidung trug er eine dunkle Hose, die sich nach Jeans anfühlte. Maeve öffnete gemächlich einen Knopf nach dem anderen, während Julius seine Hüfte gehoben hatte, damit sie gezwungen war, seine Erregung zu berühren. Doch sie war geschickt darin, ihn zappeln zu lassen. Mit sanftem Nachdruck legte sie ihre Linke auf seine Hüfte und drückte ihren Geliebten zurück. Ihn mit der einen Hand ruhig haltend, nutzte sie die andere, um seine Erektion endgültig zu befreien. Groß und genauso ebenmäßig wie sie ihn in Erinnerung hatte, hob sich der helle Penis vor der dunklen Hose ab. Obwohl er hart war, wusste sie, wie seidig er sich unter ihrer Hand anfühlen würde, wie sensibel er unter ihren Fingern reagieren würde.

Maeve hockte sich in die nachgiebige Matratze und beugte sich nach vorne, um über die Länge des Schaftes zu lecken. Herrlich. Weicher als die übrige Haut ihres Geliebten hob sich die Erektion unter ihrer Liebkosung an, reckte sich ihr entgegen und verlangte nach mehr. Sie konnte einfach nicht widerstehen. Behutsam schloss sie ihre Lippen um die runde Kuppe. Sie war füllig genug, um ihren Mund vollständig zu belegen und verlockend genug, um sie zu einem Spiel zu animieren.

Julius wollte nicht mit ihr sprechen? Gut. Aber andere Laute würde sie ihm entlocken. Sie ließ ihre Zunge in einem sinnlichen Rhythmus über das Penisbändchen vor- und zurückgleiten. Ihr Geliebter bäumte sich ihr entgegen, wollte seine Hände in ihren roten Haaren versenken, um sie tiefer zu zwingen. Doch Maeve fing die Hände ab und drückte sie wieder nach unten. Sie war noch nicht bereit, das Spiel zu beenden. Langsam ließ sie das Vakuum in ihrem Mund intensiver werden, den Druck ihrer Zunge wachsen. Dann entließ sie den Penis ins Freie und beschränkte sich abermals darauf, mit ihrer Zunge über den Schaft zu streichen. Für einen sanften Druck sorgte ihr Kinn, ihre Nasenspitze.

Ein kleiner Tropfen bildete sich an der Penisöffnung, zeugte von einer Erregung, die tonlos und leise wuchs. Wieder ließ Maeve ihre Zungenspitze auf der Spitze von Julius Penis tanzen. Im Uhrzeigersinn, während ihre Finger nun von Julius Händen abließen, sich um den Penisschaft schlossen und seine Hoden liebkosten. Wieder hob sich Julius Becken vergeblich.

Maeve wechselte die Stellung, ließ eine Hand in einer mäandernden Drehung hinauf und wieder hinab um den Schaft gleiten, während die andere fest um den Ursprung geschlossen blieb. Ihre Zunge glitt über die gekräuselte Haut der Hoden, befeuchtete sie, bevor sie mit den Zähnen sanft an ihnen zog. Kurz glaubte sie einen leisen Ton zu hören, doch ein Blick verriet ihr, dass er nicht von dem verzückten Julius gekommen war. Wieder zupfte sie sanft an der sensiblen Haut und weidete sich an den Zuckungen von Julius' Körper. Wie lange hatte sie darauf verzichten müssen? Auf diese Blicke voller Leidenschaft, Liebe und Hingabe? Sie sog einen Hoden in ihren Mund, der andere folgte. Vorsichtig erhöhte sie das Vakuum, genoss die Fülle und ließ sie dann langsam und bedächtig wieder hinaus gleiten. Nur um den Vorgang gleich darauf zu wiederholen.

Sie konnte spüren, wie ihr Körper begann, sein Recht zu verlangen. Erst mit einem vagen Klopfen zwischen ihren Schenkeln, dann breitete sich das Klopfen aus, wurde zu einem Ziehen, welches all ihre Sinne erfasste und sich in zwei Punkten bündelte: ihrem G-Punkt und in ihrem Kitzler. Von dort aus strömten elektrische Impulse durch ihren Körper, reizten ihre Nerven und sensibilisierten ihren Körper. Maeve konnte spüren, wie ihre Scheide feucht wurde und sich die Muskeln in ihrem Unterleib anspannten. Ein merkwürdiger Schwindel erfasste sie.

Sie konnte sich nicht daran erinnern, sich ausgezogen zu haben und doch musste sie es getan haben, denn sie war unbekleidet. Ein verführerischer Umstand, denn Julius war bis auf seinen entblößten Penis immer noch vollständig angezogen.

Maeve glitt in einer einzigen, geschmeidigen Bewegung über ihren Geliebten, verharrte einen Augenblick reglos, um den Moment zu genießen, seinen Anblick in sich aufzunehmen und zu verinnerlichen. Dann senkte sie sich nach unten.

Ohne eine Hand zu Hilfe nehmen zu müssen, glitt Julius' Penis durch ihre Schamlippen und stieß gegen ihren forsch angeschwollenen Kitzler. Sie ließ sich vor- und zurückgleiten, reizte sich selbst am Körper ihres Liebhabers und erst, als sie kurz davor stand, die Kontrolle zu verlieren, senkte sie sich vollends nach unten, um sich endlich mit ihrem Geliebten zu vereinen. Mit geschlossenen Augen genoss sie das Gefühl seines Penis' in ihrer Scheide, spürte die Fülle in ihrer engen Vagina und lehnte sich zurück, um ihn noch tiefer aufnehmen zu können. Dann bewegte sie ihre Hüfte. Vor und zurück, um immer wieder den elastischen Punkt zu stimulieren, der tief in ihrem Inneren verborgen war, und den sie erst durch Julius kennen gelernt hatte. Julius Hände legten sich um ihre Hüften, zwangen sie tiefer und höher als sie wollte, zwangen ihr seinen Rhythmus auf. Instinktiv versuchte sie auszuweichen, die Kontrolle zurückzuerlangen. Doch es war zwecklos. Wie immer bestimmte er. Aufstöhnend nahm sie seine Stöße entgegen. Die Welle baute sich in ihr auf, nicht so langsam und sachte, wie bei den anderen Männern, mit denen sie während ihres Wahnsinns geschlafen hatte, sondern wild und unkontrollierbar, wurde hin und her geworfen, baute sich immer weiter auf und fand keinen Ausweg. Maeve schrie leise, als die erste kleine Welle aufschäumend brach und sich die Lust doch immer weiter steigerte. Gischt brodelte in ihren Adern, spannte ihre Muskeln und schließlich, in einem herrlich atemlosen Moment, befand sie sich im Auge des Sturmes. Ruhig und friedlich.

Im nächsten Augenblick schlugen Wind und Wellen über ihr zusammen, ihr G-Punkt explodierte in einer flutartigen Eruption, die Feuchtigkeit zwischen ihren Schenkeln benetzte ihn und sie in einem Lustgespinst. Sie konnte ihre eigenen animalischen Schreie hören, wie Möwenlaute, fremd und orgiastisch, bevor die zweite Welle sie fand und ihr Innerstes nach oben spülte.

Noch als sie endlich begriff – begriff, dass sie wach und er tot war – hörte sie sich selbst immer wieder seinen Namen rufen.

17

Judith erwachte mit derselben klaren Wut, die sie schon in ihren Träumen begleitet hatte.

Eine Wut, geschürt von Selbstmitleid, Vorwürfen und einer Melancholie, die sie sich einfach nicht erklären konnte. Sie hatte mit ihm geschlafen und er hatte sie beleidigt und war gegangen. Na und? Sie hatte sich immer einen One-Night-Stand als Entjungferung gewünscht. Jemand, der geschickt war, gut aussehend und der danach ging, ohne dass er eine tiefere emotionale Bedeutung hatte und ihr das Herz brechen konnte.

Soweit der Plan.

Sie hasste Joel.

Sie liebte ihn.

Beide Emotionen, so widersprüchlich sie auch waren, brachen ihr das Herz. Sie hatte den perfekten Liebhaber gehabt. Jemanden, der ihr exakt gab, was sie sich wünschte, wie sie es sich wünschte und wann sie es sich wünschte – und dann hatte er alles, was sie gemeinsam getan hatten, degradiert und einen Schwur geleistet, wie er herzloser nicht sein konnte.

Sie schlug ihre Augen auf. Bisher hatte sie nicht gewusst, dass ein One-Night-Stand genügte, um einer Frau das Herz zu brechen. Statt den Tränen nachzugeben schlug sie zornig gegen die Matratze. Für ihn war sie nichts, niemand – und das hatte er ihr deutlich zu verstehen gegeben. Der Vampir hatte sich an ihren Vater rächen wollen – und sie war bloßes Mittel zum Zweck.

Ein plötzliches Geräusch ließ sie stutzen. *Unmöglich!* Judith sah sich um. Immer noch dasselbe Zimmer, welches sie beim letzten Erwachen vorgefunden hatte – nur nicht mehr verwüstet. Sie warf einen Blick zu den Fotos über ihrem Bett. Der Anblick gab ihr neue Kraft und neuen Mut, erinnerte sie aber auch daran, was sie unbedingt für sich behalten musste.

Und dann hörte sie es erneut. Und es war kein Irrtum mehr möglich: Möwenkreischen.

Unentschlossen verharrte sie im Bett, bevor sie eine Entscheidung fällte und hastig aus dem Bett sprang, um nackt zum Fenster zu eilen. Das Rollo öffnend, versuchte sie sich gegen jeden nur denkbar möglichen Anblick zu wappnen.

Der Strand überwältigte sie trotzdem. Ihr Zimmer stand mitten an einem einsamen, menschenleeren Strand. Das Meer rollte in mehr oder weniger gleichmäßigen Wellen heran, brach in einer weißen Schaumkrone und glitt über den Sand, bevor es wieder zurückkehrte in die kälteren Tiefen.

Mit zwei langen Sätzen war Judith bei ihrer Tür und riss sie auf. Beinahe erwartete sie dahinter eine kahle Mauer zu finden, doch schon die Temperatur zeigte ihr, dass es kein Traum war, keine Einbildung. Hinter ihrer schlichten Zimmertür wartete eine neue Welt auf sie und blendete sie mit sonnenartiger Helligkeit.

Judith konnte spüren, wie ihr das Herz vor Aufregung bis zum Halse klopfte, als sie ihre Augen mit der rechten Hand abschirmte und ihre Umgebung betrachtete. Warm und real und doch surrealistisch. Sie konnte sogar das Ende des Meeres sehen, das Ende ihrer eigenen, kleinen Welt. Es gab keine Möwe, nur die Geräusche. Keine Gezeiten, nur die Wellen.

Vorsichtig und nachdenklich streckte sie den Fuß aus der Tür und senkte ihn langsam in den Sand. Warm von der Sonne, die gar nicht vorhanden war, und eindeutig weicher Sand. Sie war sich sicher, er würde um die Mittagszeit unerträglich heiß werden. Heiß genug, um eine kühle Erfrischung im Meer zu rechtfertigen. Sie ließ sich zu Boden gleiten und setzte sich in an den Türrahmen. Zwischen eine Welt, die ihrem bisherigen Leben nachempfunden war und einem Traum, den sie nur aus Reisekatalogen kannte und endlich konnte sie die Tränen nicht mehr zurückhalten. Sämtliche aufgestauten Gefühle brachen aus ihr hervor: die Ungerechtigkeit, mit der sie von einem Monster zu einer Gefangenen gemacht worden war, die Angst davor, dass er oder ein anderer Vampir ihr Geheimnis erfuhr, ihre Zweifel an ihrem Vater, der Verlust ihrer Mutter. Und sie weinte, weil dieser Ort, Idylle hin oder her, nur ein schwacher Trost war für die Liebe, die sie eine Nacht lang gespürt hatte … bevor Joel entschlossen hatte, dass sie nicht wert war, von ihm geliebt zu werden.

Sie berührte einen der roten Abdrücke, die ihre helle Haut zierten und fuhr seine exakten Konturen nach. Joels Zeichen. Der Gedanke brachte sie erneut zum Schluchzen.

Sie trug noch seine Zeichen, aber er war weg, hatte geschworen, nie wieder zurückzukommen und ihr als Abschiedsgeschenk ein kleines Paradies angeboten. Entschlossen ballte Judith die Hände zu Fäusten und zwang ihre Atmung dazu, sich zu beruhigen. Sie wollte kein Paradies, sie wollte ihr Geheimnis schützen und sie wollte ihn. Mit weniger würde sie sich nicht zufrieden geben. Aber wie einen Vampir zu sich locken, wenn man in einer verdammten, kleinen Perle steckte?

Sie gab einen frustrierten und wütenden Ton von sich und grinste, als der Laut nicht von der Brandung verschluckt, sondern von den entfernten Wänden ihres Zimmers zurückgeworfen wurde. Unwillkürlich musste sie an den Film »Horton hört ein Hu« denken: Auch kleine Wesen können genug Krach machen, um von den Großen gehört zu werden. Zumindest, wenn sie einen möglichst hohen Ort aufsuchten und dort laut genug waren.

Ein neues Geräusch riss sie aus ihrer Überlegung und lenkte ihre Aufmerksamkeit ab. Hinter ihrem Zimmer schien sich eine ganze Affenbande zu auszutoben. Zumindest, wenn man der Lautstärke Glauben schenkte.

Judith stand auf. Zögernd löste sie sich von der eingebildeten Sicherheit ihrer Wohnung und machte zwei Schritte nach vorne. Doch erst nach weiteren zwei Schritten konnte sie an dem kleinen Steinhäuschen, welches im Inneren ausschließlich aus ihrem Zimmer bestand, vorbeisehen.

Ein Dschungel mit einer Tiefe von etwa 100 Metern erstreckte sich vor ihr und nahm die gesamte Länge des 15 Meter tiefen Strandes in Beschlag. Nur langsam ging Judith auf, was an diesem Bild verwunderlich war. Unwillkürlich stauend wanderte ihr Blick nach oben. Und noch höher. Berge!

Hinter dem malerisch verklärten Dschungel mit kleinen Trampelpfaden erstreckten sich Berge, die bis in etwas reichte, was Judith als Himmel bezeichnen musste. Unten begannen sie im Dschungel, dann ging die Begrünung über in Laub- und Nadelwälder, die von kleinen Almen unterbrochen waren. Und die Spitzen der Berge waren schneebedeckt.

Judith kicherte. Vielleicht sollte sie sich doch besser für die Idylle entscheiden?

Andächtig fuhr sie mit der Handfläche über ihre unbedeckte Haut und verharrte über jedem Gebissabdruck mit sanftem Druck. Sie taten immer noch weh, aber es war ein guter Schmerz. Voller Erinnerungen und Versprechungen. Doch durch seinen Schwur hatte er die Versprechungen in etwas Widersinniges verkehrt. In eine Ablehnungshaltung, die sie zuvor schon in seinen Augen gesehen hatte. Er wollte sie nicht. Fand sie … sie suchte nach einem passenden Wort, das nicht zu sehr schmerzte.

Doch weder unattraktiv noch uninteressant gaben wieder, was sie in seinem Gesicht gelesen hatte, als er sie Am-Morgen-Danach zum ersten Mal berührt hatte. Als er aus ihrem Bett geflohen war. »Abstoßend« war das Wort, welches am besten passte.

Der Gedanke schnürte ihre Kehle zu. Sie verstand es nicht. Wie konnte er ihre Berührung hassen, wenn er sie doch zu seiner Frau gemacht hatte. Zu jemandem, den er gefangen hielt und über den er offenbar frei verfügen konnte? Wieso hatte er mit ihr geschlafen? War es bloßer Instinkt gewesen? Der Geruch ihres Blutes? Danach oder dabei hätte er sie doch töten können? Sie korrigierte sich selbst, denn töten konnte er sie nicht. Nicht, wenn er annehmen musste, dass sie wusste, wo ihr Vater oder das Artefakt, das ihr Vater angeblich gestohlen hatte, waren.

Und wieso war ihr Vater der Meinung, dass sie seine Geliebte werden würde? Wenn er wirklich so schlau war, wie Joel behauptet hatte – hätte er den anderen Vampir dann nicht durchschauen müssen? Wissen müssen, dass Judith ihn anekeln würde?

Plötzlich war sich Judith nicht mehr so sicher, ob eine erneute Begegnung mit Joel tatsächlich zu etwas Gutem führen würde. Vielleicht sollte sie die Dinge einfach so belassen. Einfach nichts tun und ihn gehen lassen.

Aber das widersprach ihrem Charakter. Niemals würde sie sich mit einem Vielleicht zufrieden geben, niemals mit einem Verdacht. Sie wollte Gewissheit. Ein Schlag gegen ihr Ego war besser als ein Vielleicht, dass zu einem »Ja« hätte werden können, wenn sich nur einer von beiden Interessierten getraut hätte.

Obwohl unsterblich und voll fremder Lebensenergie war die vergangene Nacht dem Führer der Schatten deutlich anzusehen. Den ganzen Tag lang hatte er sich in seinem dunklen Versteck hin- und hergewälzt, zum ersten Mal in seinem langen Leben schlaflos. Immer wieder hatte sich Judith in seine Gedanken und Träume gestohlen – und in seine Emotionen. Er hatte sie unter sich gespürt, ihren schlanken Körper unter seinem, sich windend und um Freiheit kämpfend, an ihn pressend, gegen ihn stemmend und doch in einem Tanz mit ihm vereint, der beide Leiber zu einem verschmelzen ließ. Ihre Schmerzensschreie und entzückten Seufzer hatten ihn immer wieder aus seinen kurzen Erinnerungen an Claire gerissen. Hatte er sich Judiths Seufzer nur eingebildet, ihre Hingabe?

Er hatte sie genommen wie ein wildes Tier, wie eine reißende Bestie in Besitz genommen; gekommen, um zu beißen und zu verschlingen. Ihr Körper war mit roten Abdrücken seiner Zähne, Zeichen seiner Grausamkeit und Inbesitznahme, übersät. – Etwas, wozu er nicht das geringste Recht gehabt hatte.

Joel spürte, wie die letzten für ihn gefährlichen Strahlen der Sonne verschwanden und setzte sich auf. Niemals zuvor hatte er sich so schuldig gefühlt. Wie sehr mussten die Bisse heute brennen und schmerzen? Wie sehr Judith leiden?

Er vergrub sein Gesicht in seinen Händen und wünschte sich das Vergessen des Erwachens zurück. Die süße Leere in seinem Geist, wenn er mit der Finsternis verschmolz. Doch die einzige Finsternis lauerte in ihm, in den Tiefen seiner

Seele. Er hatte sie nicht unter Kontrolle und würde sie vermutlich auch weiterhin nicht unter Kontrolle haben, wenn es um Judith ging, und irgendwann würde er die junge Frau zerreißen. Oder ihren Geist vollständig brechen. Etwas, was er unter allen Umständen verhindern musste!

Joel setzte sich auf und wunderte sich. Er hätte sich müde fühlen müssen und ausgelaugt, ein Dauerzustand seit Mornas Tod, aber das Gegenteil war der Fall: Er war bereit für neue Taten.

Leise grollend setzte er sich in Bewegung und beschloss – seines Gewissens eingedenk – noch einmal Judiths Wohnung nach einem Hinweis auf Magnus Verbleib oder auf das Elixier zu durchsuchen. Wenn er nichts fand, konnte er sie immer noch Xylos überlassen, damit dieser ihr Informationen entlockte.

Später!

Judiths Wut war ebenso verraucht wie ihre Entschlossenheit.

Joel hatte all ihre Träume aufgeboten, um sie milde zu stimmen und ihr einen angenehmen Gefängnisaufenthalt zu verschaffen – und es funktionierte. Ohne störende Insekten, belästigende Verkäufer und andere Touristen war das surrealistische Paradies – ein Paradies mit Grenzen – ein traumhafter Ort an dem sie eine innere Ruhe fand, die fast schon bedenklich war.

Ein Meer ohne Fische, ein Wasserfall ohne rutschige Steine und gemeingefährliche Fallen. Ein Bachlauf mit herrlichem, klarem Trinkwasser. Ein Picknickplatz, an dem ihre Lieblingsspeisen für sie bereit standen und sich von selbst auffüllten. Schlaraffenland meets Traumwelt.

Missmutig schob sie eine Liane zur Seite und kämpfte sich die leicht rutschige Steigung nach oben. Vor wenigen Minuten war ein wahrer Sturzbach vom Himmel gefallen mit Tropfen, die so groß waren, dass sie beim Auftreffen auf dem Körper beinahe schmerzten. Nun war der Boden durchnässt und matschig, obwohl die Sonne, oder das, was ihr vorgaukelte die Sonne zu sein, bereits wieder heiß vom falschen Himmel brannte.

Sie fuhr sich mit der Hand durch die Haare und wünschte sich Sekunden später, sie hätte es nicht getan. Zu spät hatte sie den roten Lehm gesehen, der noch von ihrem letzten Sturz an ihren Fingern klebte. Wütend versuchte sie die angetrocknete Erde an ihrer improvisierten Kleidung abzuwischen, doch sie blieb hartnäckig wo sie war. Vermutlich auch in ihren Haaren.

Sie nahm die andere Hand zur Hilfe und es gelang ihr, einige kleinere Erdbrocken aus ihrem hellen Haar zu knibbeln. Dann erinnerte sie sich an ihren Plan und schüttelte gedankenverloren den Kopf. Ein Umstand, der mehr Erde aus ihren Haaren beförderte als ihr vorangegangener Versuch. *Völliger Blödsinn*, dachte sie, machte sich aber wieder auf den Weg. *Als wenn er mich wirklich würde hören können.* – Und selbst wenn, würde er sie ignorieren. Denn eines hatte der unwiderstehliche Vampir deutlich gemacht: Dass er sie nicht wollte und nicht wiederkehren würde.

Als sie erneut den Halt auf dem ansteigenden, rutschigen Untergrund verlor, fluchte sie leise. Tropen treffen auf Skiparadies – eine Zusammenstellung, die einer Überarbeitung bedurfte!

18

Hasdrubal erwachte von einem markerschütternden Schrei. Der Laut zerriss die Dunkelheit des Tages ebenso wie den traumlosen Schlaf, der ihn in seinen erholsamen Klauen gehalten hatte. Einen Moment lang orientierungslos, gellten ein zweiter und dritter Ruf in seinen Ohren, bevor er seinen Ursprung ausmachen konnte. Maeve!

Er griff nach der Vampirkönigin, doch sie war immer noch erstarrt, immer noch leichenkalt und schien zu schlafen. Er schüttelte sie leicht, doch sie schien ihn nicht zu bemerken. Als sie zu einem weiteren Ruf ansetzte, hielt er ihr den Mund zu und hob ihren Oberkörper an, um sie zum Erwachen zu zwingen.

»Maeve?!«

Obwohl er ihren Namen nur geflüstert hatte, schien er sich in den Steinen wie ein Echo fortzusetzen und ihn in seiner leisen Sanftheit zu verhöhnen. Sein Wort vermischte sich mit ihrem und schwoll in seinem Gewissen zu einer kakophonischen Lautstärke an. Ungewollt wurde sein Schütteln unsanft.

Ihr Stoß gegen die Brust traf ihn unvorbereitet und katapultierte ihn rückwärts gegen die Steine. Zu seinem Glück war sie noch schlaftrunken gewesen und ihre Reaktion mehr ein Reflex auf einen schlechten Traum, als auf einen vermuteten Angriff.

Als er sich mühsam aufrappelte, stand sie schon an seiner Seite und machte Anstalten ihm zu helfen. Sie wirkte so schön und unnahbar wie eh und je.

»Verzeih, Hasdrubal!« Obwohl ihre Stimme melodisch klang, schwang ein Hauch Melancholie in ihm mit. »Du hast mich geweckt.«

Es kostete ihn Überwindungskraft, die Hand zu nehmen, die sie ihm reichte, und sich helfen zu lassen, obwohl er keine Hilfe benötigte.

»Wovon hast du geträumt?«

Trotz der Dunkelheit glaubte er, so etwas wie Schuldbewusstsein über ihr hübsches Gesicht flackern zu sehen, doch dann hatte sie sich wieder im Griff und kein Gefühl war mehr auf ihrem Antlitz zu sehen.

»Es spielt keine Rolle«, meinte sie.

Eine Lüge, die wie ein schlechter Geruch zwischen ihnen stand.

»Für mich schon.« Hasdrubal gab sich Mühe, nicht zu harsch oder zu fordernd zu klingen.

»Für mich nicht.« Eine weitere Lüge.

Hasdrubal war nicht länger bereit, sie zu akzeptieren. Nach all den Jahren – Jahrhunderten! – hatte er nun Gelegenheit, die Wahrheit zu erfahren und hinter Maeves Fassade zu blicken. Und dann … selbst wenn das Schicksal aller Vampire von ihr abhängig war, konnte nur noch Gott ihr helfen … Er ballte die Hände entschlossen zu Fäusten.

»Du hast nach Julius gerufen.«

Maeve verschränkte trotzig die Arme.

»Also?« Hasdrubal lehnte sich zurück und schloss die Augen. Seinetwegen konnten sie noch den gesamten Tag zusammenstehen und auf ihre Antwort warten – und danach die gesamte Nacht.

Als er hörte, wie sich Maeve bewegte, öffnete er die Augen und stieß einen unflätigen Fluch aus. Sie lag am Boden und war eingeschlafen. Wirklich und wahrhaftig wieder eingeschlafen.

19

»Später« war im Prinzip genau jetzt, doch Joel zögerte.

Dieses Mal nicht so sehr wegen Judith und dem Gedanken daran, sie an Xylos zu verlieren, sondern weil er die Rebellen spüren konnte. Immer noch hatten sie in der Nähe Aufstellung bezogen, lauerten in einem großflächigen Kreis darauf, dass er sein Versteck verließ und immer noch hielt ihn eine unbekannte Macht – vielleicht ein unbekannter alter Vampir – davon ab, Hilfe zu rufen.

Er warf einen prüfenden Blick in den Spiegel und ignorierte das Telefon, das sich direkt darunter auf der Kommode befand. Okay, er hatte sich selbst bei einer stümperhaften Ausrede erwischt; selbstverständlich könnte er das Telefon benutzen. Aber das hieße Judith aufgeben … Er grinste seinem Spiegelbild zu. Merkwürdig, dass ihm keine lange Pinocchio-Nase wuchs.

Mit dem sicheren Gefühl, nicht nur seiner eigenen Lüge beinahe aufgesessen zu sein, sondern auch etwas übersehen zu haben, prüfte Joel Magnus' Sicherheitskreis. Nichts. Kein anderer Vampir hatte sich Zutritt verschafft. Und die Wohnung war menschenleer. Aber woher kam dann diese bohrende Beunruhigung? Joel kehrte ins Wohnzimmer zurück, blieb stehen und ließ seinen nachdenklichen Blick über die Ausstattung wandern. Jedes Detail betrachtend, wandte er sich schließlich den Möbeln zu. Nichts. Auch bei der zweiten Durchsuchung hatte er keinen Hinweis auf irgendetwas gefunden, das ihm Magnus' Versteck verriet – oder das des Elixiers. Und trotzdem … irgendetwas übersah er.

Nach weiteren dreißig Minuten Wohnungsdurchsuchung ging er zurück in Judiths Zimmer. Sie verschwieg ihm etwas. Wenn er doch nur herausfinden könnte was!

Er drehte sich einmal um die eigene Achse, prüfte sämtliche Papiere auf ihrem Schreibtisch und erwischte sich schließlich dabei, die Fotos über Judiths Bett anzustarren. Alle vier Bilder waren vor demselben Wohnheim aufgenommen worden und mussten schon ein wenig älter sein, vielleicht ein Jahr. Judith wirkte jünger und unbeschwerter, trug die Haare schulterlang und zu einem eleganten Bob geschnitten. Es passte nicht zu ihr und …

Joel stutzte und trat näher an die Bilder heran. Nein, es lag nicht am Licht und auch nicht am Alter der Bilder. Auf einem der Bilder hatte Judith einen hellen Leberfleck oberhalb des rechten Mundwinkels, auf den drei anderen nicht. Wären die Fotos nicht alle vor demselben Wohnheim zur selben Jahreszeit aufgenommen worden, hätte Joel an Sommersprossen gedacht oder an Make-up. Jetzt dachte er an Magnus und an Judiths Geheimnis. Es waren wirklich nur Kleinigkeiten. Jemand, der nicht bewusst danach gesucht hätte – und Judith nicht so nahe gekommen war – hätte es niemals erkannt. Da war die winzige Narbe am linken Ohr. Judith hatte eine, die Frau mit dem Leberfleck nicht. Dafür hatte sie rot lackierte Fingernägel.

»Heilige Scheiße!«, fluchte Joel. »Sie hat eine Zwillingsschwester!«

Das machte Judith nicht nur zur Elixierversteckerin, sondern auch zum potenziellen Opfer … vielleicht würde sie sterben müssen, um die Vampire wieder unsterblich zu machen. »Oder sie ist die Rettung.«

Erst jetzt fiel Joel das Schlimmste an dieser neuen Information ein: War er bislang davon ausgegangen, Magnus' Tochter vor Logan gefunden zu haben, war das Spiel nun erneut im Gange – Magnus' Tochter irgendwo dort draußen und in Gefahr. Nur Gott allein wusste, was mit der jungen Frau geschehen würde, wenn die Rebellen sie zuerst fanden.

Joel starrte das Foto an, wog seine Gefühle für Judith und sein schlechtes Wissen wegen ihrer Situation gegen die Chancen ihrer Schwester ab, und traf eine Entscheidung.

Schnell, damit er sich nicht noch einmal umentscheiden konnte, ging er zum Telefon und hob ab. Kein Freizeichen. Verdammt! Er schleuderte das Gerät an die Wand und hatte die Wohnung bereits verlassen, als die ersten Einzelteile auf dem Boden aufschlugen.

Endlich! Auf Joels Schellen hin öffnete ein verschlafener Mann die Tür zur Nachbarwohnung und starrte ihn lange genug verwirrt an, um ihn unter Bann zu stellen.

»Wo ist das Telefon?«

Der Mann deutete wie ein Zombie in eine Richtung und Joel hetzte durch die Wohnung. Auch hier erhielt er kein Freizeichen.

»Ich brauche ein Handy.«

Der Mann, der sich noch nicht von der Tür gelöst hatte, und noch immer den Punkt anstarrte, an dem Joel Sekunden vorher gestanden hatte, schlurfte in die Küche und noch bevor er zurückschlurfen konnte, war Joel ihm gefolgt und hatte ihm das Mobiltelefon aus der Hand genommen.

Kein Empfang! Joel ballte seine Hand so fest um das Gerät, dass es zerbarst. Einmal kein Empfang war Zufall, zweimal Pech – aber dreimal war ein Muster. Irgendwie war es den Rebellen gelungen, ihn ins Schach zu setzten. Er konnte Magnus' Schutz nicht verlassen und niemanden informieren.

»Aber ich weiß, wer es weiß …«, wisperte der Widerhall von Logans Worten in Joels Erinnerung.

»Verdammte …«, er verkniff sich den restlichen Fluch und die Äquivalente in drei weiteren Sprachen, die ihm ebenfalls auf der Zunge lagen und stürmte zurück in Magnus' Wohnung. Hätte Judith ihm von Anfang an die Wahrheit gesagt, hätten Logan und wer-auch-immer-es-wusste jetzt keinen so großen Vorsprung.

Mit einem Griff riss er die zwei Wurfsterne und Magnus' Schwert mitsamt Scheide von der Wand und ignorierte den fallenden Wandverputz, der sich durch das unsanfte Entfernen der Haken und Dübel gelöst hatte. Entschlossen verdrängte er den Gedanken an Judith, die Schmerzerinnerung seines Körpers und das nie gekannte Gefühl einer elementaren Angst aus seinen Gedanken und konzentrierte sich auf alles, was ihn ausmachte. Noch immer war er der Beste der Schatten, noch immer konnte er seinen Instinkten vertrauen. Hinter seinen geschlossenen Augenlidern konnte er die lauernden Rebellen ausmachen, vampirhelle Punkte in einer ansonsten schwarzen Finsterwelt. Jede Bewegung eines Vampirs hinterließ einen kurzen leuchtenden Abdruck auf Joels Netzhaut, und erinnerte an das Bild einer Wärmebildkamera. Dreißig Vampire, verteilt um einen ganzen Wohnkomplex, und keiner von ihnen rechnete wirklich damit, dass Joel seinen Schutz verließ – geschweige denn, dass er ein Schwert bei sich tragen würde. Er grinste und zum ersten Mal seit seinem Beinahe-Tod spürte er wieder die euphorische Zuversicht, die ihn jahrhundertelang begleitet hatte. Prüfend wog er das Schwert in der Hand, machte ein paar Probebewegungen und verbarg es schließlich unter seinem schwarzen Mantel.

Von Schatten zu Schatten huschend, verbarg er seine Annäherung an die Grenze von Magnus' unsichtbarer Schutzmagie bis zum letzten Moment, wobei er die Vampirauren nicht aus dem geistigen Auge ließ. Doch sie behielten ihre Positionen bei, nichts in ihrer Bewegung verriet einen Verdacht. Offenbar hatte selbst der gegnerische Führer – längst glaubte Joel nicht mehr, dass es sich dabei um Nemesis handelte – nicht mit einem Ausfall Joels gerechnet.

Ein Fehler!

In einer Sekunde war Joel der Schatten selbst, jenseits allen Lichtes, im nächsten war er auf der anderen Seite der magischen Abgrenzung und hatte zwei der Wartenden getötet, bevor sich einer der Vampire überhaupt hatte bewegen können. Der dritte wurde eine Sekunde später niedergestreckt, seine Abwehrbewegung zu langsam, um von Bedeutung zu sein. Doch der vierte und fünfte schafften es nicht nur, sich Rücken an Rücken zu stellen und den ersten Versuch abzuwehren, sondern auch die anderen zu alarmieren. Joel drehte sich einmal um seine eigene Achse, und zirkelte mit dem Schwert, bevor er hinter die zweite Angriffsreihe glitt.

Nie zuvor hatte Joel solch eine tiefe Befriedigung bei seinen Attacken und Kämpfen gefühlt, war immer nur mathematisch genau nachvollziehbaren Kampfabläufen gefolgt, hatte sich im richtigen Moment geduckt, sich gedreht und vollstreckt. Doch jetzt hatte er das Bedürfnis, wie ein Irrwisch – ohne Plan und Verstand – anzugreifen, zu metzeln und zu vernichten. Einzig durch sein Alter und seine Konzentration gelang es ihm, kalkuliert weiterzukämpfen.

Die zweite Reihe der Rebellen blockte seinen Angriff und formierte sich neu. Sie umschlossen ihn so, wie er es von seinen elitären Schatten gewohnt war und für eine Sekunde spürte Joel Panik in sich aufsteigen. Sie kannten die Kampfstrategien der starken Kampfeinheit, waren vielleicht trainiert worden oder – Joel konnte eine starke Vampirmacht spüren – waren fremdgesteuert.

So würde er sie nie besiegen können! Nur durch Glück gelang es ihm, einem hinterrücks geführten Schwertstich auszuweichen, trug aber eine Schnittwunde an seinem linken Unterarm davon. Beim Anblick des Blutes erwachte sein innerer Irrwisch endgültig. Mit einem grimmigen Gefühl der Erleichterung gab Joel nach und ließ dem Teil seiner Persönlichkeit, der bei Judith die Kontrolle verloren hatte, ihn dazu brachte, Dinge zu empfinden und zu denken, die er noch vor wenigen Tagen nicht zugelassen hätte, freie Hand mit seinem Körper.

Schon seine erste Finte mit anschließender Attacke überraschte die Gegner völlig und brachte ihre Aufstellung allein durch die machtvolle Wut seines Angriffs ins Wanken.

Er hackte und drehte sich, schnell und von seinen Instinkten gesteuert, genoss die Macht, nutzte seine freie Hand, seine Beine, wirbelte so schnell, dass die Welt verschwamm … und blieb stehen.

Der letzte Rebell sackte vor ihm zu Boden, noch während Joel darum rang, die Schwertspitze als Halt für sein ganzes Sein zu stabilisieren. Bei seinem nächsten Blick war der Vampir verschwunden. Nur das Blut auf der Straße und ein wenig Asche von den älteren Vampiren zeugte von einem Kampf. Sogar seine Kleidung war wie immer salonfähig. Die Feuchtigkeit, die Joel auf ihr spüren konnte, fiel nicht auf; rotes Blut war auf dem alles absorbierenden Schwarz nicht zu sehen. Folglich würde auch niemand etwas bemerken, wenn er den einzigen Anhaltspunkt für den Verbleib der mysteriösen Zwillingsschwester überprüfte.

20

Maeve wusste, dass es ein neuer Traum war, noch bevor die Handlung einsetzte. Seit ihrer Verwandlung in einen Vampir hatte sie stets den Traum geträumt, in dem die beiden Mädchen – ihre Schwester und sie – badeten.

Dass sich ihre Träume nun veränderten, oder im Falle ihres alten, wohlbekannten Traumes mehr Informationen preisgaben wie Gespräche und die Umgebung, war ebenso hilfreich wie beängstigend.

Obwohl sie wusste, dass sie in Wahrheit mit Hasdrubal in einer Grabkammer stand – eingeschlafen, noch während er eine Tirade an Fragen und Vorwürfen über sie ergoss –, wusste sie instinktiv, sie konnte nichts an der Handlung ändern, nur stumm zusehen und genießen oder hassen, was sich ihr szenisch anbot. Es war, als habe jemand bei einem Film auf »Play« gedrückt. Von einem Moment auf den anderen war die Handlung da.

Wie von einem Spotlight erhellt, zentrierte sich alles auf die Menge der Vampire, die sich in einem Saal versammelt und um eine bekannte Gestalt einen Kreis gebildet hatten. Die Gesichtsausdrücke der Vampire spiegelten Faszination, Ergebenheit und Begeisterung wider. Doch erst, als der Rädelsführer in der Mitte sich zu der träumenden Maeve umdrehte, erkannte sie ihn: Julius!

Sie sah, wie sich sein Mund bewegte, konnte jedoch nichts hören. Aber er sprach. Zu dieser Erkenntnis gelangt, schaltete ihr Gehirn unerwartet auf laut, so dass sie Julius Worte wahrnehmen konnte. Worte, die sie sprachlos machten. Er sprach von Verrat, von Unsterblichkeit und von Hochmut. Davon, wie wenig Frauen bedeuteten und von einer patriarchalischen Gesellschaftsstruktur, die sich auch in der Vampirherrschaft wieder finden sollte. Von der Versklavung der Menschen und von der Macht über alle Frauen. Er brüstete sich damit, den ersten Schritt bereits getan zu haben. Die erste Frau – die Wichtigste – sei bereits gefallen. Für ihn.

Nie mehr würde sie sich ihm oder seinen Wünschen widersetzen können, nie mehr ihm widerstehen. Entweder würde sie sich fügen oder mit ihm untergehen.

Ein Schauer jagte über Maeves Rücken, während sich ihr Innerstes verkrampfte. Tatsächlich war sie mit ihm untergegangen. Und sie war immer noch dabei unterzugehen. Konnte man so tief sinken, dass man auf der anderen Seite wieder ans Licht kam? Geschockt und unfähig, sich zu rühren, blieb ihr nichts weiter übrig, als zuzuhören. Der dezidierte Plan, mit dem Julius gemeinsam mit seinen rebellischen Freunden ihre Zwillingsschwester, die Hexe Morna, beseitigen wollte, erstaunte Maeve, hätte er doch funktionieren können.

Ohne ihr Zutun bewegte sich ihr Traumkörper und trat aus seinem Versteck auf die Gruppe zu. Und plötzlich wusste Maeve, wer sie war, aus wessen Perspektive sie träumte. Morna. Sie sah alles aus der Perspektive ihrer Schwester.

»Nein!« Sie versuchte, ihren Körper zum Stoppen zu bewegen. Morna dazu zu bringen, nichts zu tun, Julius nicht zu schaden. Doch der Traum hielt nicht an und die Geschehnisse nahmen ihren Lauf.

Nie zuvor hatte Maeve das Knistern der Magie hören können, nie zuvor das Netz ihrer Schwester sehen, welches Farben außerhalb des bekannten Farbspektrums enthielt. Nun lag für Sekunden die gesamte Welt vor ihr. Jedes Lebewesen, jede Magie, jede Möglichkeit. Eine unvorstellbare Macht, die genutzt werden wollte. Verlangend und hinterhältig, jederzeit bereit, sich gegen ihren Träger zu richten. Und welche Qual war es, dagegen anzukämpfen!

Maeves Schrei, der alle Emotionen enthielt, alle Warnungen und alle Verzweiflung, zu der sie fähig war, verhallte ungehört in einem magischen Augenblick, in dem die Welt in der Schwebe hing. Dann explodierte die Magie, traf die rebellischen Vampire und ließ sie verglühen. In einem Moment waren sie voller Enthusiasmus und Euphorie – im nächsten existierten sie nicht mehr.

Nur Julius sah sie an. Voller Verbitterung und Verachtung. Sein Blick enthielt alles, was er vor Schock nicht mehr aussprechen konnte.

»Liebst du meine Schwester?«

Die Sanftheit, mit der Morna ihre Frage stellte – gestellt hatte –, überraschte Maeve. Sie wusste, wie trügerisch diese Sanftheit sein konnte, wie hart die Strafen. Aber sie ahnte, dass dieses Mal mehr dahinter steckte.

Durch Julius schien ein Ruck zu gehen. Ein Begreifen, welches selbstsicher die Überraschung überwand und sich mit den neuen Tatsachen abgefunden hatte.

»Ich begehre sie.«

»Liebst du sie?« Morna wiederholte ihre Frage, trat näher zu Julius und schien etwas in seinem Gesicht zu suchen, was nicht da war. Den Hauch einer liebevollen Emotion. Doch selten hatte Maeve solch einen verbissenen Ausdruck in Julius' Gesicht gesehen, solch ein Verneinen.

»Sie liebt dich!« Mornas Stimme klang verzweifelt. Eine unausgesprochene Bitte schwang in ihren Worten mit.

Julius schnaubte herablassend. »Es ist einfach, durch Lust zu kontrollieren, durch Begehren«, erklärte er und obwohl Maeve träumte, konnte sie spüren, wie Tränen auf ihren Wangen – sowohl auf ihren echten als auch auf Mornas Wangen – hinabliefen.

»Glaubst du, Lust und Begehren würden meine Schwester in den Untergang reißen?« Morna gab sich Mühe, herablassend zu klingen, doch Zweifel schlichen sich in ihre Tonlage. Sie wusste, dass Maeve Julius liebte und ihm vermutlich auch einen versuchten Verrat verzeihen würde.

Doch es kam anders:

»Finde es doch heraus!« Julius machte einen unerwarteten Schritt nach vorne, auf Morna – und damit auch auf Maeve – zu. Dabei zog er sein Schwert, das Schwert der Schatten, welches Morna und Maeve ihm verliehen hatten und schleuderte der Hexe alle Emotionen der Lust entgegen, die zwischen ihm und Maeve je aufgekommen und in ihrem magischen Bund gespeichert waren.

Für Bruchteile einer Sekunde schien die Welt still zu stehen. Morna zögerte, erst als Julius sein Schwert hob, traf sie eine Entscheidung.

Ein helles Gleißen umschloss ihre Gestalt, schien nach Julius zu greifen, Maeve hörte einen erschrockenen Schrei voller Qual, als sich Julius sein eigenes Schwert ins Herz stieß und zusammenbrach. Nahezu gleichzeitig ergoss sich Dunkelheit in Maeves Innerstes, es entstand ein Loch in der Realität, das so Schwarz erschien, dass es alle Farben dieser Welt enthielt und beinahe leuchtete. Es fraß an den Rändern der Wirklichkeit und schien zu pulsieren.

Sie hörte den zweiten erschrockenen Schrei, bevor sie begriff, dass es ihrer war. Im Traum, in der Realität und in der Vergangenheit.

Plötzlich war sie mehr eins mit ihrer Zwillingsschwester als jemals zuvor, begriff in diesem Moment, dass ihre Morna in diesem Augenblick verstand. Trotz der räumlichen Distanz zu Maeve hatte Morna den Schrei wahrgenommen – und das volle Ausmaß ihrer Tat erkannt.

Die Angst, die Panik und die Hilflosigkeit der Hexe griffen auf Maeve über. Auf Maeve, die eigentlich in Sicherheit war – schon einmal der Finsternis des Wahnsinns entkommen. Sie drehte sich auf dem Absatz um, als sich der Traum veränderte, doch es war zu spät. Vor ihr pulsierte dasselbe Glühen, wie hinter ihr – rechts und links. Die Finsternis schloss sie ein, zog sie mit einem hellen, magischen Band, welches sich durch den Bund um ihre Seele geschlossen hatte, zu sich. Es sog sie in den Tod, ins Nichts.

Empört schrie sie auf, wand sich in Qualen, des Verlustes, der Verzweiflung und der Verneinung, doch sie konnte nicht entkommen. Der Bund hatte sie im

Griff und sein Weg führte in die Vernichtung. In den finsteren Schlund eines schwarzen Nichts, in einen Abgrund, den sie nicht überwinden konnte. Und trotz allem, was sie eben gesehen und gefühlt hatte, rief sie nach Julius, einem Mann, der sie nie geliebt hatte.

21

Das Gebäude sah immer noch genauso aus wie auf Judiths Foto. Immer noch wies das in hässlichen Pastellfarben gehaltene Adressschild darauf hin, dass es sich um ein betreutes Wohnheim handelte. Trotzdem lief Joel ein Schauer über den Rücken. Wer wusste, welch teuflischer Magnus-Plan auf Joel wartete?

Mit betont menschlichen Schritten ging Joel zum Eingang. Dort schob ein gelangweilter Mann in einem vergitterten Häuschen Wache und war – wahrscheinlich in Anbetracht der nicht so geschäftigen Abendstunde – sowohl für die Durchfahrt als auch für die »fußgängerischen« Besucher zuständig.

Erst als Joel neben der Sprechbox anhielt und klingelte, sah der Mann, dessen schwarze Hose einen staubigen Ton hatte, gelangweilt von seiner Zeitung hoch. Bei Joels Anblick verengten sich seine Augen misstrauisch.

»Ja?« Erst nach dieser Frage schien sich der Mann seiner guten Manieren zu entsinnen. »Wie kann ich helfen?«

»Ich suche jemanden.« Joel holte das Foto von Judiths' Schwester aus seiner Manteltasche und hielt es an die vermutlich kugelsichere Scheibe.

»Warum?«

»Weil ich sie eben suche!« Joels Tonfall reichte, um eine Antwort zu erzwingen, allerdings trug sein mesmerisierender Blick wesentlich dazu bei, dass er sie auch erhielt.

»Dann suchen sie am falschen Ort. Joline ist mit ihrem Vater weg.« Die Stimme des Pförtners klang ein wenig lahm, so, als versuche seine Zunge gegen sein hypnotisiertes Gehirn zu rebellieren.

»Wohin?«

»Weiß ich nicht.«

»Ihr Zimmer?«

»313«

Joel schickte sich an, in das Wohnheim zu gehen, besann sich dann eines Besseren und ging die bisher zurückgelegten zwei Schritte wieder rückwärts.

»Warum ist Joline hier?«

Der Pförtner sah Joel irritiert an und versuchte sich offensichtlich an etwas zu erinnern – vielleicht an den Grund, warum er überhaupt antwortete. »Na, weil sie ständig vergisst, wer und wo sie ist.«

»Ich verstehe nicht …«

»Sie kann sich an nichts erinnern, was sie selbst betrifft. Familie, Freunde – alles auf lange Sicht futsch. Ihr Gedächtnis is' irgendwie kaputt …« Der Mann machte eine uncharmante Geste an seiner Schläfe.

»Na, großartig!« Eine halsstarrige, junge Teufelin und ihre vergessliche Schwester – vermutlich ein Engel.

Endgültig ging Joel weiter, durch den Haupteingang und an der Information vorbei. Niemand hielt ihn auf. Es war, als hätte das Durchlassen durch den Pförtner ihm eine Freikarte erteilt.

Das Innere des Gebäudes wirkte familiär und gemütlich, die Menschen, die ihm auf dem Weg begegneten freundlich und zum großen Teil gut gelaunt. Die Betreuer waren nur an ihrem Geruch zu erkennen. Sie rochen weniger determiniert, freier.

Neugierig bemerkte der Vampir, dass einige Türen offen standen, und spähte im Vorbeigehen in einige Zimmer hinein. In einem hatte sich ein noch sehr junges Mädchen von vielleicht fünfzehn Jahren ein rosa Traumland erschaffen, in einem anderen wohnte ein extrem dünner junger Mann.

Zimmer 313 war bis auf Bett, Schrank und Fernseher leer. Absolut steril. Er sah sich enttäuscht um. Es gab keine Bilder, Fotos, Bücher … nichts, das überhaupt auf einen Bewohner schließen ließ. Genauso gut könnte es sich um ein unbewohntes Zimmer handeln.

»Entschuldigung!« Er winkte eine Betreuerin näher, die gerade an dem Zimmer vorüberging. »Ist dies wirklich Jolines Zimmer?«

»Ja, sind Sie ein Bekannter?« Die Matrone reichte ihm die Hand und Joel nutzte den Moment in dem sich ihre Blicke trafen, um sie zu manipulieren.

»Wohnt Joline schon lange hier?«

»Seit ungefähr einem Jahr.«

»Was ist vor einem Jahr geschehen?«

»Joline war schon lange wegen ihrer Gedächtnisprobleme in Behandlung, eine angeborene Schwäche. Es ist immer schlimmer und schlimmer geworden und schließlich konnte die Familie die Betreuung nicht mehr gewährleisten.«

»Seitdem vergisst sie?«

»Ja. Alles, was ihre persönlichen Erinnerungen betrifft.«

»Was müsste man tun, damit sie eine wichtige Information nicht vergisst?«

Die Matrone starrte Joel an, als sei dieser mindestens ebenso vergesslich wie Joline. »Sie vergisst sie … man müsste sie ihr schon auf die Stirn tätowieren.« Sie lachte gezwungen. »Sogar ihren Namen und unsere Telefonnummer trägt sie sicherheitshalber immer auf einem Armband bei sich …«

»Und ihr Zimmer? Es gibt nichts Persönliches. Nichts, was irgendwie zu einem Individuum gehört.«

»Verstörend, oder? Aber es bedeutet ihr nichts.« Die Frau senkte ihre Stimme. »Wir haben ihr Bücher gegeben, Blumen, Haustiere. Joline hat die Bücher gelesen, die Blumen gegossen und mit den Tieren gespielt. Und wenn sie am nächsten Tag weg waren, hat sie sie nicht vermisst. Und irgendwann hat sie alles fortgegeben.«

»Haben Sie die Sachen noch?«

»Die Bücher, Blumen und Haustiere?«

»Alles andere.«

»Nein, schon seit Monaten nicht mehr.«

»Verdammt!«

Die Matrone nahm Joels Fluch mit einer tadelnden Mine hin und ergänzte: »Ihr Vater hat alles abgeholt.«

»Apropos Vater: Wann hat ihr Vater Joline abgeholt?«

»Vor sechs Tagen. Sie wollte eigentlich gestern wiederkommen.«

»Hat er angerufen? Wissen Sie, wo die zwei sind?«

»Nein, keine Ahnung.«

»Hat einer von beiden irgendeine Andeutung gemacht? Oder haben Sie irgendeinen Verdacht?«

»Nein.«

Die Frau zuckte mit den Achseln, als spielte Jolines Verbleib keine Rolle – solange sie nur bei ihrem Vater war.

Joel sah durch Jolines Fenster und durch das Gitter der Einfahrt nach Draußen. Wieder war die Suche eröffnet und alle Wege offen. Zu viele Wege.

Wohl oder übel würde er um Hilfe bitten müssen.

22

Hasdrubal hatte jede Veränderung in der Haltung und in den Zügen seiner geliebt-verhassten Königin beobachtet und darauf gehofft, dass ihr Traum zurückkam und er aus ihren Reaktionen Rückschlüsse würde ziehen können. Doch schon als sie ihren Mund öffnete, um erneut zu rufen, wusste er bereits, dass es dieses Mal anders war.

Beim ersten Laut war er bei ihr, nahm sie in den Arm und hielt ihr gleichzeitig den Mund zu, um eventuelle Menschen, die das Grabmal Maedbs besichtigten, nicht zu verstören.

»Maeve!« Sein eindringliches Flüstern musste in ihren Ohren hallten, doch sie reagierte nicht auf ihn, sondern schlug um sich, als fehlte ihr jeglicher Halt in der Realität. Um seiner selbst willen musste er seine Königin unter Kontrolle bekommen.

Hasdrubal gelang es, mit einer Hand ihren Arm zu greifen und sie gegen die Steine zu drängen. Doch ihre andere Hand war frei, schlug nach ihm, stützte sich an den Steinen ab und griff blindlings nach allem, was sie zu fassen bekam. Er löste seinen Griff um ihren Mund und versuchte die Vampirin zu fassen zu bekommen. Sie öffnete erneut ihren Mund.

Hasdrubal nutzte die einzige Möglichkeit, sie ruhig zu stellen, presste seine Lippen auf ihre und trank den verzweifelten Schrei, der sich aus Maeves Kehle emporgekämpft hatte, von ihren Lippen. In der Parodie eines Kusses gefangen, verhinderte er einen weiteren, verräterischen Laut und konnte die Arme der Königin fassen.

Erst als er sie mit einer Hand greifen konnte, ließ er von ihrem Mund ab und begann erneut auf sie einzureden. Zu seiner Erleichterung schlug sie die Augen auf. Dann sah er sie an und war selbst in Versuchung zu schreien. Jede Vernunft, jeder Funke eines menschlichen Verstandes waren aus ihrem Antlitz verschwunden. Sie schien eine grauenhaft leere Hülle ihrer selbst zu sein, nur noch lebensfähig – Maeve längst verschwunden.

»Nein!« Abrupt ließ er sie los und sah zu, wie Maeve langsam zu Boden glitt als sei ihr Körper nicht gewillt, sie weiterhin aufrecht zu erhalten, als sei er nur auf die wichtigsten Funktionen beschränkt.

Kaltes Grauen relativierte jede Frage, die Hasdrubal zuvor hatte stellen wollen. Maeve so vor sich zu sehen, erneut wahnsinnig, erneut für die Welt und für die Liebe verloren, ließ ihn zittern. Mit einem Mal wurde ihm klar, dass er es nicht noch einmal ertragen konnte. Es hatte Zeiten gegeben, in denen er sich gewünscht hatte, dass Maeve wieder wahnsinnig würde, wieder zu einer Königin, die alle fürchteten.

Doch es war eine Lüge, um nicht mit den Schmerzen einer unmöglichen Liebe leben zu müssen, nicht mit dem Betrug am Vermächtnis seines Bruders.

Er schloss die zitternde Königin fester in die Arme und prüfte mental die Umgebung, zu der Maedbs Hinweis auf Deirdre sie führte. Italien.

Vielleicht würde sich Maeve trotz ihres Zustandes erinnern, durch einen Hinweis auf ihre sterbliche Vergangenheit zu ihm zurückfinden.

Der Karthager schloss die Augen und konzentrierte sich, bevor er einen Sprung wagte, den er unter normalen Umständen schon wegen möglicher Zeugen nicht riskiert hätte. Das Hügelgrab explodierte in einem Steinregen, als er gemeinsam mit der Königin durch Gedankenkraft in die Richtung katapultiert wurde, in die er sich gewünscht hatte. Steine von verschiedener Größe hagelten auf das Grab, auf den Berg, wurden teilweise noch Kilometerweit von der Dynamik der beiden Vampire mitgerissen und regneten unterwegs wie Meteoriten zu Boden, während die beiden Blutsauger der Schwerkraft trotzten.

Maeve war wach, konnte sich aber mental nicht aus der Finsternis lösen. So sehr sie es auch versuchte, ihr Geist blieb gefangen, ihr Körper ein Opfer seiner Triebe. Es war zu spät!

Sie erinnerte sich an die Gräueltaten, die sie getrieben hatte. Jahrhunderte lang, einmal im Jahr. Sie hatte es gewusst, befürchtet.

Ihre Beweggründe lagen klar vor ihr – bei ihrer letzten Umnachtung waren sie ihr egal gewesen. Triebhaft, amoralisch und animalisch hatte sie sich genommen, was sie begehrte, geliebt, was sie benötigte und getötet, was sie verraten hatte. Der Tag war gekommen! Der Jahrestag von Julius Tod. Maeve versuchte ihre Erkenntnis zu formulieren, Hasdrubal um Hilfe anzuflehen, doch es ging nicht mehr. Wie von außen musste sie ihren Körper beobachten, spürte bewusst seine Emotionen, dieselben Emotionen, wie bei ihrem Wahnsinn – aber es schienen nicht ihre eigenen zu sein. Zu dezidiert und reflektierend nahm sie sie war, konnte aber nichts tun und nicht reagieren. Gefangen in ihrem eigenen Körper.

Hasdrubal gelang es nur mit Mühe, die erneut um sich schlagende Königin sicher zu halten und gleichzeitig in der Nähe des gewünschten Ortes zu landen.

Doch statt ihn sich anzusehen oder gar auf seinen Anblick mit der gewünschten Erinnerung zu reagieren, stierte die Vampirkönigin geistlos geradeaus, ohne eine Reaktion zu zeigen.

Ihr Gesichtsausdruck enthielt eine Verzweiflung, die ihn schaudern ließ. So hatten Gefangene ausgesehen, nachdem sie tagelang gefoltert worden – und unter dem Druck geistig zusammengebrochen – waren.

Ein dumpfes Gefühl der Hoffnungslosigkeit machte sich in ihm breit. Maeve war der Schlüssel zur Unsterblichkeit der Vampire. Wenn sie nicht mehr sie selbst war, sich nicht erinnern konnte, gab es keinen Weg mehr für ihn, den Vampiren zu helfen. Dann gab es nur noch eine Möglichkeit: Die Auslegung der Vampirbibel, an die er nicht mehr glaubte. Den Tod des zweiten Zwillings!

Er könnte es jetzt tun. Maeve stand schutzlos vor ihm, ohnehin nur noch eine leere Hülle. Hasdrubal streckte die Hand nach ihr aus und nichts geschah. Keine Magie, kein unsichtbarerer Schutz. Er strich über die rechte Wange und den Hals der Vampirkönigin, und noch immer tat sich nichts.

»Julius!« Das Wort kam aus Maeves Mund, doch die Stimme klang anders als zuvor, als käme sie aus dem dritten Kreis der Hölle und hätte nur noch bedingt etwas mit Leben zu tun. Es schockierte ihn mehr als ihr Anblick und unwillkürlich drehte er sich um, um zu sehen, was die Vampirkönigin wahrnahm.

Ein junges Pärchen, beide kaum älter als zwanzig, war aus einer nahe gelegenen Gaststätte getreten und spazierte Hand in Hand durch die Dunkelheit. Touristen, die Zuflucht und Authentizität in einer einheimischen Spelunke gesucht und gefunden hatten. Beide torkelten leicht und strömten einen Geruch aus, der auf lieblichen Rotwein hindeutete. Hasdrubal lenkte sein Augenmerk auf den Jungen. Seine Haare erinnerten an Julius, goldblond, allerdings lockig statt glatt, dochaußer seiner leicht gebräunten, goldig schimmernden Haut sah er Julius nur sehr entfernt ähnlich.

Offensichtlich sah Maeve – oder das, was von ihr übrig war – das anders. Ihre Haltung hatte sich gestrafft und eine Aura verführerischer Willenskraft ließ ihre Haut silbrighell schimmern. Menschlich und äußerst anmutig stolzierte sie durch die Nacht auf ihr auserwähltes Opfer zu.

Schlagartig musste Hasdrubal an all die Jünglinge denken, die sie getötet hatte. Scheinbar wahllos auserwählt, hatten sie doch alle eine gewisse Ähnlichkeit mit seinem Bruder gehabt. Plötzlich wusste er, dass er sie endgültig verlieren würde, wenn sie erst wieder von einem ihrer goldenen Jünglinge getrunken hatte.

»Oh nein!« Mit einem Satz überholte er seine Königin und versperrte ihr den Weg.

Ohne ihn zu registrieren, glitt sie an ihm vorbei, vollkommen auf ihr Ziel fixiert. Inzwischen hatten auch die beiden Sterblichen das seltsame Paar erblickt und, von Maeves Anmut in den Bann geschlagen, sahen die beiden ihr entgegen.

Der Gesichtsausdruck des jungen Mannes veränderte sich von alarmiert über besorgt zu interessiert. Als die Königin direkt vor ihm stehen blieb, spiegelte sich nur noch pure Lust in seinem Blick wider. Eine Antwort auf ihre Ausstrahlung.

Die Frau, betrunken oder nicht, erkannte die Gefahr. Wenn nicht für ihr Leben, so doch für ihre Beziehung. Sie zog am Arm ihres Freundes und flüsterte ihm zu, zu verschwinden. Er rührte sich nicht.

Hasdrubal begriff, was geschehen würde. Er legte Maeve eine Hand auf die Schulter und wirbelte sie herum.

Sie schlug so schnell zu, dass er trotz des Altersunterschieds nicht in der Lage war, den Schlag abzuwehren. Verwirrt und innerlich zerschmettert fand er sich an der nächsten Häuserwand wieder. Just in dem Moment, als Maeve ihre Hand nach dem jungen Mann ausstreckte und seine Freundin anfing, beide anzukeifen.

Es war zu spät! Er würde ihr nicht helfen können.

»Julius!« Eine plötzlichen Eingebung folgend, hallte seine Stimme kalt und grausam von den Steinwänden der verwinkelten Gassen wider und das eine Wort brachte Maeve zum Stoppen.

»Ich bin Julius!«, behauptete Hasdrubal, ignorierte seine gebrochenen Knochen, die sich langsam wieder zusammenfügten und rappelte sich auf.

Maeve drehte sich um und starrte ihn an, während der Junge hinter ihr wieder zur Besinnung kam. Hasdrubal gab ihm und seiner Freundin mit einer Geste zu verstehen, dass sie verschwinden sollten und die Freundin war geistesgegenwärtig genug, augenblicklich Folge zu leisten.

Auf einer sehr tiefen Ebene, außerhalb der bewussten Wahrnehmung musste Maeve begriffen haben, dass er nicht Julius war, denn sie wimmerte leise. War es Schuld, die sie zermarterte? Oder der Verlust? Hasdrubals Blick fiel auf ihren verzweifelten Gesichtsausdruck und die Erkenntnis schlug über ihm zusammen: Es spielte für ihn keine Rolle mehr!

Obwohl logische Argumente in ihm stritten, tat er, was seine Emotionen ihm vorgaben und trat einen Schritt näher zu der rothaarigen Schönheit.

»Wenn du ein Blutopfer brauchst«, er strich sich die schulterlangen dunklen Haare, die von einem Hauch grauer Strähnen durchzogen waren, nach hinten, weg von seiner Halsschlagader, »dann nimm mich!«

Auch wenn Maeve die Mörderin seines Bruders war, auch wenn der Wahnsinn sie zu Recht strafte, würde er sie retten. Und um das möglich zu machen, würde er sogar zum ersten Mal in seinem Leben einen anderen Vampir von sich trinken lassen.

Maeve starrte ihn unverwandt an. Obwohl sie keine Anstalten machte, auf sein Angebot einzugehen, benutzte Hasdrubal einen Fingernagel, um seine Haut soweit aufzukratzen, dass sie blutete.

Er wusste, dass er seinem kleinen Bruder nur bedingt ähnlich sah, weniger ähnlich als all die anderen Männer, die Maeve in ihrem wahnsinnigen Rausch getötet hatte, aber er hoffte, sein Opfer würde die Königin retten. Lange genug, um die Antwort auf das Rätsel in der Vampirbibel zu lösen und die Unsterblichkeit zurückzubringen. Er würde auf seine inzwischen ohnehin fragwürdige Rache verzichten und mit in ein anderes Leben nehmen. In der Hoffnung, dass die Rebellen seine Aufgabe in diesem übernahmen und Maeve töteten.

Bevor ihm Zweifel an seinen Gefühlen kommen und sein aufgewühltes Gewissen eingreifen konnte, war Maeve zu ihm getreten. Ein müder, abgekämpfter Hauch ihrer selbst schien über ihr Antlitz zu huschen, bevor sie sich zu ihm beugte und über die zwei Blutstropfen leckte, die sich an der bereits wieder verheilten Wunde gebildet hatten.

»Hasdrubal!« Ihr Flüstern war so leise und andächtig, dass er sie beinahe nicht gehört hätte. Dann biss sie zu.

23

Joel sah sich in dem Zimmer um und verfluchte sich selbst für seine Dummheit. Natürlich war Judith nicht da. Er hatte ihr ein eigenes, kleines Paradies erschaffen, welches ausschließlich auf ihren Fantasien und Wünschen beruhte, und erwartete, dass sie es sich nur aus weiter Ferne ansah.

Für Sekunden spielte er mit dem Gedanken, alles wieder rückgängig zu machen und die junge Frau so in ihr Zimmer zurückzubefördern, doch ein derart wichtiges Gespräch sollte keinen so herzlosen Einstieg haben.

Ein merkwürdiger Gedanke angesichts dessen, dass er gerade dabei war, seinen eigenen Schwur zu brechen und sich in die Höhle des Löwen gewagt hatte. Joel grinste bei dem Gedanken und trat auf die verschlossene Zimmertür zu. Die Klinke in der Hand zögerte er. Er konnte die Helligkeit und die Wärme spüren, die von dem tropischen Strand ausging und einen perfekten Tag imaginierten. Der erste Tag seit Jahrhunderten.

Die plötzliche Wehmut überraschte ihn. Er hatte nicht nur Judiths perfekte Welt geschaffen, sondern Erinnerungen an das, was er einst geliebt hatte – bevor er sich wegen Claire in der lieblosen, finsteren Nacht verloren hatte.

Entschlossen gegen seinen inneren Dämon kämpfend, öffnete er die Tür und genoss das Gefühl, wieder ein Teil des Kreislaufs von Licht und Dunkel, Tag und Nacht zu sein. Er streckte die Hand aus und fühlte, wie die Oberseite in der surrealen Sonne warm wurde, während die Handfläche weiterhin kühl blieb. Er warf einen Schatten!

Es war nicht wirklich, aber besser als die Welt aus verschiedenen Schattentiefen, in der er sich bewegte. Ein leises Geräusch irritierte ihn. Es kam von ihm. Ein Lachen, überschwänglicher und glücklicher, als er es je zu Lebzeiten von sich gegeben hatte und das noch anhielt, als er mit Blicken die Strandzone und das Meer nach einer menschlichen Bewegung absuchte. Nichts.

Joel trat zwei Schritte auf das Meer zu und bewunderte seine eigene Schöpfung. Das Wasser war in ständiger Bewegung, simulierte Ebbe und Flut, die Anziehung des Mondes und die Erddrehung. Die Schaumkronen auf den brechenden Wellen waren das Tüpfelchen auf dem »i«. Mit einem wehmütigen Gefühl trat der Vampir näher an die Wassergrenze und begutachtete die Linien im Sand und obwohl er wusste, dass es vergebens war, suchte er nach Spuren von Würmern oder Krebsen. Es war ihm nicht gelungen, Judiths Welt mit Leben zu füllen. Sie war das einzige Lebewesen, welches im Inneren der Perle leben konnte – und nur ein Vampir konnte sie dort aufsuchen. Keine Fische, keine Vögel – nur Illusionen und Geräusche.

»Judith?!« Dieses Mal rief Joel vehementer und mit mehr Nachdruck, auch wenn er befürchten musste, dass sein Ruf genau den gegenteiligen Effekt haben könnte. Wahrscheinlich hockte sie hinter einem Busch und betete zu einem Gott, der ihr nicht helfen konnte oder wollte, darum, dass Joel wieder verschwand.

Er hasste den Dschungel!

Mit dem Gedanken setzte er sich in Bewegung und begrüßte den Umstand, dass es ihm nicht gelungen war, Tiere in diese Welt zu imaginieren. Trotzdem lenkte ihn jedes Geräusch ab und sorgte dafür, dass er sich suchend umsah.

Judith blieb stehen, als die Geräusche der Flora und Fauna um sie herum abrupt verstummten. Selbst der schwache, unaufdringliche Wind war verschwunden und ließ die künstliche Welt leer und leise zurück.

Ein Schauder lief ihr über den Rücken, als sie an die zahlreichen Horrorfilme dachte: Die Ruhe vor dem Sturm. Gleich würde etwas Entsetzliches geschehen, ein Monster würde aus den Schatten treten und – sie sah sich um – es gab keinen Ort, an den sie fliehen könnte. Sie horchte eine Weile, doch nichts geschah und nichts deutete darauf hin, dass noch etwas geschehen würde. *Natürlich nicht!*, tadelte sie sich in Gedanken. *Erst muss ich weitergehen und abgelenkt sein.* Ein neuer Schauder lief ihr über den Rücken und verwandelte ihre Haut in Kälte. Nur Joels Liebesbisse strahlten ungerührt weiterhin Wärme aus und schienen realer zu sein als ihre Umgebung.

Würde sie den Gipfel des Berges erreichen, bevor die Stille verbreitende Bedrohung sie erreichte? Würde Joel sie überhaupt hören können? Joel.

Judith drehte sich um, als ihr ein Gedanke kam. Natürlich! Wie hatte sie auch nur eine Sekunde lang an eine Bedrohung glauben können? An ein gefährliches Wesen?

Ein Lächeln huschte über ihr Gesicht, doch ein Restzweifel blieb und sorgte dafür, dass sie die perfekte Bissspur an ihrem Hals berührte. Der kurze Schmerz erinnerte sie wieder an die Realität und vertrieb auch die letzte Kälte aus ihren Gliedern.

»Joel?!« Ihr Ruf wurde vom Dickicht des Dschungels geschluckt.

Sie würde höher steigen müssen, um eine Lichtung zu finden, von der aus ihre Stimme weiter hallte. Entschlossen machte sich Judith wieder an den Aufstieg, folgte in ihren ungeeigneten Halbschuhen und dem umgemodelten Kleid dem schmalen Trampelpfad, tastete sich an kleinen Abhängen entlang und beobachtete, wie die Bäume sich langsam lichteten und die Büsche kleiner wurden, überschaubarer. Schließlich ging der Urwald in einen Hang über, dessen schwarzer Untergrund mit hüfthohem Gestrüpp bedeckt war. Judith blieb stehen und sah sich um. Keine Bewegung war zu erkennen.

»Joel!« Beinahe rechnete Judith mit erschrocken auffliegenden Vögeln. Doch sie erhielt keine Reaktion.

»Verflucht!« Sie setzte sich auf eine der etwas höheren Bodenverwerfungen, die eine bequeme Sitzmöglichkeit bot. Von hier konnte sie den Dschungel beobachten und sehen, falls jemand – oder etwas – ihr folgte.

»Wenn du dich verstecken willst, solltest du dir einen besseren Ort suchen!«

Judith zuckte beim Klang von Joels Stimme zusammen. Wie war er so schnell hergekommen – und dann auch noch unbemerkt hinter sie? Sie drehte sich zu ihm um, doch alles, was sie vor der tiefstehenden Sonne erkennen konnte, war Schwarz vor einem gleißend hellen Hintergrund. Sie schirmte ihre schmerzenden Augen mit der Hand ab.

Ihn am Tage – wenn auch in einem fiktiven Tage – zu sehen, war sonderbar. Er wirkte wie ein Fremdkörper in einer ansonsten harmonischen Umgebung. Zu dunkel und zu bleich. Ein Wesen geboren aus Finsternis und Schatten. Erst als sich sein Mund zu einem Lächeln verzog, verflog dieser Eindruck.

»Wirkt es, als würde ich mich vor dir verstecken?«, gab Judith zurück und wunderte sich über ihre herausfordernde Frage. Nur mühsam konnte sie sich zurückhalten, ihm nicht um den Hals zu fallen.

Zu ihrem Glück hatte er ihr kurzes Strahlen nicht bemerkt, da er sich von ihr abgewandt hatte und den Ausblick auf seine eigene Kreation genoss. Judith spürte eine Verärgerung in sich aufsteigen, die die Freude und das Glücksgefühl auslöschten und Verbitterung mit sich brachte. Er war nicht ihretwegen hier. Wieso auch?

Wütend presste sie die Lippen zusammen und schwor sich, ihm jeden erdenklichen Widerstand entgegenzubringen. Weswegen auch immer er hier war, er würde es nicht bekommen.

Judith war entzückend.

Allein, wie sie das Kleid um ihren Körper drapiert hatte. Der enge, grüne Corsagenstoff umschmeichelte ihren Oberkörper, betonte ihren kleinen, kecken Busen und ließ die Haut ihrer Schultern entzückend schimmern. Ab der Taille hatte sie den Stoff zerschnitten oder … er runzelte die Stirn … zerrissen und dann in Bahnen um ihre Beine geschlungen, so dass sie etwas trug, was sie bedeckte, schützte und ihr Bewegungsfreiheit bot. Innerlich schmunzelte er über ihren Einfallsreichtum. Vielleicht sollte er ihrer Garderobe auch einige Hosen hinzufügen – nicht nur lange!

Erst als er seine Gesichtszüge wieder unter Kontrolle hatte, wandte er sich seiner schönen Gefangenen zu. Sie wirkte sehr wütend und sehr verletzt. Joel betrachtete die Abdrücke, die seine Zähne auf ihrer Haut hinterlassen hatten. Es machte ihn wütend. Es machte ihn an. Beides gleichzeitig. Er wunderte sich darüber, dass es ihm gelang, seine stoische Mine beizubehalten, und bewunderte Judith dafür, dass sie nicht vor ihm zurückwich, sondern seinen Blick beinahe gelassen hinnahm. Nur ihr erhobenes Kinn zeugte davon, dass es nicht Mut, sondern Trotz war, der sie seine Betrachtung ertragen ließ.

»Es tut mir Leid!«

Judith begriff, dass Joels Geste einem der Bissmale galt. Wutröte flammte in ihrem Gesicht auf.

»Es tut dir Leid?« Sie konnte das Blaffen in ihrer Stimme hören und das machte sie wütend. Er zeichnete sie, war der Mann ihres Lebens und alles, was er ihr zu sagen hatte, war: Es tut mir Leid?! Sie war versucht, sich auf ihn zu stürzen.

Es war also wahr. Er empfand tatsächlich Abscheu und hatte nur mit ihr geschlafen, um sie zur Aufgabe zu bewegen. Sie soweit zu manipulieren, bis sie ihm half – gegen ihren Vater!

»Was willst du von mir hören, Judith?« Seine Stimme klang kalt, frei von Gefühlen. Ein Umstand, der zu ihrer Wut beitrug.

»Was ich hören will?« Sie war fassungslos. Was war er? Ein unsterblicher Schwachkopf? »Auf jeden Fall nicht, dass es dir Leid tut!« Sie schüttelte den Kopf und unterstrich mit dieser Geste ihre Entschlossenheit. »Niemals wieder will ich von dir hören, dass es dir Leid tut!« Schließlich tat ihr nichts von dem, was bei ihrer letzten Begegnung geschehen war, Leid!

Joel nickte. Er hatte nicht damit gerechnet, dass sie ihm verzieh. Er hatte sich schändlich benommen. Wie ein Monster.

»Ich bin hergekommen, um dich nach deiner Schwester zu befragen.«

Kurzes Entsetzen zeichnete sich auf ihrem Gesicht ab, dann hatte sie sich wieder unter Kontrolle und versteckte ihre Überraschung hinter Trotz.

»Ach!«

Und sie Närrin hatte wirklich kurz gedacht, er wäre wegen etwas anderem zurückgekehrt. Leises Schuldbewusstsein schlich sich unter ihre Erschütterung, als sie begriff, dass sie ihm beim Erwachen beinahe gesagt hätte, was sie empfand – und ihm beinahe alles erzählt hätte.

»Judith!« Joel legte einen flehenden Unterton in seine Stimme. »Bitte, es ist wichtig!« Sogar sehr, denn so, wie sie vor ihm stand, die Hände wütend in die Hüften gestemmt und mit einem Blick, der die wilden Furien Angst gelehrt hätte, wollte er sie doch nur in seine Arme ziehen, und sie küssen, bis sich ihr Gesicht wieder in eine Offenbarung der Leidenschaft verwandelte und er erneut ihre entzückenden Schreie kosten könnte.

Sein Blick glitt erneut über ihren Körper und über die Bissspuren. Sie war sein! Auch wenn er es leugnen mochte, sie trug seine Zeichen und bis diese verblassten, würde jeder sehen können, wem sie gehörte. Ein Schauder der Erregung ging durch seinen Körper. Er sah weg.

»Sicher ist es wichtig!« Judiths Stimme hatte einen herablassenden Unterton angenommen. Sie musste ihn von ihrer Schwester ablenken! »Wichtig genug, um mit mir zu schlafen, nehme ich an?!«

Sie glaubte, er habe mit ihr geschlafen, um Informationen von ihr zu erhalten? Beinahe hätte Joel über die Absonderlichkeit dieser Idee gelacht. Dann fiel ihm ein, dass er nichts anders vorhatte, indem er sie Xylos auslieferte – der sie verführen würde, um alles Wissenswerte von Magnus' Tochter zu erfahren.

Wütend machte er einen Schritt auf sie zu. »Eigentlich eine gute Idee, oder nicht?«

»Eine fantastische Idee!«, provozierte sie, trat aber einen Schritt zurück, wobei sie beinahe über eine Bodenunebenheit gefallen wäre.

Mit einem Schritt war Joel bei ihr und fing sie auf. Ohne sie loszulassen, sorgte der Vampir dafür, dass Judith wieder einen festen Halt unter ihre jämmerlichen Schuhe bekam.

Judith starrte ihn an. Er war ihr zu nahe, zu nahe für patzige Antworten und zu nahe, um etwas anderes zu empfinden als Wut und Verlangen. »Aber es hat nicht funktioniert!«, flüsterte sie.

»Noch nicht!«, gab er zu und bemächtigte sich ihrer Lippen.

Überrumpelt versuchte Judith ihre Lippen zu schließen, aber der Vampir umfasste ihr Kinn auf eine Art und Weise, die ihr die Möglichkeit nahm, ihm zu entkommen. Der Kuss war strafend; eine Lektion, die sie noch lernen und begreifen musste. Ihre instinktive Reaktion war, sich gegen ihn zur Wehr zu setzen. Ein kleiner Klagelaut entrang sich ihrem Mund, als es ihr nicht gelang, gegen seinen Griff anzukommen.

Hatte Joel geglaubt, sich unter Kontrolle zu haben, wurde er nun eines Besseren belehrt. Er verstärkte den Druck auf ihren Kiefer und erst, als sie seinem Begehren nachgab, ließ er seine Finger über ihre Wange in ihr Haar gleiten. Herrisch nahm er ihren Mund in Besitz, strich mit seiner Zunge über ihre Lippen und drang in ihre warme, feuchte Mundhöhle ein.

Judith stöhnte erneut, als Joels Finger sich in ihre kurzen Haare gruben und ihren Kopf nach hinten zwangen. Schmerz prickelte über ihre Kopfhaut und sandte widersprüchliche Signale aus. Sie wollte mehr, viel mehr!

Sie schlang ihre Arme um Joels Nacken und zog den Vampir mit sich, als sie sich nach hinten gleiten ließ. Der Boden war hart und unbequem. Ein Umstand, der sie eine halbe Nanosekunde lang beschäftigte – bevor Joels Zähne ihren Hals streiften. An dem heftig pochenden Puls an ihrer Kehle hielt er inne.

Judith zitterte, abermals von ihren eigenen Wünschen überrumpelt. Joel hatte etwas in ihr entfesselt, und sie hatte keine Ahnung, was sie tun konnte, um wieder zur Besinnung zu kommen. Sie wusste nicht einmal mehr, ob sie es noch wollte. Jahrelang anerzogene Moralvorstellungen fielen von ihr ab.

Joel staunte, als sich Judiths Beine um ihn schlangen, eine einladende Geste, der er nur zu gerne nachkam. Er schob ihre Corsage nach unten und nahm eine ihrer harten, kleinen Brustspitzen zwischen seine Lippen. Sanft daran nippend genoss er ihre Weichheit, die sich unter seinen Berührungen verhärtete und keck aufrichtete. Tatsächlich standen sie nun leicht nach oben und ließen ihre Brüste voller erscheinen.

Judith konnte kaum noch atmen. Hatte sie die vergangene Nacht nur noch als Taumel zwischen Wollust und leidenschaftlicher Aufgabe in Erinnerung als einen Akt, der mehr einer gegenseitigen Inbesitznahme glich als einem Liebestanz, so wurde sie nun von seiner Sinnlichkeit überwältigt.

Joel saugte ihre empfindsame Knospe in seinen Mund, umspielte die Spitze mit der Zunge und zog sanft mit seinen Zähnen an ihr, bevor er sie an die kühlere Luft entließ. Dann wiederholte er das Spiel auf der anderen Seite.

Judith knurrte. Ein animalischer Laut, der mehr zu einem wilden Vampir passte als zu einer zivilisierten jungen Frau. Und doch drückte er all das Verlangen aus, für das ihr die Worte fehlten. Ihre Bauchmuskeln zogen sich zusammen, als ob sie mit ihren Brüsten verbunden wären. Sogar zwischen ihren Schenkeln konnte sie spüren, wie ihr Unterleib auf seine Neckereien an ihren Brustspitzen reagierte. Sie bog sich ihm entgegen, lud ihn dazu ein, ihren Körper zu plündern und mit ihr nach Gutdünken zu verfahren.

Joels rechte Hand glitt aus ihren Haaren und legte sich an ihren Oberschenkel, um den störenden Stoff zu entfernen. Er versuchte gar nicht, sanft zu sein oder sich Zeit zu nehmen, sondern schob, sobald es ihm gelang, unter das Kleidungsstück zu gleiten, eine Hand zwischen ihre Schenkel.

Ihre Feuchtigkeit ließ ihn alle Bedenken und Vorsätze vergessen. Sie mochte ihn hassen, aber ihr Körper begehrte ihn ebenso wie er sie begehrte. Er ließ einen Finger in sie hineingleiten. Vor Feuchtigkeit schmatzend nahm ihr Körper ihn auf, verschlang ihn geradezu und forderte ihn dazu auf, ihr mehr zu geben. Zwei weitere Finger verschwanden in ihrer Vagina, bewegten sich vor und zurück und fanden einen kleinen, erhobenen Fleck in ihrer Scheidewand. Als Joel in berührte, bäumte sich Judith unter ihm auf.

Ihr ungläubig entzückter Gesichtsausdruck verzog sich unter der sexuellen Anspannung, als er das kleine Knötchen abermals berührte. Atemberaubend!

Er ließ erneut seine Finger kreisen und hob sich halb von ihr, um mit der linken Hand auf ihren Unterleib zu drücken, als sie versuchte, dem Tasten in ihrem Inneren zu entgehen.

Ein Protestlaut entfuhr ihren Lippen, als Joel sie zurückdrückte und dazu zwang, die Berührung ihres G-Punktes hinzunehmen.

Judith versuchte sich aufzurichten und nach seinem Hemd zu greifen, doch er ließ es nicht zu. Wieder berührte er sie tief in ihrem Inneren. Eine Berührung, die wie ein Schock beides war: Schmerz und Freude. Sie schrie auf und konnte spüren, wie etwas in ihrem Körper nachgab.

Joel spürte die Feuchtigkeit, die über seine Hand rann, die Entladung ihres Körpers, während sie auf seinen Fingern kam – und kam.

Mit der Linken riss er sich die Hose nach unten, befreite seine harte Erregung und nutzte die kleine Öffnung in ihrem Beinkleid, um sich in sie zu schieben.

Judith schrie auf, als Joel in sie glitt. Seine Bewegung war zu schnell und zu zielgerichtet gewesen, um sie wahrzunehmen. Erst jetzt, vollständig von ihm bis zur Ekstase ausgefüllt, gelang es ihr, die Welt wieder wahrzunehmen.

Obwohl ihre Sinne nach Erholung schrien und vor zufriedener Müdigkeit einschlafen wollten, waren es ihre Instinkte, die auf Joel reagierten. Sie bog sich ihm entgegen, nahm ihn so tief in sich auf, wie ihr möglich war und begrüßte den Schmerz, als seine Penisspitze gegen den Eingang ihrer Gebärmutter stieß.

Joel konnte spüren, wie seine Eckzähne länger wurden. Bis jetzt hatte er sich einigermaßen unter Kontrolle gehabt. Er hätte zwar nichts von dem, was geschehen war, verhindern können, aber seine animalische Seite hatte geschwiegen – nur um nun die Oberhand zu gewinnen.

24

Der Schmerz überrumpelte Hasdrubal und ließ ihn nach der Königin greifen. Nur die durch sein Alter erworbene Selbstkontrolle verhinderte, dass er sich augenblicklich aus ihrem Griff befreite.

Stattdessen rang er um seine Beherrschung und versuchte, sich trotz der Qual und des warnenden Aufschreis all seiner Instinkte zu entspannen. Langsam, als könnte sein Verstand seinen Körper noch nicht vollständig überzeugen, löste er seine Hände von der Vampirin und konzentrierte sich ausschließlich auf die Abschottung seiner Gedanken.

Aber Maeve versuchte nicht, mental in ihn einzutauchen, versuchte nicht, den Biss in etwas anderes zu verwandeln, als er war: Nahrungsaufnahme.

Eine seltsame Enttäuschung machte sich in Hasdrubal breit. Er hatte nicht gedacht, dass sie ihn mit ihrem Biss verführen würde, nicht gehofft, dass er für sie ein Julius-Ersatz sein konnte – oder doch?

Hasdrubals Beine gaben nach und er ließ sich, wie die Vampirin ihm dirigierte, auf den Boden sinken, um sich anschließend an die Häuserwand zu lehnen. Inzwischen waren die Schmerzen beinahe angenehm, das Rauschen seines Blutes nahezu verlockend. Er konnte spüren, wie immer weniger Blut, Zug um Zug weniger, in seinen Adern floss und seinen Körper versorgte. Es machte ihn schläfrig, und gerade als er Maeve Einhalt gebieten wollte, veränderte sich die Realität.

Der Druck von Maeves Mund auf seinem Hals löste wohlige Schauer aus, die sich langsam von diesem Punkt ausgehend über den ganzen Körper ausbreiteten. Der Rhythmus, in dem sie von ihm trank, hatte plötzlich etwas vom erotisierenden Eindringen eines Körpers in einen anderen. All seine Sinne schärften sich und richteten ihre Aufmerksamkeit auf die zwei Stellen, an denen Maeves

Körper in seinem steckte. Seine Instinkte reagierten punktuell, während Wogen der Lust durch ihn rollten. So machtvoll, wie er es nie zuvor verspürt hatte. Ein Venusbiss – geschaffen, um zu verführen und zu vernichten.

Wieder war seine erste Reaktion, sich von Maeve zu lösen. Doch dieses Mal war sie schneller, fing seine Hände in der Luft ab und drückte sie mit einer Kraft nach unten, die er ihr nie zugetraut hätte. Sie überwältigte ihn!

Ein kurzer Moment der Angst ließ seinen Körper taub werden – dann WAR er Julius. Überrascht rang Hasdrubal nach Worten, doch das Begreifen nahm zu viel Raum in seinem Gehirn ein und verlangte seine volle Aufmerksamkeit. Ein Ruck ging durch seinen Körper, als er sich vampirisch schnell entkleidete. Durch Maeves Augen sah er sich selbst, sah seinen Bruder. Blaue Augen mit goldenen Sprenkeln, Haut, die einen natürlichen Goldton besaß, Haare, ebenso lang wie seine und ebenso offen, glatt und im Mondlicht schimmernd. Obwohl Hasdrubal wusste, wer er war, bekam er Zweifel und ein leichtes Bedauern überfiel ihn. Für sie WAR er Julius, kein Hasdrubal, kein eigenständiges Wesen – lediglich eine Erinnerung, eine Reminiszenz an jemand anderen.

Doch die Überraschungen stoppten nicht bei dieser Erkenntnis. Plötzlich spürte er Maeves Emotionen: Hunger, Gier, Leidenschaft – ein heftiges, animalisches Verlangen. Offen und schillernd, wie eine Wunde in ihrem Wesen, ein Riss in ihrer Seele, der einen Abgrund offenbarte, der in die Unendlichkeit reichte. Selbst als die Vampirin ihre Zähne aus seiner Halsschlagader löste, blieben ihre wilden, unkontrollierbaren Emotionen für ihn offen. Auch, als sie mit einem gekonnten Zungenschlag seine Wunde verschloss.

Maeve war entzückt, war Julius doch immer noch warm, immer noch lebendig unter ihr. Lebhafter, als bei ihren letzten Begegnungen – beinahe wieder er selbst. Sie konnte sogar spüren, wie ihr Verlangen auf ihn übergriff, ihn überrumpelte und hemmungslos werden ließ. Sie küsste ihn.

Sekunden später übernahm er die Kontrolle. Innig und fordernd – intimer als je zuvor. Er nahm ihren Mund, rücksichtslos und vollkommen, und bereits dieser eine Kuss machte ihr deutlich, dass sie ihm gehörte und immer gehören würde.

Ihre Hände wanderten über seine Brust, die sie fest und untot unter ihren Fingern spürte und deren gelockte Haare sich rau anfühlten. Sie streichelte die Rundungen seiner Schultern, grub ihre Finger fest in seine Oberarme und versicherte sich seiner Existenz. So oft war sie enttäuscht worden, hatte sich selbst getäuscht. Doch dies hier war echt, war Realität.

Julius Hände umschlossen ihre Brüste, die nur von dem dünnen Stoff ihres Hemdes geschützt wurden und massierten sie. Ein Genuss! Seine Daumen kreisten zart und nur mit leichtem Druck auf und um ihre Brustwarzen und neckten sie, bis er sie schließlich zwischen Daumen und Zeigefinger zwirbelte.

Sie stöhnte entzückt auf. Er hatte es nicht vergessen. Der Druck und der leichte Zug an ihren empfindlichen Knospen wurden stärker, lenkten sie von dem vehementen Pochen zwischen ihren Schenkeln ab und ließen sie jeden Anstand vergessen. Es war ihr egal, dass sie sich auf einer öffentlichen Straße befanden, dass die Bewohner der Häuser oder spätnächtliche Spaziergänger sie sehen konnten. Sie wollte ihn, wollte ihn jetzt! Sie griff nach seinen Händen, um sie wieder nach unten zu drücken, wieder die Kontrolle zu übernehmen und um zu bekommen, was sie begehrte.

Er war schneller. Seine Hände glitten von ihren Brüsten, und endlich konnte sie wieder einigermaßen denken. Sie mussten weg, mussten an einen anderen Ort. Gleich darauf spürte sie, wie seine feingliedrigen Hände über ihren Körper wanderten und jede einzelne Kurve und Rundung erkundeten, als ob er ihren Körper nicht kannte und kennen lernen wollte – aufs Genaueste.

Sie zitterte wollüstig unter den Berührungen, als Julius Finger leicht unter ihren Rock und zwischen ihren Schenkeln entlang glitten. Qualvoll angenehm. Obwohl Julius halb unter ihr lag, fühlte sie, wie ihr auf nicht fassbare Art und Weise die Kontrolle entglitt. Mit geschlossenen Augen, ihr Körper von Blut und Lust dermaßen erhitzt, dass er förmlich zu zerfließen schien, spürte Maeve, wie ihr Geliebter sie leicht anhob, mit sanftem Druck öffnete und einen Finger in sie hineingleiten ließ. Sie spürte sein Eindringen bis zum Abgrund ihrer Seele, ja selbst bis hinab in den tiefen Riss, in dem nun die Magie des Bundes verführerisch leuchtete.

Dann bewegte sich Julius in ihr und streichelte sie sanft. Seine forschenden Finger in ihrem Schoß fanden wie von selbst den einen Punkt in ihrem Inneren, der alle sensiblen Empfindungen ihrer Klitoris spiegelte und weiter aufbaute. Wie ein Wellenspiel zwischen zwei Felsen. Jedes Mal, wenn Julius‘ Fingerspitze über das innere Knötchen strich, baute sich die Welle in ihr höher auf, verlangte nach mehr, verlangte nach Erlösung. Doch ohne den Druck zu erhöhen, ohne auf die stumme Forderung ihrer Hüftbewegungen einzugehen, war es unmöglich.

Maeve ließ sich nach vorne gleiten, ihr Gesicht dicht an seinem, ihre Hüfte leicht gehoben, um ihm freien Zugang zu gewähren, und schmiegte sich an ihn, hielt sich an ihm fest, gegen die über ihr hereinbrechenden Wogen sinnlicher Glut. Wogen, die er mit jeder geschickten Berührung noch weiter ansteigen ließ, mit jeder Drehung seines Fingers, jeder neckenden Liebkosung.

Maeve dachte nicht mehr daran, ihm Einhalt zu gebieten oder den Ort zu wechseln. Dafür hätte er die Hände von ihr nehmen müssen. Einen Umstand, den sie niemals ertragen könnte, ohne wahnsinnig zu werden. Schließlich waren seine Finger pure Magie, dazu bestimmt, sie zu erregen und ihr inneres Feuer zu entfachen, den Bund zu nähren und den Riss in ihrem Inneren zu kitten. Ein wahres Flammenmeer schlug über ihr zusammen.

Julius zog ihre Lippen auf seine hinunter und sein Kuss war tief und voller Sehnsucht. Ein Kuss wie von einem anderen Mann.

Maeve schauderte bei dem Gedanken und versicherte sich mit einem Blick ihres Irrtums. Es war Julius. Keiner ihrer goldenen Jünglinge, die sie jahrein, jahraus getötet hatte.

Sie spreizte ihre Schenkel noch weiter und drängte ihn so wortlos dazu, seine Finger noch tiefer in sie hineingleiten zu lassen.

Hasdrubal kam der stummen Aufforderung seiner Königin umgehend nach. Jeder Anflug schlechten Gewissens war von den Reminiszenzen ihrer Lust davon gespült worden, umhüllt von einer Leidenschaft, einer vollkommenen Hingabe an die Sinnlichkeit, wie er sie noch nie erlebt hatte. Zwei Finger drangen in Maeve ein, füllten sie aus und zogen sich wieder zurück. Zwei andere umkreisten ihren Anus und verstärkten langsam den Druck.

Etwas, was Julius noch nie getan hatte! Maeve schnappte nach Luft, eine Geste, herausgebildet in Jahrtausenden der Evolution und nicht einfach durch eine Nahezu-Unsterblichkeit vergessen.

Der erste Finger wurde von ihrem Schließmuskel eingelassen, umkreiste aber nur die obersten Zentimeter, übte ein wenig Druck aus und wurde dann wieder ein wenig zurückgezogen. Sie konnte spüren, wie die Feuchtigkeit zwischen ihren Schenkeln zunahm. Selbst ihr zweiter Eingang wurde unter dem Nass nachgiebiger, weicher. Vaginal drangen die Finger ohne Widerstand in sie hinein. Die Feuchtigkeit schloss sich mit einem saftigen Schmatzen um ihn. Anal ließ sich Julius Zeit, baute abermals einen leichten Druck auf und Maeve konnte spüren, wie Fingerglied um Fingerglied in ihr verschwand.

Das Verlangen überwältigte sie unvorbereitet, strahlte von drei Punkten in ihrem Inneren aus und verbreitete sich durch ihren gesamten Körper: ihre Klitoris, ihr G-Punkt und ihr Analmuskel, alle drei kontraktierten gleichzeitig, zogen sich zusammen und entspannten sich wieder, zogen sich zusammen und entspannten sich wieder. Ein himmlischer Rhythmus, der durch die Dreiheit der Orgasmusstellen multipliziert wurde und bereit schien, ins Unendliche zu wachsen.

Maeve veränderte langsam ihre Ausgangslage. Langsam genug, um weder den anwachsenden Orgasmus noch den Kontakt zu Julius Finger zu verlieren.

Wortlos schien er sie zu verstehen und half ihr, sich in Position zu bringen, bevor er sie auf seinen Penis dirigierte.

Ihren Körper senkend, nahm sie in tief in sich auf und genoss die Fülle. Obwohl ihr G-Punkt nun entlastet wurde und kein direkter Druck mehr auf ihn ausgeübt wurde, war der indirekte Druck durch die Anspannung ihrer Scheide noch unerträglicher und reizvoller. Langsam begann Maeve sich zu bewegen, im vollkommenen Einklang mit dem Körper unter ihr.

Ihre Wangen hatten sich von Hasdrubals Blut und ihrer gemeinsamen Lust verfärbt und ihre weiße Haut strahlte, während sie auf ihren Höhepunkt zuritt. Maeves sanft gerundete Brüste wippten im Takt, ihre rosigen Brustwarzen waren hart und keck nach oben gerichtet. Sie trotzten selbst dann der Schwerkraft, als die Vampirin das Tempo erhöhte.

Hasdrubal versuchte die Kontrolle über Maevest zurückzuerlangen und ihre Hüften ruhiger zu halten, zu einem langsameren Rhythmus zu zwingen, einen Takt, den er genießen konnte. Doch die Vampirkönigin schob seine Hände von sich und ignorierte seinen leise gestöhnten Protest, mit dem sie ihn abermals überwältigte und seine Hände über seinem Kopf fixierte. Ihn abermals beißend verwandelte sie das Bluttrinken erneut in einen aphrodisierenden Venuskuss.

Hasdrubal stöhnte erneut und kämpfte darum, nicht zu kommen. Er hatte viele Frauen gehabt – während seines Lebens und nach seinem Tod –, aber nicht eine war mit Maeve zu vergleichen. Kein Ritt war je wilder oder gefährlicher gewesen. Er hatte nicht gewusst, dass eine Frau so wunderschön sein konnte, Sex so erfüllend – und wenn Maeve das Letzte war, was er sah oder fühlte, würde er als glücklicher Mann sterben.

Die Vampirkönigin ließ ihren Kopf zurücksinken. Mit wirbelnden Sinnen, schon lange nicht mehr Herrin ihres ohnehin verräterischen Verstandes, versank sie in dem Strudel der Empfindungen, die der Mann unter ihr in ihr heraufbeschwor, ergab sich der sinnlichen Macht. Hinter ihren Lidern flammte ein helles Licht auf, ein Gleißen, das einen Widerhall in ihrem Inneren fand und die Dunkelheit durchdrang. Plötzlich war alles sichtbar, alles klar. Für Bruchteile von Sekunden schwamm sie in unvorstellbaren Wonnen und alles breitete sich vor ihr aus: jede Frage, jede Antwort und jeder Sinn.

Hasdrubal spürte die konvulsivischen Erschütterungen von Maeves Körper und hörte ihren ungehemmten Schrei. Er entriss ihm den letzten Rest Selbstkontrolle, katapultierte ihn von einer Ebene der körperlichen Erlösung auf die nächste und übernächste und zerrte an seinem Herzen und seiner Seele.

Dann war alles vorbei und Maeves Wissen wieder beschränkt auf ihr eigenes Leben. Als auch das letzte Begreifen in ihren Verstand eindrang und das bewusste Verstehen einsetzte, brach sie weinend auf Hasdrubal zusammen.

25

Der Schmerz überrumpelte sie vollkommen. Abrupt setzte sich Judith auf und ihr überraschter Schrei weckte Joel.

Mit einem Satz war er aus dem Bett und sah sich nach einem Angreifer um, doch das Zimmer war bis auf ihn und Judith leer. Sein Blick wanderte zurück zu Magnus' Tochter, die die Bettdecke vor ihrer Brust zusammengerafft hatte, als hinge ihr Leben von dem Stoff ab.

Rote Sprenkel waren auf der Decke und dem Laken verteilt und eine Bisswunde, die sich nicht nur wie ein Stempel in die Haut geprägt, sondern sie zerrissen hatte, prangte auf ihrer Schulter. Er musste von ihr getrunken und den Biss hinterher nicht geschlossen haben.

Erinnerungsfetzen stoben durch seine Gedanken und erklärten Judiths fassungslosen und von Schmerz benommenen Blick, mit dem sie ins Leere starrte. Abwechselnd hatte er sie geliebt, in Besitz genommen und sich an ihrem Blut gütlich getan. Wie ein wildes Tier hatte er sich genommen, was er wollte – getrieben von einer animalischen Leidenschaft und ohne Rücksicht auf Konsequenzen. So viel Blut auf dem Laken!

»Es ist nicht mein Blut!« Ihre Stimme klang fremd in seinen Ohren und nur langsam kam ihm zu Bewusstsein, was sie gesagt hatte.

Judiths Gesichtsausdruck hatte sich nach dem ersten Schock gewandelt, aber er konnte die Gefühle in ihm nicht deuten. Empfand sie Abscheu, Angst oder Gier? Obwohl er sich wieder gierig fühlte, bezweifelte er, dass die junge Frau dasselbe dachte und empfand.

Judith starrte auf ihre Hände. Sie waren blutig, unter ihren Fingernägeln hingen kleine Hautfetzen. Seine Hautfetzen. Hilfesuchend sah sie ihn an.

Joel blinzelte, als sich neue Erinnerungen auftaten. Er konnte spüren, wie sie sich an ihn geklammert hatte, als er sich in einem der seltenen klaren Momente des Liebesaktes entschlossen hatte, sie von dem rauen Steinboden aufzuheben und in ihr Bett zu bringen. Ihre Schreie hatten sich mit seinen gemischt, als er sie in die Schulter gebissen und als sie sich in seinen Rücken gekrallt hatte. Mit langen Bewegungen hatte sie seine Haut zerkratzt, ihre Nägel in sein Fleisch gebohrt und ihn bluten lassen.

»Würdest du bitte …« Judith deutete auf ihre Schulter und hoffte, dass keine weitere Erklärung notwendig war. Im Gegensatz zu ihm besaß sie nicht die Fähigkeit augenblicklich zu heilen. Und es gab Zeichen, die zu schmerzhaft waren, um sie lange zu behalten.

Sie musste grinsen, als sie an die überwältigenden bittersüßen Qualen dachte, die sein Biss ausgelöst hatte. Trotzdem versuchte sie, sich nicht abermals zu recken. Schmerzen waren nur gut, wenn sie mit Sex gepaart waren und mit Leidenschaft.

Joel sah, wie Judith ihren Mund verzog und beugte sich zu ihr. Vermutlich tat diese Wunde mehr weh als alles Vorangegangene, denn die junge Frau wich nicht vor ihm zurück, obwohl sie jeden Grund dafür gehabt hätte, seine Berührung zu fürchten.

Der Vampir griff nach ihren Schultern und bückte sich zu ihr. Auf halbem Weg zu der Verletzung stieg dem Vampir der Blutgeruch in die Nase und er hielt inne. Verlockend und verführerisch prickelte der Duft als Erregung in seinen Adern weiter und ließ seinen Schaft erneut anschwellen.

War er wirklich ein wildes Tier geworden, das von seinem Opfer nicht genug bekam?

Judith spürte, wie sich Joels Finger in die ohnehin empfindliche Haut ihrer Schultern gruben, schmerzhafte Zeugen seiner Anspannung. Sie hob ihren Kopf, um einen Blick in sein Gesicht zu werfen – und wünschte sich, sie hätte es nicht getan. Offensichtlich kämpfte er einen inneren Kampf mit sich selbst.

Wie schon zuvor erweckte sein Gesichtsausdruck den Verdacht, dass er sich vor ihr und einem direkten Kontakt zu ihr ekelte.

Judith musste mehrmals schlucken, um den Kloß in ihrem Hals herunterzuwürgen. Alles war eine Lüge. Sein Verlangen und seine Dominanz. Einzig und allein dazu bestimmt, ihr die Kontrolle zu entreißen und gefügig zu machen. Er misshandelte sie, weil er dazu gezwungen war, mit ihr zusammen zu sein. Seine Härte und Dominanz waren nicht das, was sie sich erhofft hatte, was sie brauchte. Kein Zeichen ihrer Zusammengehörigkeit und einer gemeinsam erlebten Leidenschaft. Die Zeichen auf ihrer Haut waren eine Strafe dafür, dass er mit ihr schlafen musste, um sie zu manipulieren.

Joel konnte spüren, wie sich Judith unter seinen Händen versteifte. Eine Reaktion, die ihn zur Vernunft kommen ließ und dafür sorgte, dass er trotz aller Lust nur seine Zunge über die Wunde gleiten und sie heilen ließ.

Judith konnte die Tränen spüren, die sich in ihren Augen sammelten. Er hatte sie ausgenutzt und ihre Träume gestohlen. Wahrscheinlich hatte er gewusst, welche Art von Sex sie wollte – hatte es aus ihrem Blut oder ihren Gedanken. Sie drehte sich weg, damit der Vampir ihre Tränen nicht sah.

Joels schlechtes Gewissen wuchs, als er die Feuchtigkeit in ihren Augen glitzern sah – kurz bevor sie sich von ihm abwandte. Großer Gott!

Er beugte sich zu einem roten Biss, der knapp neben der verheilten Wunde leuchtete und ließ sie mit einem langen Zungenschlag verschwinden. Dann wandte er sich dem nächsten Abdruck zu.

»Nein!« Judiths Stimme klang seltsam rau, als sie sich seinem Griff entzog.

Sekundenlang gruben sich Joels Finger wirklich schmerzhaft in ihre Haut, dann ließ er sie los, so dass sie von ihm wegrutschen konnte.

Obwohl ihn Judiths Flucht bekümmerte, konnte ihr diese Reaktion nicht verübeln.

»Nein!«, wiederholte sie noch einmal, ohne ihn anzusehen. Nur um sicherzugehen, dass er verstand. Wenn das alles war, was ihr von ihm blieb, würde sie die Abdrücke solange behalten, wie möglich. Ein rotgeränderter Schatz in ihrer Erinnerung und auf ihrem Körper.

»Es tut mir Leid!« Joel fühlte sich angesichts seiner Schuld hilflos.

Er hatte niemals eine Frau gefangen nehmen wollen und doch hatte er es getan. Er hatte nie eine Frau verletzen wollen und doch hatte er es ausgerechnet bei ihr getan.

Er ließ seinen Blick über Judith gleiten und wusste, dass er sich nicht vertrauen konnte, was sie anging. Er konnte das Monster in sich spüren, auf der Lauer und bereit erneut zuzuschlagen, sobald er nicht aufpasste. Eine einzige Berührung konnte ausreichen, um ihn erneut alle guten Vorsätze und Absichten vergessen zu lassen. Er würde sie wirklich dem sanften und verführerischen Xylos und seinen Verführungskünsten überlassen müssen.

»Du sollst das nicht sagen!«, schnappte Judith wütend. Sie konnte es nicht fassen! Wieder entschuldigte er sich, als wäre zwischen ihnen etwas Bedauerliches vorgefallen oder als hätte er etwas Lapidares verbrochen, wie eine Tasse Tee umzukippen.

»Ich muss es aber sagen, denn es tut mir Leid!«

»Verdammt noch mal!« Judith verlor die Beherrschung und schlug nach ihm. So schnell, dass Joel nicht reagieren konnte und den Hieb gegen die Schulter bekam. Der kurze Schmerz ließ ihn aufspringen und sich vom Bett entfernen.

Seine nackte Kehrseite bot einen bezaubernden Anblick, doch Judith war weit davon entfernt, sich davon blenden zu lassen.

Joel hob seine Sachen auf, die er sich irgendwann im Laufe des gemeinsamen Liebesabenteuers doch noch ausgezogen haben musste.

Schließlich drehte er sich wieder zu seiner schönen Gefangenen um, die ihn unverhohlen anstarrte und sich keine Mühe mehr machte, ihre Tränen zu verbergen. Eine Entschuldigung war wahrlich zu wenig.

»Es tut mir Leid, dass ich dich zu meiner Gefangenen gemacht habe …« Joel deutete Richtung Tür, als wolle er sie darauf aufmerksam machen, dass er sich redliche Mühe mit der Ausstattung ihres Gefängnisses gegeben hatte. »… es tut mir Leid, dass ich dir wehgetan habe …« Sein Blick glitt zu einem der zahlreichen roten Male, die von ihm stammten, »… und es tut mir …«

»Was?«, schnappte Judith. »Was tut dir noch alles Leid?« Sie stand auf, nicht mehr gewillt, sich von ihm einschüchtern zu lassen. Nichts, was er jetzt noch tat oder sagte, konnte schlimmer sein als das, was er bereits gesagt und getan hatte. Nichts mehr schmerzen als die Zurückweisung ihrer Liebe.

»Tut es dir Leid, dass du mein erster Mann gewesen bist?«

Joel zuckte zusammen, als sie mit ihren Worten in die Mitte seines schlechten Gewissens zielte.

»Dass du mit mir Sex hattest? Zweimal?« Sie baute sich vor ihm auf und obwohl sie ihm nur bis zu den Schultern reichte, übersprang ihre Wut den Größenunterschied. Joel sah beschämt zur Seite, als sie fauchte: »Was genau tut dir denn so verdammt Leid?«

»Einfach alles!«

Eine Lüge. Die Erkenntnis drang durch Judiths Wut und ließ sie stutzten. Behutsam griff sie nach Joels Kinn und zwang ihn dazu, sie anzusehen. Nie zuvor hatte sie eine dermaßen verschlossene Mine gesehen. Es war aussichtslos. Wenn sie die Wahrheit erfahren wollte, würde sie ihm vertrauen müssen – und ihr Herz riskieren.

»Nichts, was zwischen uns geschehen ist, tut mir Leid. Hätte ich eine Sex-Wunschliste machen dürfen, hätte ich alles genauso gewollt!« Sie musste sich ein Lachen angesichts seines ungläubigen Gesichtsausdrucks verkneifen und ergänzte: »Naja, vielleicht außer der Vermittlung durch meinen Vater und der Gefangenschaft in der Perle …«

Misstrauisch sah er sie an, bis sie ihm einen Kuss auf den Mund hauchte.

»Du bist genau der Vampir, den ich will!«

Endlich löste sich Joel aus seiner Erstarrung. »Weil du so viele Vampire kennst und so viele Alternativen hattest …« Er klang nicht restlos überzeugt.

»Was bist du? Ein blutsaugender Idiot?« Judith trat einen Schritt zurück und musterte ihn. »Ich will dich. Genauso, wie du bist – inklusive des Sex'.«

Joel konnte nicht anders als lachen. Ihre frechen Worte zusammen mit ihrem herausfordernden Blick ließen einen Stein von seinem Gewissen fallen und sein Herz jubeln. Was war er doch für ein verdammter Dummkopf, weil er alles so falsch interpretiert hatte. Natürlich … sie war nicht Claire, würde nicht um ihrer Sicherheit Willen lügen und ihn aus demselben Grund hintergehen. Sie war herrlich, fantastisch, einzigartig…

»Oh mein Gott!« Sie war nicht einzigartig! »Deine Schwester!«

Irritiert sah Judith den Vampir an, bevor sie sich an ihren Streit vor dem Sex erinnerte und sich eine lähmende Vorahnung in ihrem Inneren ausbreitete. »Was ist mit Joline?«

»Dein Vater hat sie aus dem Wohnheim geholt.«

»Er hat was?« Entsetzen schwang in ihrer Stimme mit und wischte Joels Verdacht, dass Judith etwas mit den Plänen Magnus' zu tun hatte, fort.

»Es gibt nicht noch einen von euch leckeren Vampiren, an den er sie verkuppeln will, oder? Einen kleinen Bruder vielleicht?«

Joel schüttelte den Kopf. Es tat ihm leid, die Hoffnung in ihrer Frage zerstören zu müssen. »Nein, gibt es nicht.« Er legte Judith beide Hände auf die Schultern und sah sie ernst an. »Ich muss Joline finden!«

Judith wog die Möglichkeiten gegeneinander ab. »Wenn sie mit Papa zusammen ist, ist sie in Sicherheit.«

Joel nahm seine Hände von ihr und drehte sich zur Seite, nicht in der Lage, ihrem Blick standzuhalten. »Genau das ist das Problem. Ich glaube nicht, dass er bei ihr ist.«

Aber sicher wird Papa dafür sorgen, dass Joline nichts geschieht. Trotzdem wollte sie sich dessen vergewissern. »Lass mich hier raus und wieder zurück in die normale Welt und du kannst alles von mir haben, was du willst.

Joel musterte Judith. Ihr Tonfall und Blick ließen darauf schließen, dass sie nicht nur von Informationen sprach. Sein Körper reagierte automatisch, spannte sich an und sein Penis verhärtete sich.

»Ich kann dich hier nicht raus lassen. Noch nicht.«

Das war beinahe ehrlich. Nur nicht die Wahrheit. Wenn er ihr die Wahrheit sagen würde, würde sie ihre Meinung über ihn und ihre Wünsche sicherlich ändern. Immerhin bestand die Chance, dass er es vor ihr geheim halten konnte. Lange genug. Schließlich bestand die Möglichkeit, dass das Elixier helfen konnte die Gefangenen aus den magischen Perlen zu befreien. Irgendwann – vielleicht.

26

Hasdrubal legte sich neben Maeve auf den kalten, unwirtlichen Steinboden und zog die Vampirkönigin fester in seine schützende Umarmung. Erst dann schloss er die Augen und betete zu Göttern, deren Namen seit Jahrhunderten von der Menschheit und der Geschichte vergessen waren.

Immerhin würden ihn und Maeve kein Lebewesen und kein Tageslicht an diesem Ort erreichen und etwas antun können. Abgelegen und hoch über den normalen Wegen der Wanderer hatte er sie und sich selbst mit letzter Kraft in einer der vielen ungenutzten und unter Denkmalschutz stehenden Höhlen, ehemalige in den Fels geschlagene Wohnungen, in Sicherheit gebracht.

Inzwischen war er davon überzeugt, dass Maeve wieder bei Sinnen war. Zum Erbarmen zitternd und nicht ansprechbar, zu geschockt, um auf äußere Reize zu reagieren – aber bei Sinnen.

Sie wimmerte leise und schmiegte ihre Rückseite fester an ihn. So, als bräuchte sie seine Nähe. Ein Umstand, der Gefühle in ihm weckte, die er augenblicklich wieder zu verdrängen suchte. Längst war er sich nicht mehr sicher, ob er je in der Lage sein würde, Maeve zu töten. Schon allein der Gedanke daran, sie auszulöschen oder sie durch die Hand eines anderen zu verlieren, schmerzte ihn mehr, als er je für möglich gehalten hätte.

Erschöpft und wütend auf sich selbst vergrub er sein Gesicht in ihren Haaren. Dankbar registrierte er, dass sie in seinen Armen in einen unruhigen Schlaf gefallen war.

Maeve träumte.

Ihr Körper gehörte wieder ihr, sie war sich ihrer selbst bewusst und sie fühlte sich geborgen, wie seit langer Zeit nicht mehr. Es war sogar in Ordnung, dass sie verletzt war und im Sterben lag. Sterben, ein seltsames, kristallklares Wissen, das sie merkwürdig entspannt realisierte.

Und gleichzeitig wusste sei, dass ihr nichts geschehen würde, denn ihre Mutter war da. Sie hielt ihren Kopf auf ihrem Kopf gebettet und summte ein beruhigendes, einschläferndes Lied. Ein irisches Kinderlied mit Worten, die vielleicht Latein, vielleicht ein frühes Italienisch sein mochten. Maeve versuchte sich auf die einzelnen Worte zu konzentrieren, die sich mit der Melodie abhoben und nicht zu dem Lied gehörten. Sie ergaben keinen Sinn. – Zumindest hatten sie es damals nicht!

Unwillkürlich begann sich Maeve, die sterbende junge Frau, gegen ihre Mutter zu wehren – und gegen die Tatsache, dass sie von ihr getötet wurde.

Es gelang Hasdrubal Maeve zu halten, bevor sie ihn oder sich selbst verletzen konnte. Noch immer fest in den Klauen eines Alptraums, versuchte die Vampirin wie ein Irrwisch zu entkommen, schlug um sich und trat nach einer Person, die nur in ihren Träumen existierte. Er setzte sich auf, verstärkte seinen Griff um Maeves Körper und drückte sie mit all seiner Kraft zurück auf den Boden. Ihr Wimmern und ihr verzweifelter Versuch, mit dem sie gegen einen unsichtbaren Feind kämpfte, dauerten ihn. Beruhigend strich er mit seiner freien Hand über ihre Wange und ihre Haare, und flüsterte ihren Namen, bis ihre Bewegungen erlahmten und sie wieder fest einschlief. Erst dann schmiegte er sich wieder an sie. Bereit, sie jederzeit wieder festzuhalten und ihr zu helfen.

Er war wahrhaftig ein Narr! Ein Narr, der zuließ, dass seine Rachepläne durch falsches Mitgefühl und guten Sex zerstört wurden. Nicht nur Mitgefühl und Sex … Der Fluch, mit dem er von Maeve abrückte, kam vom Herzen.

Hasdrubals Fluch drang durch Maeves Alptraum und durch ihre Ängste. Seltsamerweise beruhigte er sie und verdrängte den leisen Ärger darüber, dass sie gegen ihre Erinnerungen gekämpft hatte. Trotzdem wusste sie, dass sie ein zweites Mal ebenso reagieren würde. Es war zu schmerzhaft, zusehen zu müssen, wie ausgerechnet der Mensch, der sie beschützen, hüten und lieben hätte müssen – die eigene Mutter – sie verriet und tötete. Und Maeve selbst hatte ihre Tötung geschehen lassen, betäubt und willenlos! Ihr Ärger katapultierte sie in einen neuen Traum, in die Arme eines zweiten Verräters. Julius war ihr sofort so nahe, dass seine Anwesenheit sie zum Zittern brachte. Furcht, Liebe, Hass und Verlangen brannten durch ihre Adern und ihren Verstand und kämpften um die Vorherrschaft über ihre Emotionen und Entscheidungen.

Zum ersten Mal begriff Maeve, dass ihr ehemaliger Geliebter durch ihren magischen Bund immer noch real war, ein Abbild seines früheren Selbst – und vermutlich gekommen, sie endgültig zu vernichten. Sie versuchte zurückzutreten, doch Julius schloss seine Arme um sie und zog sie zurück in seine ewige Umarmung. Sein Gesichtsausdruck ließ auf Wut und Enttäuschung schließen. Er schien über ihre Reaktion nicht erfreut zu sein. Maeve versuchte sich aus seinem Griff zu lösen, seiner Umarmung zu entkommen, doch er beschränkte sich darauf, sie sanft und beharrlich festzuhalten und ihr Winden zu ignorieren. Schließlich begannen ihre Kräfte nachzulassen.

Bevor Maeve reagieren konnte, hatte Julius sie losgelassen und erneut gepackt. Eine Hand in ihren Haaren vergraben, hielt er ihren Kopf fest, so dass sie nicht zurückweichen konnte, als er sie küsste. Und ihr verräterischer Mund gehorchte nicht etwa dem Verstand, sondern einem Instinkt und öffnete sich für den Verräter!

Sie schloss die Augen, als sich schon bei der ersten Berührung ihrer Lippen kleine, lustvolle Wellen in ihrem Körper ausbreiteten und alle Zellen in wollüsterne Erregung versetzen.

Sie seufzte leise, als Julius Lippen mit ihren zu spielen begannen und seine Zunge neckisch über ihre strich. Spielerisch sog er ihre Unterlippe ein und ließ sie langsam durch seine Zähne zurück gleiten. Gerade fest genug, um nicht wirklich weh zu tun. Maeve öffnete ihren Mund weiter und gestattete Julius, mit der Zunge in sie einzudringen und sie tiefer zu erforschen. Noch bevor Julius seine freie Hand zwischen ihre Schenkel gleiten ließ, konnte sie die Feuchtigkeit zwischen ihren Beinen fühlen, das vehemente Klopfen in ihrem Unterleib. Sie flüsterte seinen Namen.

In diesem Moment hasste sie ihn für seine gekonnte Manipulation und sich selbst dafür, dass sie nicht stark genug war – niemals stark genug sein würde –, um ihm zu widerstehen. Irgendwo flüsterte Hasdrubal ihren Namen.

Ein plötzliches Hochgefühl brachte Maeve dazu aufzuwachen.

27

Joel schloss die Augen und dachte an Judiths Informationen. Eine Deutschlandkarte visualisierte sich vor seinem inneren Auge und Kraft seiner Gedanken suchte er sein Ziel: NRW, Ruhrgebiet, Gelsenkirchen.

Zweistöckig, freistehend, mit hellem Verputz und rotem Dach – Judiths Worte, die ihm jetzt halfen, sich das Ziel vorzustellen. »Wenn man davor steht, ist rechts die Garage, links der Durchgang zum Garten. Es hat ein schmiedeeisernes Tor. Vor dem Garten ist eine knapp 60cm hohe Mauer – und darüber wiederholt sich das Muster des Tors.«

Beinahe konnte er Judiths Ausführung erneut hören. Ihre sanfte Stimme, mit der sie ihm die wichtigsten Eckdaten gab. Angespannt hatte sie gehofft, dass Magnus und ihre Schwester Joline wirklich dort waren. An einem Ort, den Joel in seiner Suche vermutlich nie berücksichtigt hätte. Woher hätte er auch wissen sollen, dass Magnus für seine Töchter vorgesorgt hatte?

»Er hat mir das Haus überschrieben – spart Erbschaftssteuer.« Eine lapidare Erklärung, die für einen Vampir natürlich ein böhmisches Dorf war, unbekannt und eigentlich nutzlos. Uneigentlich war sie die entscheidende Information bei seiner Suche.

Joel landete auf der kleinen Straße in Ückendorf und sah dieses »uneigentlich« leider viel zu schnell bestätigt. Aus dem Erdgeschoss stank es nach Tod und Verfall, auch wenn Menschen den Geruch noch nicht wahrnehmen konnten. Joels Magen zog sich zusammen. Vampire zerfielen, sie rochen nicht. Obwohl Judith seine Gefühle nicht spüren konnte, bemühte er sich darum, seine Gedanken und die plötzlich aufsteigende Panik zu unterdrücken. Trotzdem fühlte er die Hoffnung mit jedem seiner Schritte splittern. Die innere Lähmung und Schwermut nahm in demselben Maße zu wie der Geruch des Todes stärker wurde. Nur am Rande nahm Joel wahr, wie viel Glück er hatte, da weder die Haus- noch die

Wohnungstür zu war. Jemand wollte, dass er die unangenehme Überraschung fand. Angespannt blieb er im Hausflur stehen und prüfte die Wohnung auf Auren. Nichts, keine Menschen und keine Vampire. Sie war ebenso sauber wie der gesamte Häuserblock. Wie waren die Rebellen eingedrungen? Wie hatten sie innerhalb von Magnus‘ Schutzkreis töten können?

Joel öffnete die Tür und blieb stehen, da er sich nicht überwinden konnte, näher an den Ursprung des Todesgeruchs heranzutreten. In diesem Moment wurde die Tür im ersten Stock geöffnet und die Stimmen der Nachbarn schallten durch den gefliesten Flur nach unten. Entgegen seiner Instinkte huschte Joel mit einer fließenden Bewegung durch die Tür und schloss sie widerstrebend hinter sich. Obwohl er wusste, dass kein Weg daran vorbeiführte, behagte es ihm nicht, in der Nähe einer Leiche zu sein. Erst Recht in der Nähe einer Leiche, die jemandem, der ihm etwas bedeutete, etwas bedeutete.

Bei dem Gedanken, wie die anderen Vampire oder gar seine Schatten auf seine neuentdeckte Paranoia reagieren würden, musste Joel wider Willen grinsen und es gelang ihm, sich endlich von der Tür zu lösen und in den schräg gegenüberliegenden Raum zu gehen.

Magnus!

Joel benötigte einen Augenblick, um die Fakten wirklich begreifen zu können. Doch es gab kein Vertun: Es war der tote, menschliche Magnus, der auf dem Bett lag. Unverletzt und … er musste das Elixier getrunken haben … Joel bückte sich nach der kleinen Ampulle … vergiftet?

Schockiert betrachtete Joel die sterblichen Überreste seines Freundes und neben der Trauer über den Verlust fühlte er etwas anderes in seinem Inneren langsam und endgültig brechen: Hoffnung.

Erst als er die Feuchtigkeit auf seinen Wangen fühlte, begriff er, dass er weinte. Um seinen Freund, die Vampire und um Judith und Joline. Obwohl sich Joel an das Wissen um Magnus' Güte klammerte, daran, dass der Bruder der Vampirkönigin immer nur die besten Absichten hatte und stets wusste, wie man ein Spiel zu seinen Gunsten manipulierte, gelang es ihm erst nach Minuten, sich selbst zu überzeugen. Wie viel länger würde Judith brauchen, um diesen neuen Verlust zu verkraften?

28

Hasdrubal verlagerte sein Gewicht, als sich die Vampirkönigin neben ihm aufsetzte. Er war bereit, sie jederzeit wieder festzuhalten und zu beschützen – notfalls auch vor sich selbst. Doch ihr wacher und intelligenter Gesichtsausdruck, auf dem ein erleichtertes Strahlen lag, war mehr, als er nach ihren erneuten Julius-Rufe ertragen konnte.

»Was ist damals geschehen?« Die Frage war ihm entschlüpft, bevor der Karthager sie verhindern konnte. Direkt aus seinen Gedanken in seinen Mund.

Maeve blinzelte verwirrt und rückte ein Stück von ihm ab, während sie versuchte, Hasdrubals Frage einem Ereignis zuzuordnen. Doch alles, woran sie denken konnte, rührte an unangenehmen Erinnerungen – und ging ihn nichts an.

Hasdrubal konnte an Maeves zusammengepressten Lippen erkennen, dass er keine Antwort erhalten würde. Es war ihre typische Art, ein Problem zu verdrängen. Sobald etwas unangenehm wurde, schwieg der rothaarige Engel oder gab vor, nichts zu wissen. Tatsächlich starrte sie ihn auch dieses Mal mit ihrer üblichen Mischung aus Geduld, Sanftheit und Wissen an und wirkte trotz ihrer Nähe unerreichbar. So einfach würde er es ihr dieses Mal nicht machen!

Hasdrubal ballte seine Hände zu Fäusten. Obwohl er seine Wut auf Maeve begründen konnte, entsprang sie nicht nur seinen eigenen Gefühlen, sondern auch dem Wissen um die Sterblichkeit der Vampire. Alles, was Maeve verschwieg, betraf nicht mehr nur sie allein. Aber er durfte nicht bei ihren Träumen anfangen, bei ihrer unberechenbaren Umnachtung. Er musste zurück zum Schlüsselmoment, dem Auslöser der Sterblichkeit und ihrer Heilung vom Wahnsinn. In Gedanken formulierte er die Frage um. Die Vampirkönigin würde sie ihm beantworten müssen, ohne Ausflüchte und ohne sich herausreden zu können. Er wollte die Wahrheit wissen, nicht das, was alle Vampire glaubten.

»Was ist in Edwards Audienzsaal geschehen?«

Maeve wich seinem Blick aus und weigerte sich ganz offensichtlich, ihm zu antworten. »Wer hat Morna getötet?«

Maeves Augen brannten förmlich vor unterdrückter Wut, als sie sich ihm endlich zuwandte. »Ich!«

Diese einfache Wahrheit schockierte Hasdrubal. Er hatte Morna gehasst und für geisteskrank gehalten – für wahnsinniger als ihre umnachtete Schwester – aber sie hatte ihre Zwillingsschwester aufopferungsvoll geliebt.

»Warum?«

Hasdrubal konnte Maeves Trauer erkennen, den schmalen Grat zwischen Wahnsinn und Realität, der hinter Maeves Augen, in ihrer Seele, auf die Königin lauerte. Trotzdem war ihre Haltung königlich und ihre Worte duldete keinen Widerspruch: »Das geht dich nichts an!«

Hasdrubal rückte näher an sie heran und griff nach ihrem Kinn. Sanft zwang er sie dazu ihn anzusehen. Wohl wissend, dass sein Griff eine Machtdemonstration war, eine Drohgebärde. Konnte er es tun? Hier und jetzt, ohne Antworten erhalten zu haben? Die Antwort war Nein. Nicht ohne Antworten, vielleicht nie. Er ließ seine Hand von ihrem Kinn gleiten.

»Warum jetzt? Warum glaubst du, jetzt das Recht auf Fragen und Antworten zu haben?« Ihre Fragen waren nur ein Hauch und die Sanftheit in ihrem Blick gab ihm den Rest.

Hätte sie ihn mit Anklagen überhäuft oder einen Wutanfall bekommen, hätte er sie gezwungen zu antworten. So fühlte er sich schuldig, weil er sie an Ereignisse erinnerte, die sie emotional noch nicht verarbeitet hatte. Er wandte sich zum Aufstehen ab. Doch Maeve hielt ihn mit einem Griff auf seine Schultern zurück. Hasdrubal verharrte reglos, starrte bloß auf die Hand, die ihn berührte. Eine sehr schmale, kleine Hand, die ihn daran erinnerte, wie viel größer er war, wie viel mächtiger. Die Vampirin schien ähnlich zu denken, denn sie ließ ihn los.

»Entschuldige!« Ihre Stimme klang bekümmert.

Hasdrubal ließ sich wieder auf dem Boden nieder. Er erinnerte sich an seine Reaktion, als sie ihn das letzte Mal freiwillig und bei klarem Verstand angefasst hatte. *Ich bin wirklich ein Narr*, dachte er, während sein Blick wieder mit dem seiner Königin verschmolz.

»Können wir es dabei belassen, dass sie mir etwas genommen hat, was ich sehr geliebt habe?« Maeves Stimme klang flehend und leise.

»Julius?«, riet Hasdrubal, der es auf gar keinen Fall dabei belassen wollte.

»Wieso ist das so wichtig für dich?« Maeve sprang auf und entfernte sich vampirisch schnell ein paar Schritt von ihm. Wut huschte über ihr schönes Antlitz. »Weil du mit mir geschlafen hast? – Es hat dich doch all die Jahre nicht interessiert!«

»Nicht interessiert?!« Er wollte ihr das Herz herausreißen, so wie sie es bei seinem Bruder getan hatte. Es zerriss ihn innerlich, wenn er daran dachte, wie verliebt Julius in sie gewesen war, wie glücklich an ihrer Seite.

Dabei war er derjenige gewesen, der Maeve von Anfang an geliebt hatte – doch sie hatte sich nur für seinen jüngeren, hübscheren Bruder interessiert. Hasdrubal hatte zurückstecken müssen, da er seinen Bruder ebenfalls liebte. Langsam und bedächtig, um die einstige Gefährtin seines Bruders nicht zur Flucht zu reizen, stand er auf. Lange war er davon ausgegangen, dass Julius' Tod Maeve in den Wahnsinn getrieben hatte. Der magische Bund, den sie mit ihm eingegangen war und dessen Existenz ihre geistige Kraft zerstört hatte, als ihr Partner Selbstmord begangen hatte. Aber das war nicht die Wahrheit.

»Es hat dich nicht interessiert, dass wir zusammen waren – und es hat dich auch nicht interessiert, dass er mich hintergangen hat!!« Ihre Stimme war schrill und anklagend.

»Lügnerin!« Er trat einen Schritt auf Maeve zu, doch sie wich nicht zurück, sondern funkelte ihn wie eine wütende Furie an.

»Jetzt erzähl mir bitte nicht, du hast nicht gewusst, dass er Morna töten wollte?« Hohn tropfte aus jeder von Maeves Silben, während sie im selbstgerechten Zorn schwelgte.

Hasdrubal trat noch einen Schritt näher. Doch noch immer ignorierte Maeve die Bedrohung.

»Morna hat Julius getötet, es war kein Selbstmord!«

Maeves Worte ließen Hasdrubal ungläubig und wütend verharren. Einzig die Trauer in ihren Augen hielt ihn davon ab, sie der Lüge zu bezichtigen.

»Morna hat nicht gewusst …« Maeve verstummte und gab Hasdrubal die Genugtuung, das Blickduell gegen ihn zuerst aufzugeben.

Dann rutschte das letzte Puzzleteil an die richtige Stelle und alles ergab einen Sinn.

»… dass du den Bund mit ihm eingegangen bist?«, ergänzte er.

Ihm fiel ein, was Maeve einmal voll Trauer gesagt hatte. »Früher oder später verraten sie einen immer.« Sie hatte nicht Nemesis mit diesen Worten gemeint und keinen Verdacht gegen ihn selbst geäußert. Die Vampirkönigin hatte damals Julius' Selbstmord gemeint.

»Es kann nicht sein!« Hasdrubal schüttelte den Kopf. Maeve sagte die Wahrheit – oder glaubte es zumindest. »Er hat dich geliebt, wieso hätte er Morna töten und dich verraten wollen?«

Maeve zögerte einen Moment, bevor sie eine Entscheidung traf, ihre Haare nach hinten strich und ihm ihren Hals und damit auch all ihr Wissen und ihre Erinnerungen anbot. »Du weißt, dass ich dies nicht manipulieren kann?!«

Hasdrubal nickte und starrte den dargebotenen, makellosen Hals an. Von Maeve zu trinken war ein uralter Traum, ihre Lebenskraft in seiner zu spüren, ihre Energie und ihr innerstes Wesen. Alles ihm ausgeliefert, er der Herr über ihr Schicksal. Über ihr Leben oder Sterben. Er versuchte an nichts zu denken, weder an Lust noch an Rache, als er die wenigen Schritte zu Maeve menschlich langsam überbrückte, doch in ihrem Gesicht las er nur Vertrauen und die Gewissheit, die Wahrheit zu sagen.

Bedächtig und sorgsam darauf bedacht, seine aufrührerischen und rebellischen Gedanken vor ihr zu verbergen, beugte er sich vor und ohne die dargebotene Lücke in ihren Gedanken zu nutzen und sie zu betäuben, seinen Biss für sie lustvoll zu gestalten, biss er zu. Ihr Hals war überraschend weich, überraschend menschlich, exquisit und verführerisch. Sinnliche Lust schoss mit ihrem göttlichen Venusblut in seine Lenden, lähmte seinen Verstand und hinderte ihn beinahe daran, in ihre Erinnerung zu tauchen. Dann hörte er eine Kinderstimme und sein Verstand wurde an einen Ort katapultiert, den er noch nie zuvor gesehen hatte.

»Eine Heilige!« Das Lachen klang wie eine jüngere Version des gehässigen Hexenlachen Mornas. Er lag auf dem Rücken und trocknete, konnte den Himmel sehen und einige Berghänge, in die Felsenwohnungen gehauen worden waren.

»Ich denke, es würde mir gefallen, mich für etwas oder jemanden zu opfern, den ich liebe.« Erneut lachte Morna und es war ein ansteckendes Lachen, unschuldig, jung und unbeschwert.

Dann verwischten der blaue Himmel und die Berghänge und machten einer dunkleren Vision Platz. Er stand in der Dunkelheit, verborgen von den Vampiren, die er hören konnte. Ihre Stimmen drangen gedämpft zu ihm, sprachen von einer Hexe und einer rothaarigen Königin, von Verrat und Vernichtung. Einige Sprecher konnte er selbst nach all den Jahren identifizieren, aber es war die Anwesenheit seines Bruders, die ihn schockierte. Julius stand in der Mitte der Rebellen, sprach von patriarchalischen Gesellschaftsstrukturen, von Lust auf Frauen und von Macht über alle Menschen.

Ein Schauer jagte über Hasdrubals Rücken, als er die Wahrheit vor sich sah, unleugbar. Er versuchte, sich von Maeve zu lösen, aber ihr Blut war zu süß, die Erinnerung zu bitter.

Julius spürte nicht die Feindin in seinem Rücken, durch deren Augen Hasdrubal alles miterlebte, sah nicht, wie sie vortrat und ihre Hände hob. Wie im Zeitraffer spürte er die unvorstellbare Macht, das Knistern der Magie in seinen Adern, konnte das Netz der Hexe sehen, welches sich über die Rebellen legte und schließlich explodierte.

Die Aufrührer verglühten. In einem Moment waren sie da, voll finsterer Pläne und Ränkeschmiede – im nächsten nur noch eine Erinnerung.

Nur Julius starrte ihn an. Sein Gesichtsausdruck war so hasserfüllt, wie Hasdrubal es nie zuvor gesehen hatte. Nicht eine Spur von dem Bruder, an den er sich erinnerte.

Ohnmächtige Wut vermischte sich mit Hasdrubals Schrei, als Maeve versuchte, sich aus seiner Umarmung und von seinem Biss zu lösen. Doch seine Hände waren fest wie Eisenklauen und sie von dem Blutverlust zu geschwächt, um sich ernsthaft zu wehren.

Er würde sie nicht gehen lassen!

Hasdrubal kämpfte gegen die Lust an, die versuchte seinen Verstand zu manipulieren, und hielt Maeve weiterhin fest, während er sich weiter an ihrem Blut berauschte.

Nichts würde geschehen. Keine Hexenkraft und keine Magie Maeve zur Hilfe kommen, keine Macht der Welt konnte die Königin nun noch vor ihm retten. Er konnte sie aussaugen, ihre Macht trinken und sie so vernichten. Ebenso vernichten, wie es sein Bruder geplant hatte.

Abrupt ließ Hasdrubal Maeve los und taumelte, noch benommen von ihrem Blut und den Erinnerungen, nach hinten. Ihr Anblick traf ihn. Sie war leichenblass und wirkte wie eine Puppe, mit der zu grob gespielt worden war, bevor man sie achtlos in die Ecke geworfen und dem Vergessen anheim gegeben hatte.

»Es tut mir Leid!« Seine Stimme klang belegt und fremd in seinen Ohren.

»Ich habe es gewollt. Ich habe es wirklich gewollt.« Maeve begann zu schluchzen, als ihr die Wahrheit aufging. Sie hatte Hasdrubal zu diesem Biss aufgefordert, weil sie sterben wollte. Weil sie wusste, dass er sie töten wollte. »Und du hast es gewollt.« Sie sah Hasdrubal an und ihre Augen luden ihn ein, eine Lüge auszusprechen. »Aber du hast es nicht getan …«

Ihre Verzweiflung war beinahe greifbar. Er wusste nur nicht weswegen – weil er sie hatte umbringen wollen? Oder weil er es nicht getan hatte?

»Warum nicht?« Die Frage war nur ein Hauch und er begriff, was er bereits geahnt hatte: Sie wollte sterben – und sie hatte ihn dazu ausersehen, ihr dabei zu helfen.

Beinahe hätte er über diese Ironie des Schicksals gelacht. Bis vor wenigen Stunden hatte er sich nichts sehnlicher gewünscht – sich fast nichts sehnlicher gewünscht – als sie tot zu sehen, bestraft für den Tod seines Bruders.

Weil sie lebte und er nicht.

Hasdrubal war bei Maeve, bevor er seine eigene Bewegung begriffen hatte. Warum er ihren magischen Schutzschild überlebte, während doch all die anderen Blutsauger von ihm vernichtet worden waren, war ihm egal. Ebenso egal wie die Tatsache, dass er nicht wusste, ob er sie in der nächsten Sekunde lieben oder töten würde. Im nächsten Moment trank er ihren Kuss. Er war beinahe so süß wie ihr Blut, verführerisch wie die Göttin der Liebe selbst, ein Venuskuss, der zu ihrem Venusblut passte.

Hasdrubal riss sich von der Vampirkönigin los.

Ihre Wangen hatten sich wieder gerötet und ihre perfekten Lippen waren noch von seinen Küssen geschwollen, empfindlich für mehr. Etwas in ihm grollte, wollte und verlangte nach mehr, aber sein Gewissen hielt ihn in Schach. Er wollte sie nicht überrumpeln, keine Schwäche ausnutzen und keine Verwirrung. Er wollte sie ganz – oder gar nicht.

»Damit wären all meine Gründe wohl ein für allemal unmissverständlich geklärt«, meinte er, machte auf dem Absatz kehrt und ließ Maeve schockiert zurück.

29

Judith sprang auf, als Joel in ihrem Zimmer erschien. Die Mischung aus Erschrecken und Freude auf ihrem Gesicht erlosch, als sie seine Miene sah, und machte einer so allumfassenden Angst Platz, dass sie kaum noch atmen konnte.

Als der Vampir wortlos zu ihr trat und sie tröstend in seine Arme zog, schossen ihr Tränen in die Augen und sie kuschelte sich haltsuchend an ihn. Ihr Vorsatz, Joel nach den Fakten zu fragen, scheiterte, weil sie keinen einzigen Ton herausbekam. Ihm schien es ebenso zu gehen, denn es vergingen einige Minuten, bevor er sie ein Stückchen von sich schob – sie aber nicht gänzlich aus seiner Umarmung entließ – und ihr ins Gesicht sah. »Ich habe deinen Vater gefunden, er ist tot.«

»Tot? Aber wie …?« Wieder versagte Judiths Stimme. Sie hatte es gewusst. Seit Tagen hatte sie es gewusst, dass er ihre Mutter nicht überleben wollte und würde – trotzdem war die Realität ein Schock; ihre Gefühle unkontrollierbar und nicht rational. Ganz anders der andere Teil von ihr, der Teil, den sie seit Tagen in sich spürte, rationaler, wissender. »… Vampire zerfallen doch zu Staub, oder?«

»Das, was er gestohlen hat … Er muss es für sich selbst genutzt haben … hat sich selbst wieder menschlich gemacht …«

»… und ist dann umgebracht worden?«, riet Judith.

»Nein, er hat sich vergiftet.«

Judith starrte den Vampir an und schüttelte ungläubig den Kopf. Doch trotz dieser Verneinungsgeste ergab es jetzt einen Sinn. Dass er ihrer Mutter nicht geholfen, sie nicht verwandelt hatte; dass er seiner Tochter – vielleicht sogar allen beiden – einen Vampir zur Seite stellte, der sie schützen und lieben sollte und… Judith lief ein Schauer über den Rücken, als sie daran dachte, wie umfassend seine letzten Pläne gewesen sein mussten.

Trotz ihrer Trauer schaltete nun auch ihr Gehirn auf Logik und drängte danach, sich erst einmal dem wichtigsten Problem anzunehmen. Für die Verarbeitung des Verlustes war später noch Zeit.

»Du sagst, er hat das Artefakt selbst angewandt? Was ist es und was tut es?«

Einen Moment lang sah es so aus, als wolle Joel sie wieder mit Ausflüchten abspeisen, doch schließlich nickte er – immer noch einen seltsam zärtlichen Ausdruck im Gesicht – und führte sie zu ihrer Couch.

Joel rang mit sich selbst. Jahrhundertelang hatte er nach den Regeln der Vampirgesellschaft – nach Mornas und Maeves Regeln – gelebt, selbst vor seiner Verwandlung in einen Vampir war er stets misstrauisch gewesen, hatte nur ein einziges Mal einer Frau vertraut. Doch nun stand Judith vor ihm, ihm ausgeliefert, ohne Ahnung von dem komplizierten Netz, das ihr Vater um alle Beteiligten gewoben hatte, und sah ihn so vertrauensvoll an, dass es ihn bis tief in seine Seele rührte.

Und mit einem Mal sprudelten Erklärungen, Zusammenhänge und Regeln der Vampirgesellschaft aus ihm heraus, Worte, über die er nicht groß nachdenken musste, Zusammenfassungen der letzten Geschehnisse. Er erzählte von den Vampirkriegen, die es vor Morna und Maeve gegeben hatte. Davon, wie die Hexe und ihre Schwester die Macht übernommen und die magischen Perlen als Aufenthaltsort für die Vampirgeliebten erschaffen hatten, um so der Prophezeiung zu umgehen, die der Hexe einen Tod durch eine Vampirin vorhergesagt hatte. Er ließ auch den Fluch der Hexe, den sie über Edward verhängt hatte nicht aus – und das Sofia, die heimlich erschaffene Vampirin, ihn erlöst hatte. »Und danach ist alles zum Teufel gegangen. Morna ist tatsächlich gestorben und plötzlich war die Unsterblichkeit der Vampire weg. Ich denke, die einzige Chance der Vampire, sie wieder zu erlangen ist das Artefakt, das Magnus gestohlen hat.« Er beschrieb ihr die Pläne der Königin zur Rettung der Vampire, ihren Versuch die Perlen abzuschaffen und ihre Hoffnung, die Frauen bald befreien zu können, ohne das sie dadurch starben.

»Und weil die Befreiung bisher nicht möglich ist, beziehungsweise die Befreiung tödlich endet, kann ich dich nicht hier raus lassen – es wäre dein Tod.«

Obwohl ihm wegen der Beichte eine Last von seinem Gewissen fiel, wagte er es nicht, Judith anzusehen. Wie mochte eine Frau, die gerade von ihrer womöglich ewig währenden Gefangenschaft erfahren hatte, auf ihren Kerkermeister reagieren?

Judith strich Joels Haare zur Seite und drehte sein Gesicht so, dass er sie ansehen musste.

»Weißt du, für einen großen, toughen Vampir, bist du wirklich erstaunlich feige!«

»Hei!«

»Ist doch wahr!«

Und dann küsste sie ihn. Einfach so und ohne Vorwarnung legten sich ihre Lippen auf seine. Verwirrt ließ er sie gewähren und wunderte sich darüber, dass das Biest, der dunkle Teil seiner selbst, ruhig blieb. Unter ihren weichen, suchenden Lippen öffnete er seinen Mund. Nie zuvor hatte er etwas Vergleichbares erlebt, nie zuvor hatte ihn ein Kuss dermaßen gefangen genommen und bis tief in den Ursprüngen seiner Existenz erschüttert. Ihr Vertrauen packte ihn, schmeichelte seiner Seele und seine Herzen, und änderte die Ambition der dunklen Lust, die in seinen Adern erwachte. Er wollte Judith mit einem wahrhaft unmenschlichen Verlangen. Wollte Dinge von ihr, die er vorher nicht einmal hätte benennen können. Und der Gedanke daran, sie nicht nur abermals zu lieben, sondern sie auch zu behalten – für immer zu behalten – blitzte in seinen Gedanken auf. Verführerisch, wie ihr Geschmack auf seiner Zunge, ihr Stöhnen in seinem Mund und doch unvernünftig und unmöglich wie ihr Verzeihen und ihre Liebe zu ihm.

Trotzdem ließ sich der Gedanke erst verdrängen, als sich Judith näher an ihn schmiegte und die Lust in seinen Adern fordernder wurde. Erst dann übernahm seine Libido. Langsam glitt sein Mund von ihrem, küsste sich seinen Weg nach unten, über ihren Hals und – er streifte ihre Bluse mit dem großzügigen Carmen-Ausschnitt über ihre Schultern – zu ihren Brüste. Genießerisch ließ er seine Zunge um die harten Nippel kreisen, neckend und kleine Schläge austeilend. Vorsichtig kratze er mit den spitzen Vampirzähnen an ihrer empfindlichen Haut, gerade fest genug, um keine Spuren zu hinterlassen.

Judith stöhnte und bog sich dem Vampir entgegen, doch Joel setzte seinen Weg nach unten fort. Er spreizte ihre Beine weiter, so dass der kurze Rock auf ihre Hüfte rutschte, und verlagerte sein Gewicht zwischen ihre Schenkel.

Joel hielt Judiths Blick gefangen, ließ sie seine besitzergreifende Gier ebenso sehen wie sein Verlangen nach ihrer Liebe, während er einen Finger zwischen ihre Schamlippen gleiten ließ. Die Feuchtigkeit war ein Beweis dafür, dass ihr Körper ihn willkommen hieß. Judith schauderte, eine körperliche Antwort auf seine Berührung und eine weitere, stumme Einladung. Ohne seinen Blick von ihrem zu lösen, beugte sich Joel vor und sog ihre Klitoris zwischen seine Lippen. Judith schrie auf, als er ihren intimsten Geschmack genoss. Doch Joel konnte bereits das animalische Verlangen in sich spüren. Er würde nicht sanft zu ihr sein können. Niemals. Etwas an ihr weckte das Biest in ihm. Joel konnte es bereits in sich spüren. Erwacht und auf der Lauer. Eine vampirische Macht, die aus ihm eine Bestie machte, den Herrscher der Schatten. Sie sorgte dafür, dass all seine Sinne geschärft wurden und ihm seine Umgebung beinahe schmerzhaft bewusst machten. Er konnte sogar den Genuss spüren, den er ihr schenkte, die Verbundenheit ihrer Körper. Ein erregender Umstand, der sein Blut schneller fließen ließ. Er musste all seine Willenskraft aufbringen, um sie nicht wieder zu beißen und in ihre verlockende, schillernde Aura einzudringen.

Eine Aura, die realer war als alles andere. Alles, was Joel gekannt oder geliebt hatte, verblasste neben ihr, wurde nichtig und irrelevant.

Judith war überwältigt. Joels Berührungen waren so sanft, dass sie beinahe weinen musste. Hatte sie sich zuvor begehrt gefühlt – überwältigt und bei lebendigem Leibe verschlungen, so waren es nun Respekt und Liebe, die aus jeder seiner Bewegungen sprachen. Es war, als wäre sie das einzig Reale in seiner Welt, die nur aus Schatten bestand, aus diffusen Wesen, Informationen und Handlungen.

Joel richtete sich ein wenig auf und glitt langsam über ihren Körper, ohne sie zu berühren, langsam, methodisch; ein machtvolles Raubtier, welches sich über seine Beute hermachte. Seine Augen schienen in einem Dunkelheit verbreitenden Licht, das ihre Welt der seinen anglich. Graustufen in einer Realität ohne Bedeutung, nur sie beide wirklich. Sie schloss die Augen.

»Sieh mich an! Ich will deine Augen sehen, wenn ich in dich eindringe.«

Judith schluckte bei seinen Worten, kam der verführerischen Bitte aber nach und staunte über die Sehnsucht in seinem Blick.

»Gib mir deine Hand.«

Als sie seinen Worten Folge leistete, nahm er ihre Hand und führte sie an seinen harten Schaft. Auch ohne Aufforderung wusste sie, was er wollte. Dieses Mal sollte sie die Initiative übernehmen, die letzte Entscheidung. Ihre Beine weiter spreizend, dirigierte sie seinen Schwanz an ihren Eingang und hob ihre Hüfte Zentimeter für Zentimeter, bis er sie tief ausfüllte. Als sie ihre Hand fortnehmen wollte, hielt er sie an Ort und Stelle fest. Sie ließ zu, dass seine Finger zwischen ihre glitten und sie so auch dort spüren konnte, wie sein Schwanz noch tiefer in sie glitt. Hinein und hinaus. Das Fühlen ihrer Verbundenheit war beinahe das Erotischste, was sie je erlebt hatte, und wurde nur noch getoppt von seinem leisen Geständnis.

»Ich liebe dich, Judith! Ich weiß nicht, wann und wie es geschehen ist, aber ich liebe dich.«

Er zog sie hoch, rearrangierte seine Beine und zog Judith noch mehr auf seinen Schoss. Erst dann schenkte er ihr ein kleines Lächeln, weil ihm aufging, dass er seine Gedanken laut ausgesprochen hatte. »Ich hatte nicht vor, mich jemals wieder zu verlieben, aber jetzt ist es zu spät!«

»Das klingt schon wieder als täte es dir Leid.« Judith bog ihren Körper weiter nach hinten, um Joel tiefer in sich zu spüren und den Takt zu übernehmen. Trotzdem gelang es ihr, ihrer Stimme einen gespielt beleidigten Ton zu geben.

Die Antwort war nur ein Knurren Joels', bevor er wieder die Kontrolle übernehmen und ihren Ritt stoppen wollte.

Judith stemmte sich gegen ihn und begegnete jedem seiner tiefen Stöße mit ihrer Hüfte. Jedes Hinein ließ ihren Körper beinahe zerspringen, jedes Hinaus ein Gefühl eines schmerzhaften Verlustes zurück. Sie krallte sich in Joels Rücken, versuchte, ihn in sich zu halten, noch tiefer und fester aufzunehmen, ihn sich einzuverleiben und das Gefühl des Eins-Werden zu behalten.

Doch es war vergänglich, flutete in Versprechungen durch ihren Körper, ließ ihre Muskeln krampfen und schickte Kaskaden von verzückenden Schaudern durch ihre Adern. Vergänglichkeit und Sterblichkeit verschwanden aus ihrem Körper, vermischten sich mit der Ewigkeit und als die Lust zwischen ihnen schließlich explodierte, sie beide überrollte und für Sekunden an die Gestade der Göttlichkeit katapultierte, hörte sie nicht nur ihren eigenen Schrei, sondern auch den seinen.

30

Es war die erste Nacht seit Langem, in der sie nicht von Julius geträumt hatte, nicht von Verrat, Liebe, Sex oder Verdammnis. Stattdessen hatten sich ihre Gedanken und Träume um Hasdrubal gedreht, um seine Liebe und seinen Verrat. Eine Tatsache, die ihr jedwede Ruhe und Logik geraubt hatte. Und jedwede Zuversicht in Hinsicht auf ihre Urteilsfähigkeit.

»Bist du soweit?«

Die Vampirkönigin zuckte zusammen, als Hasdrubals Stimme sie aus ihren Gedanken riss. Seine Anwesenheit hatte sie in den Stunden nach ihrem Kuss versucht zu verdrängen, doch er hatte sich nicht weit genug entfernt und sich durch seine bloße Existenz immer wieder in ihre Träume gestohlen.

»Spielt es eine Rolle?« Maeve stand auf und streckte sich, um ihren Körper, der sich noch immer kalt und steif anfühlte, zu lockern.

Hasdrubal kommentierte ihre Bewegungen mit einem Grinsen, das dem von Julius ähnlich war, ohne ihm zu gleichen. Herausfordernd. Schließlich reichte er ihr in einer parodierend galanten Geste seinen Arm.

»Ich habe mir erlaubt, mich ein wenig umzusehen«, meinte er, als Maeve sich tatsächlich nicht provozieren ließ, sondern sich bei ihm einhakte.

»Dort entlang!«

Zu seiner Überraschung ging Maeve nach seiner Aufforderung ohne weitere Angaben in die Richtung, in der Hasdrubal nach dem Biss eine Entdeckung gemacht hatte.

»Du weißt es?«

»Nein!« Maeve schüttelte den Kopf, während sie von einer Felsenwohnung in die andere kletterte. »Und ja!« Von oben sah sie zu, wie Hasdrubal ihr folgte. Erst dann übernahm sie wieder die Führung. Wie eine Schlafwandlerin folgte die Vampirin einem Weg, den sie als Kind oft gegangen war, überquerte etliche

Übergänge und nach zahllosen Biegungen verharrte sie schließlich reglos im Eingang zu einer der Wohnungen.

Ihre Mutter sah ihr entgegen.

31

»Das kann nicht funktionieren!«, behauptete Joel mit einer Sicherheit, die sich auf Jahrhunderte der Erfahrung stützte und sich durch jede seiner Adern zog, seine Zellen einschloss und durch sein Blut vibrierte.

»Tut es aber!«

Joel zuckte zusammen, unwillkürlich hob er seine Hand. Judiths Stimme in dieser Situation zu hören, machte ihn nervös. Obwohl es offenbar keinen Grund dazu gab. Die anderen Fußgänger schauten ihn zwar teilweise verwirrt oder verärgert an, aber die Verwirrung legte sich, sobald sie den kleinen, schwarzen Stecker in seinem Ohr – Joel hatte extra seine Haare zu einem Zopf zusammengefasst – erkennen konnten. Die Verärgerung jedoch blieb. Nicht jeder mochte Menschen, die mitten in der Stadt telefonierten. Sah auch ziemlich doof aus – und fühlte sich auch genauso an.

»Jetzt links«, befahl die Stimme in seinem Ohr und Joel kam der Aufforderung nach, obwohl er sich merkwürdig ferngesteuert fühlte.

»Rechts kommen gleich die Schließfächer.«

»Sehe sie!«

»Er hat die 7 gemietet und rate mal, wie die Kombination lautet?«

»Keine Ahnung.«

Joel versuchte den Spiegel zu ignorieren, an dem er vorbeiging. Doch das Spiegelbild zeigte nicht nur einen jungen Mann, der anscheinend Selbstgespräche führte und eine ziemlich kitschige Kette über seinem schwarzen Matrix-Mantel trug, sondern auch eine kleine Judith, die aus dem durchsichtigen Teil des mittleren Anhängers hinaussah und ihn dirigierte.

Obwohl der Anblick extrem skurril war, schenkte Joel seiner Begleiterin ein Grinsen. Ob sie wusste, wie süß sie als angeschnallter Pilot aussah?

»007«, löste sie das Rätsel und wartete einen Moment auf seine Reaktion. Als keine kam, verkündete sie: »Du bist echt ein Banause!«

»Und du schrecklich süß.«

»Hei, süß sind kleine Kätzchen.«

»Miau«, meinte Joel, während er sich zu dem Schließfach hinabbückte und es mit der genannten Kombination öffnete. Ein einzelner Flyer lag darin.

»Tui Reisecenter Bochum?«

»Da buchen wir unsere Urlaube.«

»Sehr unwahrscheinlich, dass er für Joline einen Urlaub gebucht hat, oder?«

»Ich schlage vor, du rufst an und fragst.« Sekunden später war die Telefonleitung tot und noch zwei Sekunden später läutete sein Handy.

»Vergiss es, ich rufe an!« Wieder hatte Judith aufgelegt, bevor Joel ein Wort sagen konnte. Ungeduldig schloss er Magnus' Fach und pilgerte einmal den Gelsenkirchner Hauptbahnhof Richtung Neustadt entlang und zurück, bis sein Handy sich wieder meldete.

»Er hat einen Fallschirmsprung beim Flughafen Marl gebucht, ihn aber nie angetreten.«

»Flughafen Marl?«

»Marl ist in der Nähe … ich habe mit Frau Schreiner telefoniert. Mit ihr sollten Joline und Papa springen. Aber angeblich ist sie lieber in den Schwarzwald gefahren, nach Simonswald.«

»Also Simonswald?«

»Ich denke nicht.« Judith atmete tief durch. »Joline und ich haben Heuschnupfen und ehrlich … dort war er am stärksten. Und wieso sollte ein Vampir einen Fallschirmsprung machen? Ich denke, die einzige echte Information ist *Flughafen*.«

»Also …?«

»Also müssen wir nach Düsseldorf.«

32

»Deirdre!« Unwillkürlich trat Maeve von der Vision einen Schritt zurück und beinahe in Hasdrubal hinein.

Im nächsten Moment war die Erinnerung da, fuhr wie ein unsichtbarer Schmerz durch ihre Adern, brannte in ihrem Verstand und ließ sie zitternd in die Knie gehen.

»Nein!« Verzweifelt schloss Maeve die Augen und hielt sich die Ohren zu. Doch die einmal vergessene Vergangenheit war wieder da, ließ sich nicht leugnen oder aussperren, nicht mehr verdrängen.

Die letzten Strahlen der untergehenden Sonne auf ihrer Haut, die Sommerhitze. Schweißtropfen, die ihre Stirn hinab liefen, als sie dem Weg nach oben folgte. Zu der Felsenwohnung, die ihre Mutter, die unter dem Namen Lilith bekannte Seherin und Orakel, kaum noch verließ. Und wenn, dann nur noch nach Einbruch der Nacht. Selbst heute, an ihrem fünfundsechzigsten Geburtstag, hatte sie darauf bestanden, ihre drei Kinder erst bei Nacht zu treffen.

Maeve erinnerte sich an ihre vage Schwermut, mit der sie die selbstgebackenen Küchlein betrachtet hatte, und daran dachte, dass ihre einst überwältigend schöne Mutter immer mehr unter ihren Visionen litt – und darunter zu altern.

Wie im Zeitraffer erlebte sie den Tag noch einmal.

»Mutter!« Ihre eigene Stimme klang weicher. Die Sprache, der sie sich bediente, war noch ebenso melodisch und mit einem leichten Akzent behaftet, wie Jahrhunderte später.

Sie betrat die Wohnung, und der kräftige Griff, mit dem sie sofort überwältigt wurde, überraschte sie völlig. Als sie zur Gegenwehr ansetzte, war es bereits zu spät. In der Schockminute hatte ihre Mutter sie mit einem festen Hanfseil, das ihr schmerzhaft in die Haut der Handgelenke schnitt, gefesselt und kampfunfähig gemacht.

Deirdre strich ihr beruhigend über die Haare und beugte sich zu ihr. Beim ersten Blick in das Gesicht ihrer Mutter, begriff Maeve, dass diese endgültig den Bezug zur realen Welt verloren hatte und zu Lilith geworden war. Hatte Lilith zuvor oft in Rätseln gesprochen, von wahnsinnig machender Schönheit, Flüchen und Prophezeiungen, war sie nun jenseits von allem. Unwiderruflich verrückt.

»Mutter, bitte, ich bin es!«

Ein Kichern war die Antwort. Dann sah sie den Dolch, der extra bereitgelegt worden zu sein schien. Die Angst, die sie erfüllte, war allumfassend. Doch es war nicht die vor ihrem eigenen Tod oder vor möglichen Schmerzen, es war die Angst um ihre Geschwister. Schon konnte sie Schritte hören, die sich näherten. Schwere Schritte.

Sie öffnete den Mund, um ihren älteren Bruder Magnus zu warnen, doch kein Laut wollte über ihre plötzlich trockenen Lippen kommen. Wie gelähmt musste sie mit ansehen, wie Magnus ebenfalls überwältigt und gefesselt wurde, bevor ihre Mutter sich wieder ihr zuwandte. Den Dolch in der Hand.

Sie konnte die Tränen der Hilflosigkeit spüren, die über ihre Wange liefen, und ihren Zorn darüber, dass es so enden würde. Verraten von der Person, die sie am meisten liebte, die Person, die sie doch vor allem Übel beschützen müsste.

»Mutter!«, war das einzige Flehen, welches sie zustande brachte. Dann traf der Dolch, stach mit Leichtigkeit in ihr Fleisch und durchtrennte Haut, Sehnen und Muskeln. Doch erst als Lilith ihn aus Maeves Körper herauszog verwandelte sich der Druck. Die Schmerzen waren überwältigend. Ebenso der Gedanke, tatsächlich sterben zu müssen. Nicht eine Sekunde zweifelte Maeve daran, dass der Stich tödlich war. Selbst wenn sie vor der Wahnsinnigen gerettet werden würden, würde sie verbluten. Verzweiflung schlug über ihr zusammen. Sie würde Morna nicht schützen können. Nicht ihren geliebten Bruder.

Eine Familie ausgelöscht von der eigenen Mutter!

Sie versuchte trotz ihrer Fesseln mit den Händen an die Wunde zu gelangen, um das Blut zu stoppen, doch ihre Mutter schob ihre Hände unbarmherzig wieder zurück. Sie ignorierte die Schmerzen der Tochter und drückte trotz des gequälten Schreies noch zusätzlich auf die Wunde, um mehr Blut hervorzupressen, das sie in einem steinernen Schälchen auffing.

Maeve Geist ergriff ein leichter Schwindel und drängte sie in die sanfte Schwärze einer Ohnmacht. Sie kämpfte dagegen an und schob sich in eine halbsitzende Position.

Ihre Mutter Deirdre, geliebtes Wesen der Kindheit, als Prophetin Lilith Schreckgespenst der letzten Minuten, trug das Schälchen zu einem Buch, griff nach einer Feder und …

Maeve kippte nach hinten und es gelang ihr lediglich, den Kopf so zu drehen, dass sie weiter zusehen konnte. Ihre Mutter nutzte die Feder, um in das Buch zu schreiben. Zu schnell. Maeve blinzelte, doch der Eindruck war keine Einbildung. Ihre Mutter bewegte ihre Hände mit übermenschlicher Geschwindigkeit, füllte Seite um Seite, bis ihr schließlich das Blut ausging oder die Ideen.

Dieses Mal wandte sie sich Magnus zu und trotz ihrer Situation erschrak Maeve über den Anblick ihrer einst so schönen Mutter. Nicht nur, dass sich ein grauenhafter Zug über Liliths weichen Mund gelegt hatte, ihre längst ausgefallenen Eckzähne waren wieder da – Reißzähne im Mund einer Bestie. Es dauerte einige Sekunden, bis Maeve den entsetzen Laut als ihren eigenen erkannte.

Magnus dagegen rührte sich nicht. Ihr viel älterer Bruder hatte sich nicht einmal bewegt und gab auch jetzt keinen Laut von sich. Nur sein Gesicht spiegelte seinen Schrecken.

»Du, mein Sohn!« Lilith strich Magnus über die ergrauten Haare. »Du wirst mein Wissen hüten und mein Buch in der Welt verbreiten.«

»Was du willst, Mutter!« Maeve bewunderte ihren Bruder dafür, wie ruhig und gelassen seine Stimme klang. Einschmeichelnd und begütigend. Beinahe hätte sie dem Tonfall nachgegeben und ihre Augen geschlossen, um sich der langsam in ihrem Inneren auftuenden Schwärze anzuvertrauen. Mühsam zwang sie sich ihre Augen aufzuhalten.

»Lass mir nur meine Familie! Meine Kinder!«

Lilith lachte. Ein ganz und gar gehässiger Laut. »Oh, ich lasse sie dir mein Lieber, ich lasse sie dir!« Mit diesen Worten beugte sie sich über ihren gefesselten Sohn und zwang ihn vollständig zu Boden. »Aber ich bin mir sicher, du wirst bald großen Appetit auf sie haben!«

Zum ersten Mal gab Magnus einen Laut von sich. Er klang wie ein zum Tode Verdammter. Eine verlorene Seele, die um die kommenden Höllenqualen wusste. Ungläubig sah Maeve mit an, wie ihre Mutter die Reißzähne in den Hals ihres Sohnes schlug. Maeve schloss die Augen, aber das sabbernde, ekelerregende Geräusch des Trinkens konnte sie nicht ausschließen. Es drang durch ihr Bewusstsein und verursachte Übelkeit, stärker als alles Vorangegangene.

Als die Geräusche verstummten, zwang sich Maeve, wieder hinzusehen. Neue Tränen sammelten sich in ihren Augen, als sie ihren Bruder bleich und tot liegen sah. Ihre Mutter sah ihn mit blutverschmiertem Gesicht an, liebevoll und ein stolz.

Dann hob sie den Dolch.

Der Laut, den der Schnitt durch ihr linkes Handgelenk verursachte, brachte Maeve zum Würgen. Und nur der Schmerz, den die Erschütterung der Übelkeit mit sich brachte, riss sie abermals fort von der lauernden Dunkelheit des Todes.

Dann hörte sie das Lied. Ein altes Kinderlied, das Lilith ihnen immer vor dem Schlafen vorgesungen hatte. Vertraut und liebevoll griff es nach ihren Gedanken, brachte die schönen Erinnerungen an ihre Kindheit wieder zum Klingen und blendete für kurze Sekunden die Panik und den drohenden Tod aus.

Zitternd versuchte Maeve, ihren Atem in eine Regelmäßigkeit zu zwingen, doch die Tränen und ihr Blut, in dem sie lag, erschwerten den Versuch und brachten sie wieder zum Weinen.

Lilith presste ihre blutende Wunde an Magnus Mund. Maeve schluchzte und versuchte ihren Kopf zu heben, um nicht ihr eigens Blut an ihren Lippen zu spüren.

Da war es wieder: Das ekelerregende Saugen, furchtbar und angsteinflößend. Magnus trank!

»Nein!« Maeve schüttelte den Kopf. Lilith würde ihn in ein Monster verwandeln. Ihren geliebten Bruder!

Hilflos musste sie mit ansehen, wie Magnus Zug um Zug trank. Mit jedem Quentchen Blut saugte er Lebenskraft und Gesundheit in seinen Körper zurück. Aus Lilith heraus. Schließlich ließ er von ihr ab. Ein Zittern lief durch seinen Körper, dann brach er zusammen und rührte sich nicht.

Lilith stand ein wenig torkelnd auf und wandte sich ihrer sterbenden Tochter zu. Dabei lachte sie leise. »Ihr werdet mich nicht töten.«

Maeve besaß nicht mehr genügend Kraft, um sich gegen ihre Mutter zu wehren, als diese sich zu ihr beugte und sie mit überraschender Kraft zu sich zog.

»Du wirst deine Schwester nicht töten.«

Der Biss in ihren Hals war überwältigend und schmerzhafter als die pochende Wunde. Sie konnte nicht mehr atmen, ihre Lungen begannen zu schmerzen, ein silberhelles Glitzern, das sich durch ihren Körper fraß und jedes andere Gefühl auslöschte.

Trotzdem konnte Maeve die Wahrheit spüren. Ihre Mutter hatte ihren eigenen Tod durch die Hand ihrer Kinder gesehen.

Eine Vampirin wird Morna töten!

Plötzlich waren die Gedanken weg, der Druck an ihrem Hals und das Ziehen des Blutverlustes. Die Qualen waren ebenso unvorstellbar wie der Durst und brachten Maeve zum Wimmern.

Sie öffnete die Augen, von denen sie bisher nicht gewusst hatte, dass sie geschlossen waren, und sah in das Gesicht ihrer Mutter. Das Leben war aus ihm gewichen, der Dolch steckte tief in ihrem Nacken, trennte das Gehirn von den Nervenbahnen. Blut rann aus der Wunde, verlockend rot, verlockend langsam. Der Duft war verführerisch. Maeve gab einen animalisch verzweifelten Laut von sich, als sie näher an den Ursprung des aphrodisierenden Duftes heranrutschen wollte, es ihr aber nicht gelang.

Das Gesicht ihrer Schwester schob sich in ihr Blickfeld und ihre Lippen bewegten sich, doch Maeves Bewusstsein hörte nur ihren eigenen Herzschlag, nahm nur den

Duft des Blutes wahr, während alles andere hinter weißer Watte verschwunden war, unwirklich und ihr ebenso fern wie die Schmerzen. Ihre Realität fixierte sich einzig auf das Wollen, Verlangen und Überleben. Und auf Liliths Blut.

Mornas Gesicht verschwand und machte Sekunden später Magnus' Antlitz Platz. Maeve war näher an ihre tote Mutter gerückt, versuchte, ihr Blut vom Boden zu lecken.

Sie wehrte sich, als er sie von der Quelle der Wohlgerüche fortrollte und ihre Wunde betrachtete, wehrte sich, als er ihren Kopf anhob, wehrte sich noch, als er ihr sein blutiges Handgelenk auf den Mund drückte.

Dann hob er sie hoch, presste seinen Mund auf ihren und zwang sie zu einem Kuss. Im nächsten Moment erfüllte sein Blut ihre Welt. Heiß und würzig floss sein Leben zwischen ihre Lippen, in ihren Körper und veränderte ihn. Die Schmerzen waren scharf und exquisit, wurden zu einer nie gekannten Lust und ließen sie vergessen, dass sie von einem anderen Körper trank.

Maeve brach weinend zusammen, als die Erinnerung ihren Tribut forderte, und einzig Hasdrubals schnelle Reaktion verhinderte, dass sie auf dem Boden aufschlug. Wieder spürte sie den Hass auf ihre Mutter, die ihre Prophezeiung selbst verwirklicht hatte, die Verzweiflung ihrer Schwester, die die letzten Worte Liliths gehört hatte.

Haltsuchend klammerte sie sich an den Karthager, der Teil ihrer überwältigenden Erinnerung gewesen war. Den einzig Realen in einer Welt, die nur aus Lug und Trug bestand.

»Sie hat uns vergessen lassen.« Maeve konnte nicht aufhören zu zittern, egal wie sehr Hasdrubal sie an sich drückte. »Morna hat Magnus und mich alles vergessen lassen.« Sie sah den Karthager verzweifelt an, als er über ihr Haar strich. »Nur sie selbst konnte nie vergessen!«

Hasdrubal schloss die Augen. »Sie hat sogar das Buch eurer Mutter, die Vampirbibel, behalten.«

»Man liebt, wen man liebt«, hauchte Maeve und neue Tränen stahlen sich aus ihren Augen. Sie mochten ihre Mutter zuletzt gehasst haben, aber es hatte auch andere Zeiten gegeben.

Sie löste sich von Hasdrubal und betrat die Felsenhöhle, in der sich einst eine Prophezeiung durch die Interpretation selbst erfüllt hatte. Kurz spürte sie das Ziehen in ihrem Blut, ein Ziehen, welches die ganze Zeit vorhanden gewesen war, mit ihrem Leben verknüpft – sogar über Mornas Tod hinaus.

Die Magie klopfte in ihren Adern und ließ sie etwas sehen, was nur für ihre Augen bestimmt war. Vorsichtig streckte Maeve ihre Hand aus, spürte, wie das Prickeln an Kraft gewann, fühlte Pergament unter ihren Fingern.

»Was ist das?« Hasdrubal hatte zugesehen, wie sich die alte Schriftrolle unter Maeves Fingern manifestierte.

»Ein Brief von meiner Schwester!« Maeve drehte das Dokument unschlüssig in ihren Händen. Angst, Aufregung und Trauer hielten ihren Verstand im Griff – und sie fürchtete sich davor, mit weiteren Tatsachen konfrontiert zu werden, die ihre Welt erschüttern könnten.

»Soll ich?«, bot Hasdrubal an und streckte die Hand nach dem Pergament aus.

»Lies!« Ihre Stimme war leise und so sehr von Angst erfüllt, dass es Hasdrubal beinahe körperlich schmerzte.

Vorsichtig löste er die dünne Schnur, die das Pergament zusammenhielt und rollte es auf.

»Wenn du das hier liest, hast du bereits alles herausgefunden, was mir wirklich Leid tut, kleine Schwester.«

Hasdrubal zögerte, gerührt von Ton und Wortwahl der Schreiberin. Dann fuhr er fort: »Ich habe immer alles getan, um dich zu beschützen und habe Himmel und Hölle in Bewegung gesetzt, um die Unsterblichkeit für dich wahr werden lassen. Doch ich war nicht gut genug. Oder zu schwach. Um meine Magie meinen Tod überdauern zu lassen und den Vampiren für immer ewiges Leben zu verschaffen, hätte ich dich oder mich töten müssen. Ich wollte weder das eine noch das andere. Mich selbst hätte ich opfern können, aber niemals dich. Ich war egoistisch, verzeih mir, denn ich wollte mich nicht opfern, wollte an deinem Leben und deiner Lebensfreude so lange teilhaben, wie es eben dauern sollte. Ich wollte doch keine Heilige mehr sein, sondern deine liebende Schwester.«

Hasdrubals Stimme stockte und erst Maeves Räuspern brachte ihn dazu weiter zu lesen.

»Doch nun bist du hier, ich bin tot und mein Zauber erloschen, nicht wahr? Ich habe immer befürchtet, dass es eines Tages so enden würde, unsere Mutter hatte es ja prophezeit. Mein Tod durch eine Vampirin – deine erste Erinnerung. Ich habe versucht, sie dir zu nehmen, doch deine Angst war zu stark. Hättest du auch noch gewusst, dass du diejenige sein würdest …

Ich weiß nicht wie und warum, ich weiß nur, dass ich dich immer geliebt und immer dein Bestes gewollt habe. Du und Magnus seid alles gewesen, was ich hatte. Ich hoffe, ich habe dich nie enttäuscht. Bis auf heute, heute muss ich dich enttäuschen.«

Wieder zögerte Hasdrubal, nicht in der Lage die letzten Zeilen laut auszusprechen.

»Lies.« Maeves Stimme klang tränenerstickt und sie sah ihn nicht an. Selbst als Hasdrubal weitersprach, blickte sie nicht auf.

»Du kannst die Magie der Unsterblichkeit erneuern und ewig machen, wenn du … stirbst.«

Maeve nickte, als habe ein Teil von ihr immer geahnt, dass alles auf ihren Tod hinauslaufen würde. Nun sah sie Hasdrubal an und ihre Augen schwammen vor ungeweinten Tränen um ihr Schicksal – und um das ihrer Schwester.

»Du weißt, was du zu tun hast, Hasdrubal?« Ihre Worte waren leise, aber gefasst, ihr Blick fixierte ihn. »Du musst mich töten.«

33

Joel starrte wie gebannt auf die Menschen, die Koffer zogen, schoben oder trugen. Unmengen an Personen standen an Schaltern, suchten noch passenden Lesestoff für die Reise oder Last-Minute-Geschenke. Das unfreundliche Licht der hellen Neonröhren ließ alles irgendwie unwirklich wirken. Ein Filmausschnitt in 4D – mitmachen inklusive.

»Du warst noch nie auf einem Flughafen?!« Judith konnte sich ein ungläubiges Lachen nicht verkneifen, obwohl sie geglaubt hatte, längst über jeden Humor hinweg zu sein.

Immer noch auf einen Pilotensessel vor dem »Ausblickfenster« geschnallt, dem ihr kleines Traumparadies gewichen war, per Handy mit ihrem Vampir »sprachkontaktlich« verbunden, fühlte sie sich nun bereits seit Stunden wie James Bond auf LSD. Ein Hochgefühl zwischen Hysterie, Dauerlachen und Panik.

»Nein.« Joel drehte sich einmal auf der Stelle und versuchte zu ergründen, was nun zu tun war.

»Die Information«, schlug Judith vor und verfolgte angespannt Joels Annäherung an den Schalter. Erst als der Schmerz in ihrem Zeigefinger sie aufschreckte, konnte sie sich aus dem Bann lösen. Seit Jahren hatte sie nicht mehr an den Fingernägeln geknabbert!

»Wie kann ich Ihnen helfen?« Der junge Mann, der wegen der späten Uhrzeit allein hinter dem Schalter stand und sich bis vor wenigen Sekunden gelangweilt hatte, sah dienstbereit auf.

»Guten Abend. Ich suche eine junge Frau…«

»Ausrufen«, flüsterte Judith.

»… vielleicht können Sie sie ausrufen?«

Der Informations-Mann schien auf mehr Informationen zu warten, so dass Joel improvisierte: »Ich sollte sie vor einer halben Stunde hier abholen, aber sie ist nicht gekommen und per Handy erreiche ich sie auch nicht.« Er schob dem Flughafenmitarbeiter das Foto von Joline zu und staunte über den kurzen Anflug von Verwirrung in dessen Gesicht. Doch als der Mann wieder aufsah, hatte er seine Gedanken wieder unter Kontrolle.

»Name?«, fragte er nur kurz angebunden.

»Joline…« Joel zögerte einen Augenblick, als ihm aufging, dass er den menschlichen Nachnamen von Magnus gar nicht kannte.

»Lilim«, half Judith aus.

»Joline Lilim«, ergänzte Joel und riet ins Blaue hinein, »Sie kennen sie?«

Der Mann hinter dem Tresen schüttelte den Kopf, aber seine roten Wangen verrieten ihn. »Nein, aber sie ist mir aufgefallen – allerdings nicht heute!«

Der Zusatz war in einem vorwurfsvollen Tonfall ausgesprochen worden.

»Sie ist eher gekommen?« Joel spielte den Unschuldigen sehr gut – fand er. Der Mann offenbar auch, denn sein anklagender Blick wurde freundlicher. »Vor zwei Tagen.« Er sah auf die Uhr. »Aber die Zeit stimmt.«

Nur mühsam unterdrückte Joel einen lauten Fluch. Hätte er sich nicht so sehr von Judith ablenken lassen, wäre er rechtzeitig gekommen, um Magnus Plan zu einem guten Abschluss zu bringen.

»Wissen Sie, wohin sie ist? Hat sie sich ein Taxi genommen oder so etwas?«

Als der Mann nicht sofort antwortete, fragte Judith: »Hast du keinen manipulierenden Vampirblick?« Joel war ihrem implizierten Vorschlag nachgekommen, bevor seine Moralvorstellungen dies verhindern konnten.

»Sie war mit einem älteren Mann hier. Ziemlich… verlumpt und irgendwie… staubig… Er hat sich nach Flügen erkundigt… Sie sind nach Italien geflogen und wollten dann weiter…«

»Bist du dir sicher?« Ihr war immer noch übel, weil Joel vergessen hatte, sie während des Vampirflugs unter die Jacke zu packen und allein der Pilotenstuhl hatte sie davor bewahrt sich wimmernd auf dem Boden zusammenzukauern.

»Ja, bin ich mir«, fauchte Joel. Doch inzwischen hatte er jeden Mitarbeiter befragt und sich sogar einige Überwachungsvideos angeschaut und hatte immer noch keine Ahnung, wo Joline abgeblieben war. Der unbekannte Vampir war unbekannt – und unerkannt – geblieben und die Spur der beiden Gesuchten verlor sich auf dem Langzeitparkplatz.

»Sieht aber nicht so aus!«

»Ich bin mir sicher, dass es hier eine Spur von den beiden gibt.« Joel prüfte die Stelle, an der die Videoaufzeichnung die beiden zum letzten Mal gezeigt hatte.

»Sieht aber nicht so aus!« Die männliche Stimme sandte tausend Emotionen – keine einzige davon gut – durch Joels Körper und brachte ihn dazu, aufzuspringen.

»Es war sehr dumm von dir, herzukommen.« Logan trat aus der Dunkelheit, dicht gefolgt von Nemesis, dem rothaarigen Gorgias und der schneewittchenhaften Fee.

»Lieber dumm handeln, als dumm sterben.«

»Dann schlägst du ja gleich zwei dumme Fliegen mit einer Klappe…« Auf Nemesis Zeichen traten andere Vampire aus den Schatten des Parkhauses. Keinen einzigen von ihnen konnte Joel spüren, keine Auren, nichts … nur seine gewöhnlichen Sinne nahmen die Rebellen war.

Der Angriff erfolgte geschlossen und von allen Seiten gleichzeitig, bevor sich Joel von seiner Überraschung erholt hatte. Nur seine Reflexe reagierten und verhinderten, dass er getroffen wurde. Mit Magnus' Schwert in der Hand drehte er sich schneller als je zuvor, bewegte sich in den Zwischenräumen der Angreifer, war immer gerade dort, wo sie nicht waren, nutzte jede Bewegung und bewegte sich zielgerichtet auf Nemesis zu. Ihn würde er als ersten ausschalten müssen. Doch der Vampir war zu schnell, wich aus und schien jeden von Joels Zügen vorherzusehen. Joel spürte die Wut, die ihm schon einmal die Kontrolle über seinen Kampf entrissen hatte, den inneren Irrwisch, der nur ein Ziel kannte; er kämpfte dagegen an, versuchte sich noch stärker zu konzentrieren und endlich nahm er einen Verbündeten wahr, der nicht im Essener Hauptquartier abgeschirmt war. Xylos, in der Nähe, seine Anwesenheit wie eine brennende Fackel in der Nacht. Trotzdem würden er und seine vampirische Begleitung zu Joels Rettung spät kommen – und zu Judiths. Joel gab nach, öffnete sich seinen Instinkten und warf alles Erlernte über Bord.

Die zwei Wurfsterne Magnus' flogen auf eine leere Stelle zu – und trafen Nemesis, der genau zur richtigen Zeit am richtigen Ort auftauchte, an Schulter und Bein. Der Schmerz der silbernen Geschosse lenkte den Anführer der Angreifer lange genug ab. Joel war bei ihm, bevor er die wirkliche Gefahr realisieren konnte. Magnus Schwert bohrte sich in Nemesis' Leib, während Joel ihm das eigene aus der plötzlich gelähmten Hand nahm und der ungläubige Blick des anderen ließ Joels Wut ebenso splittern wie die Flucht von Gorgias und Fee und der geschlossene Angriff der anderen. Er musste einen der Rebellen überleben lassen, um Joline zu finden.

Sekunden später waren seine Wutfetzen in Rebellenvernichtung aufgegangen und er hatte den einzig Überlebenden überwältigt. Triumphierend drückte Joel Logan die Spitze des nicht-magischen Schwertes von Nemesis so fest aufs Sternum, dass sie sich langsam durch die Haut bohrte, während Magnus' Schwert zum Töten bereit am Hals ruhte.

»Wo ist Joline?«

»Ich weiß es nicht!«

»Lügner!« Joel verstärkte den Druck auf Logans Sternum. »Wo ist sie?

»Wer ist Joline und was haben wir verpasst?« Xylos, der eben hinter Joel landete, passte mit seiner guten Laune nicht ganz zu der Aura der allgemeinen Vampirvernichtung, die sich auf dem Parkdeck des Langzeitparkhauses ausgebreitet hatte, war aber genau das, was tiefste Erleichterung in Joel aufsteigen ließ.

Wenn Xylos da war und so gute Laune hatte, musste einfach alles gut werden. Den Druck des Schwertes auf Logan beibehaltend, drehte sich Joel halb zu dem Neuankömmling um und stutzte, als er Sofia neben ihm erkannte – ohne Edward.

Der Anblick der zwei schien auch Logan zu schockieren. Genug, um zu antworten: »Mit…«

Von einer plötzlichen Druckwelle von den Füßen gerissen, wurde Joel Meterweit durch die Luft katapultiert. Die Schmerzen des Aufpralls lähmten ihn für Schocksekunden und noch bevor er reagieren konnte, begann die Luft um ihn herum zu flimmern. Sie brannte förmlich und nur Judiths leiser Aufschrei, der sich mit dem knisternden Lodern vermischte, schreckte ihn rechtzeitig auf, um mit mentaler Kraft seinen Körper daran zu hindern, in Flammen aufzugehen. Doch die Hitze kam näher, kreiste ihn förmlich ein und schob sich Millimeter um Millimeter näher an ihn heran. Seine gesammelte Konzentration konnte daran ebenso wenig etwas ändern wie sein Alter – es war aussichtslos. Langsam drang Müdigkeit in seinen Geist ein, fraß sich durch seine Adern und lähmte seine Seele, schwächte ihn langsam aber kontinuierlich. Er würde verlieren und … Er warf einen Blick zu Xylos, der ebenfalls mit Hilfe der Vampirin all seine Kraft zu kanalisieren schien … vergeblich … Ein plötzlicher, kühlender Windzug sandte einen kleinen Energiestoß durch Joels geschwächten Körper, Judiths Stimme in seinem Ohr wie ein leises Blätterrauschen in der Nacht. Sie redete auf ihn ein, hatte wohl schon eine Weile gesprochen, aber obwohl er sie jetzt hörte, verstand er kein Wort. Sprach sie überhaupt eine Sprache, die er kannte?

Sekunden später war der gesamte Druck verschwunden, die Hitze fort. Joel fiel kraftlos nach vorne und blieb bäuchlings liegen. Selbst als ein Fuß nach seinen Rippen trat, fand er nicht die Kraft, sich zu schützen, konnte sich nur zur Seite drehen, so dass er den Vampir sehen konnte, der zu dem Fuß gehörte. Fetzen, die man nur mit viel gutem Willen als Kleidung identifizieren konnte, bedeckten seinen alabasterfarbenen Körper. Seine Haare wirkten ebenso unwirklich wie sein Gesicht. Statuenhaft, bar jeder Regung. Nur seine Augen zeugten von altem Glanz und gehobenem Status – und machten sein Alter noch deutlicher. Ebenso seine königliche Haltung und seine aristokratischen Züge, auf denen sich eine uralte Wut widerspiegelte, der sich Joel nicht entziehen konnte. Sie glich seiner, ging aber viel tiefer und schien der einzige Grund für das Fortbestehen dieses Wesens zu sein.

Die Angst, die Joel durchflutete, war existentialistisch. »Großer Gott!«

»Artabanos genügt völlig!« Die Stimme war angenehm, das unterschwellige Lachen darin beinahe freundlich. In einem anderen Leben, zu einer anderen Zeit mochte der einstige Berater des Perserkönigs ein humorvoller und vielleicht sogar ein netter Mensch gewesen sein. Doch nichts von alledem spielte jetzt noch eine Rolle. »Töte ihn!«

Logan rappelte sich auf und die Angst in seinem Blick sprach Bände. Trotzdem gelang es dem Vampir, ein »Aber« zu formulieren. Weiter kam er nicht. Der löwenartige Vampir zuckte zusammen, als habe Artabanos ihn geschlagen und für Sekunden konnte Joel die hell gleißenden, mentalen Kräfte sehen, die von dem alten Vampir ausgingen und Logan trafen, bis dieser in die Knie ging. Aber auch in Artabanos Aura zeigten sich die ersten Veränderungen.

»Du wirkst geschwächt…« Joel hatte seinen Gedanken ausgesprochen, bevor sein Gehirn eingreifen konnte. Doch der Alte bedachte ihn nur mit einem Blick, den er sonst für lästige Insekten übrigen haben mochte.

»Das ist nur das Alter – aber das wird sich ändern, sobald ich alle Vampirzwillinge getötet habe und die Unsterblichkeit wiederhergestellt ist.«

Artabanos drehte sich zu Xylos um, meinte jedoch die Vampirin, als er angriff. »Tut mir Leid, um Sofia – und für Sofia!«

Der weiße Blitz war so hell, dass Joel ihn trotz geschlossener Augen wahrnehmen konnte; er überraschte ihn, nicht jedoch die blonde Vampirin. Ihr gelang ein ungelenker Sprung und mit einem leicht violetten Schimmer konnte Joel auch die elementare Magie der Liebe wahrnehmen, die von ihr zu Artabanos reichte, den vampirirschen Bund, der es ihr trotz ihres jungen Alters erlaubte, sich mit einem unberechenbaren Flug in Sicherheit zu katapultieren. Wohin auch immer. Nicht Sofia! Artabanos grollte leise, folgte ihr aber nicht, sondern besann sich auf die beiden wichtigen Feinde in seinem Rücken. Er drehte sich zu Logan und verpasste Joel einen weiteren mentalen Schlag, der ihn beinahe ohnmächtig werden ließ. »Töte sie schnell!«

Dann war er fort – verschwunden in einer Staubwolke.

Joel lachte bitter, ein erstickter Laut, der seine Seele entzweiriss. Vielleicht hatte der alte Vampir Recht, und alle Anstrengung war umsonst gewesen, jeder Plan des Magnus, die gesamte Suche. Vielleicht war die Lösung der Prophezeiung aus der Vampirbibel tatsächlich so einfach und es ging nicht um spezielle Zwillinge, sondern um alle. Er und Xylos würden es nie erfahren. Vielleicht nicht einmal Sofia und ihre … Joel unterdrückte ein Husten … Zwillingsschwester. Blieb nur zu hoffen, dass Judith und Joline seinen Tod überlebten und nicht in Logans Hände gerieten. Mit letzter Kraft gelang es ihm, die magische Kette unter den Kragen seiner Jacke zu schieben und ein kleines Stoßgebet für Judiths Rettung gen Himmel zu schicken. Genau in diesem Moment verklang das Rauschen der unterbrochenen Leitung und Judiths Stimme hallte in seinem Ohr. Sie war laut genug, um auch den dümmsten Vampir aller Zeiten von ihrer Existenz und ihrem Aufenthaltsort in Kenntnis zu setzen.

34

Hasdrubal schüttelte den Kopf, während er einen Schritt zurücktrat. Das konnte sie unmöglich von ihm verlangen. Nicht, nachdem er die Wahrheit kannte und seine Gefühle für sie endlich zulassen konnte.

»Ich kann mich nicht selbst töten, Hasdrubal!« Maeve streckte hilfesuchend ihre Hand nach ihm aus und ließ sie nahezu im selben Augenblick wieder sinken. »Ich kann es einfach nicht alleine!«

»Du musst dich nicht für die anderen opfern.« Hasdrubal legte all seine Sanftmut, jede erdenkliche Geduld und Güte in seine Worte.

»Aber ich will.« Maeve blickte auf und sah ihn an. In ihrem Blick las er eine Willensstärke, die ihm Angst machte, bevor sie wieder zu Boden sah. »Es sind meine Freunde – und es ist meine Schuld, dass Morna tot ist. Ohne mich wären sie alle immer noch unsterblich.« Sie sprach leise und deutlich, als müsse sie sich vor ihm für ihre Entscheidung und die daraus resultierende Tat rechtfertigen.

Wut flammte in Hasdrubal auf. Auf Maeve, Julius und Morna, auf jeden anderen Vampir und vor allem auf sich selbst. Noch vor wenigen Tagen hatte er sich nichts sehnlicher gewünscht als den Tod der Vampirkönigin, hatte gehofft, dass er derjenige sein würde, der sie umbrachte und der Gerechtigkeit des Jenseits zuführte.

Jetzt wusste er es besser. Maeve war unschuldig.

Ihr ganzes Leben war sie verraten und ausgenutzt worden, und nun wollte sie das Wenige, was ihr blieb – ihr Leben – für andere opfern. Und dass sie es tun würde – mit ihm oder ohne ihn – konnte er an ihrem trotzig erhobenen Kinn erkennen, an der Art und Weise, wie sie ihren Kopf hielt. Betrübt, aber nicht geschlagen. Sie würde sich tatsächlich opfern. Aber für wen?

»Wer?« Hasdrubal musste sich zusammenreißen, um Maeve nicht zu schütteln. Niemand, nicht ein einziger der Vampire war es wert, dass sie sich umbringen ließ. »Wer von ihnen ist ein Freund? Wer von ihnen ist es wert, dass du dich opferst?«

»Sofia, Edward, Xylos, Joel ...« Sie strich mit der Hand durch die Luft, als prüfe sie deren Konsistenz. »... Melanie und die Tochter meines Bruders.« Sie lächelte ein erschreckend trauriges Lächeln. »Sie alle verlassen sich darauf, dass ich das Richtige tue.«

»Und was ist mit dir?« Hasdrubal zwang sich wieder zur Sanftmut. Er musste ihr klar machen, was noch alles vor ihr lag. Dass es mehr Gründe gab zu leben als zu sterben.

»Was soll mit mir sein?«

»Willst du denn gar nicht mehr leben?« Hasdrubal strich ihr mit dem Handrücken über die Wange. Eine sehr behutsame Geste, als berührte er ein unmündiges Kind, das kein Recht auf eigene Entscheidungen hatte.

»Für mich ist es zu spät.«

»Es ist nie zu spät.« Hasdrubal lächelte, doch seine zitternden Finger an ihrer Haut verrieten ihn. Maeve hob ihre Rechte und legte ihre Finger über seine.

»Ich habe Jahrhunderte gelebt, Hasdrubal. Jahrhunderte, die mich nicht glücklich gemacht haben.«

Hasdrubal entzog ihr seine Hand, hilflos angesichts seiner ohnmächtigen Wut. »Du hast nicht gelebt! Du bist hast dahinvegetiert und hast gelitten.« Er schlug knapp an Maeve vorbei gegen die weiß getünchte Wand. Felsen, die jahrhundertelang Grundlage für stabile Wohnungen gewesen waren, bebten unter der Wucht des Schlages, absorbierten aber einen großen Teil seiner Wut. »Es ist nicht fair!«

Er schloss die Augen. Sie hatte so viel durchgemacht und war immer wieder enttäuscht worden. Von den Menschen und Vampiren, die sie liebte. Sie hatte viel riskiert und immerzu verloren.

»Es ist niemals fair.« Ihre Stimme war sanft und einfühlsam, schmeichelte seinem Herzen und seinem Verstand.

Und was ist mit mir? Was ist mit uns? Sein Herz wollte schreien vor Verzweiflung. Aber er wusste, dass es nicht mehr möglich war. Auch er hatte sie verraten, war bereit gewesen zu urteilen, bevor er alle Fakten kannte und hatte sich mit ihren Feinden verbündet und sie töten wollen. Nun war es zu spät für ihn, zu spät für die Liebe, die er für sie empfand. Er war mindestens so schuldig wie sein Bruder. Die Ironie schrie zum Himmel. Er konnte fühlen, wie etwas seine Wangen hinab lief und griff danach.

Tränen.

Verwundert betrachtete er die Feuchtigkeit und drehte seine Finger, als könnte er sich dadurch von seinen Gefühlen und ihrer Manifestation befreien. Maeve fing Hasdrubals Hand ein und als er sie nicht sofort aus ihrem Griff befreite, führte sie sie an ihren Mund und leckte die Träne von seinem Finger. In ihren Augen lag Bedauern.

»Es hätte alles anders sein können.« Hasdrubal wunderte sich, dass seine eigene Stimme so fremd klang. Wenn sie ihn doch nur vor seinem Bruder geliebt hätte!

»Wir machen uns unsere Prophezeiungen selbst.« Maeve führte seine Hand an seinen Schwertknauf.

»Und dann sorgen wir dafür, dass sie sich erfüllen.« Hasdrubal entzog sich ihrem Griff, sanft aber bestimmend.

»Du musst es tun, Hasdrubal. Du musst«, flehte sie. »Ich opfere mich auch für dich.«

Sie stellte sich auf die Zehenspitzen und gab ihm einen leichten Kuss auf den Mund. Unschuldig und ohne intime Bedeutung, die sanfteste Berührung, die er je gespürt hatte – und die intensivste. Seine Verzweiflung schlug in eine Wut um, die stärker war als alles, was er bislang empfunden hatte.

»Wage es nicht, Maeve!« Er schob sie von sich fort. »Wage ja nicht, zu behaupten, dass du es für mich tust!« Er trat einen weiteren Schritt zurück. »Du tust es für dich, um dein Gewissen zu beruhigen. Du hast Morna getötet, ja und? Sie mag vor Jahrhunderten ein toller Mensch gewesen sein, voller Liebe und Opferbereitschaft – und sie hat damals die richtige Wahl getroffen. Trotzdem hat deine Schwester ihre Wahl nicht ertragen. Sie hat sich in der Zeit danach in eine psychopathische Hexe verwandelt, zerrissen von Liebe und Hass, Schuld und Angst. Getrieben von der Prophezeiung eurer wahnsinnigen Mutter!«

Hasdrubal wusste, dass er die Wahrheit sagte, trotzdem tat es ihm leid, Maeve so unsanft die Scheuklappen von den Augen reißen zu müssen.

»Und die Vampire? Die Vampire leben lange genug. Niemand muss unsterblich sein. Ein paar Jahrhunderte und dann ist Feierabend. Sie leben fünfmal so lange wie ein normaler Mensch! Wann ist genug wirklich genug, Maeve?«

Er zog sie in seine Arme und hielt sie fest genug, um ihr zu zeigen, was er wollte: Sie halten und schützen. Notfalls auch vor sich selbst.

»Ich könnte es nicht ertragen, sie sterben zu sehen.« Ihre Stimme war nur ein leiser Hauch.

»Aber so ist der Lauf der Dinge, Maeve. Tiere sterben, Menschen sterben und wir? Wir sterben auch.«

»Nein!« Sie löste sich aus seinen Armen. »Nicht, wenn ich es ändern kann!«

Hasdrubal ließ seine immer noch erhobenen Arme sinken, als sich die Vampirkönigin vor ihm auf den Boden kniete.

»Du. Musst. Mich. Töten!« Ihre Worte waren ebenso eindringlich wie ihr Tonfall beschwörend.

Hasdrubal spürte, dass er verloren hatte. Nichts, was er gesagt hatte oder noch sagen würde, konnte Maeves Entscheidung ändern.

»Warum ich?« Er zog sein Schwert und betrachtete es, während er auf eine Antwort wartete.

»Weil ich nicht von irgendwem getötet werden möchte. Ich möchte, dass das Letzte, was ich sehe, ein Vampir ist, den ich liebe.«

Er ließ sein Schwert wieder sinken. Wie sollte er sie töten und das überleben können?

»Hasdrubal?« Maeve sah flehend zu ihm auf und er begriff, dass er es nicht überleben konnte und auch nicht wollte. Aber er würde es tun. Wenn sie es so sehr wünschte, würde er es tun und gemeinsam mit ihr sterben. Er schloss die Augen, als er seine Entscheidung traf und sie in Worte fasste:

»Dem Henker steht ein Preis zu.«

»Was?«

Maeve klang entsetzt und schien seine Forderung kaum glauben zu können. Hasdrubal öffnete die Augen und sein Blick bohrte sich in ihren, als er seinen Plan verdrängte und in eine Halbwahrheit formulierte.

»Du weißt, was mit allen Vampiren passiert ist, die dich töten wollten? Ich weiß nicht, ob ich es überleben werde, also will ich einen Preis.«

»Welchen?« Sie klang zu recht argwöhnisch.

»Das, was ich am meisten begehre und liebe.«

Maeve sah ihn stumm an und schien nicht zu begreifen, was er von ihr verlangte.

»Dich.« Das Schwert neben sich legend kniete er sich zu ihr. »Ich will dich für eine Nacht.«

Maeve blinzelte und benötigte einige Sekunden, um das Gehörte zu verarbeiten.

»Ich kann das nicht«, sagte sie, doch ihre Stimme klang atemlos und hektische rote Flecke zierten ihre Wangen.

»Du hast es doch schon.« Hasdrubal lächelte ein neckendes Lächeln.

Maeve leckte sich nervös mit der Zunge über die Lippen. »Aber …«

»Kein aber.«

Er strich mit seinem Daumen über ihre volle Unterlippe und öffnete mit sanftem Druck ihren Mund ein wenig. »Ich will dich für mich ganz allein. Bei vollem Bewusstsein.«

Sein Finger glitt sanft über die empfindsame Haut ihrer Lippen und allein diese Berührung ließ kleine, elektrische Impulse durch seinen Körper fließen.

»Ich will deine Lust trinken, in deinen Schreien baden und einmal besitzen, was ich mein ganzes Leben lang begehrt habe.«

Obwohl Maeve unter seinen Berührungen zitterte, konnte Hasdrubal erkennen, dass sie fasziniert war. Sogar sehr.

»Eine Nacht mehr oder weniger ... was spielt das für die Unsterblichkeit für eine Rolle«, lockte er. »Und du hast das Versprechen, dass ich dich töten werde – wenn du es dann noch wünschst.«

Maeve lächelte ob der Hoffnung, die in Hasdrubals Worten mitschwang und die sie in seinem Lächeln sah. Glaubte er wirklich, sie würde ihre Entscheidung revidieren? Glaubte er, so gut im Bett zu sein? Dass er ihr nach Julius und all den Liebhabern in ihren wahnsinnigen Jahrhunderten etwas Neues bieten konnte?

Als sie ihm in die Augen sah, begriff sie. Es ging ihm nicht um Lust, es ging um Liebe. Er hoffte, dass sie sich für ihn umentscheiden würde, weil er sie liebte.

Tief in ihr weinte das Mädchen, das sie einmal gewesen war. Das Mädchen, das so viel Liebe zu geben und sich an den falschen Mann gebunden hatte. Unwiderruflich und für den Rest der Ewigkeit.

»Es ist zu spät.«

Maeve hob ihre Hand und strich zärtlich über Hasdrubals Wange. Ja, sie liebte ihn, hatte ihn immer geliebt, aber es würde niemals so sein wie mit Julius – er und der Bund standen zwischen ihnen, und selbst, wenn das Schicksal nicht ihren Tod vorgesehen hätte, würde ihre Liebe niemals tief und wahrhaftig bedeutsam sein können. Sie lächelte und legte all ihre Liebe und Hingabe in ihre Berührung. Hasdrubal sollte wissen, dass sie es bedauerte, dass sie an einem anderen Ort zu einer anderen Zeit eine andere Wahl getroffen hätte. Eine weisere Wahl.

Er schien zu verstehen, denn er zog sie zu sich und küsste sie sanft. Seine Lippen waren weich, die weichsten und vollsten Männerlippen, die sie je zärtlich geküsst hatte.

»Ist das ein Ja?«

Hasdrubals Stimme klang rauer als sonst und als sie nickte, verwandelte sich der Kuss in etwas anderes. In ein Versprechen, geboren aus Vergangenheit und Zukunft, direkt in eine Gegenwart hinein, in der nur sie beide existierten. Die ohnehin sinnliche Anziehungskraft zwischen ihnen wurde noch intensiver, prickelte auf ihrer Haut, in ihren Zellen, ließ einen Schauer flammender Hitze durch ihre Adern brennen und bewirkte, dass sich ihre Brustwarzen aufrichteten. Seine Zunge glitt zwischen ihre Lippen, berührte sie mit einer Fülle, die sie schwindeln ließ. Mit ihren Bewegungen imitierte sie den Liebesakt und versetzte ihren Unterleib in Schwingungen. Maeve griff nach dem Karthager, doch er fing ihre Hand noch in der Luft ab, verschränkte seine Finger mit den ihren und drückte sie derart gefangen nach hinten, während er seinen Körper halb über sie schob.

Dann ließ er von ihren Lippen ab, übersäte ihr Gesicht mit kleinen Küssen. Zauberhaft verlockenden Küssen, die von seiner Liebe zeugten, davon, dass er sie verehrte und gewillt war, mehr zu geben als zu nehmen. Tatsächlich nahm er sich die Zeit, ihre Tunika langsam aufzuknöpfen, während er Kuss um Kuss auf ihren Leib platzierte und sie beinahe andächtig von dem Stoff befreite. Maeve zuckte zusammen, als sich die Küsse veränderten, fester wurden und mit jeder Bewegung Hasdrubals Vampirzähne über ihre Haut fuhren. Sanft, aber als Versprechen auf Kommendes. Ein kurzer Zungenschlag traf ihre Brustwarze, die sich augenblicklich noch mehr verhärtete. Sein Mund schloss sich um den Nippel und reizte ihn durch immer schneller werdende Zungenschläge.

Süße Schauer der Lust liefen durch Maeves Adern und trafen sich in dem winzigen, aber vehement pochenden Knötchen zwischen ihren Beinen. Hasdrubals leises, triumphierendes Lachen vibrierte in Maeves Unterleib und versetzte sie erneut in Schwingungen. Nein, es war nicht neu, was Hasdrubal tat – aber er tat es gekonnt. Eine offensichtliche Huldigung an sie und ihren Körper.

Als er sich mit einer Hand von Hemd und Hose befreite, drückte sie ungeduldig ihren Rücken durch und streckte sich ihm entgegen.

»Langsam, meine Schöne.«

Leise lachend legte ihr Hasdrubal die Hände über die Augen und schloss behutsam ihre Lider. Maeve gehorchte, während sie das Gefühl, Haut an Haut mit ihm zu sein, intensiv wahrnahm und genoss. Hände berührten ihren Körper, so schnell und so intensiv, dass sie das Gefühl hatte, es müsse sich um mindestens drei Handpaare handeln. Sie gab einen überraschten Laut von sich, aber zu ihrer Überraschung hatte Hasdrubal immer noch eine Hand vor ihrem Gesicht und hinderte sie am Sehen.

»Es kommt nicht auf die Größe an …«, scherzte er, da er mit ihrer Reaktion gerechnet hatte.

»Sondern auf die Anzahl der Hände?« Ihre flatternden Nerven beruhigten sich, als sie sich daran erinnerte, dass man vampirische Fähigkeiten unterschiedlich nutzen konnte.

»Auf Technik und Geschwindigkeit«, vollendete der Karthager und nahm die Hand von ihren Augen. »Vertraust du mir?«

Sie sah Hasdrubal an und die Zeit schien plötzlich still zu stehen. Sinnliches Verlangen erfüllte die Luft im Raum, beschleunigte ihren Puls, schärfte die Sinne und spannte ihre Nerven an.

»Das tue ich.«

»Dann lass mich.« Sein Tonfall war ebenso flehend, wie sein Gesichtsausdruck. »Bitte, lass mich.«

Maeve schloss die Augen und schenkte ihm ein Lächeln, während sie sich innerlich für die nächste Berührung wappnete. Hände! Kalte, warme und heiße Hände, die in unterschiedlicher Geschwindigkeit und Reihenfolge ihren Körper berührten , über ihre Haut strichen, sich zu trennen und zu berühren schienen, obwohl die eine bereits weg war und nur noch eine heiße Spur auf ihrer Haut, in ihren Adern nachglühte, während die andere einen Moment länger liegen blieb und sich in ihr körpereigenes Temperaturgedächtnis einbrannte.

Eine Illusion, vollkommen und köstlich.

Sie überforderte selbst Maeves geschärfte Sinne, versetzte sie in einen Taumel und verschmolz zu einem Wirbel der Liebkosungen, trieb sie auf einen Höhepunkt zu.

Immer mehr Finger glitten über ihre Schenkel, tanzten über ihre Brüste, streichelten und forderten, bis sie schließlich ihre Beine spreizte, um den neckenden Händen mehr Spielraum zu gewähren. Eine Hand umschloss ihren Hals und übte sanften Druck auf ihre Halsschlagader aus, während ein Finger in ihre Scheide glitt, in die warme Feuchtigkeit tauchte und wieder herausgezogen wurde. Sie konnte die Aura spüren, die Hasdrubal selbst hinter geschlossenen Augenlidern sichtbar machte, die vorsichtige Bitte, als seine Gedanken sich auf einen Teilaspekt fokussierten, den sie ihm eigentlich hatte abschlagen wollen. Sie nickte und gab ihm die stumme Einwilligung zu einem Biss.

Er überwältigte sie!

Hatte sie sich eben noch trotz aller Sinnlichkeit unter Kontrolle gehabt, zerfetzte das Durchdringen ihrer Aura, ihrer Haut alles, was sie bislang als Mensch und Vampirin ausgemacht hatte. Hasdrubal war in ihr, über ihr, in ihren Gedanken und in ihrem Körper.

Schlag um Schlag floss ihr Blut in seine Adern, brannte durch seine Zellen und wurde zu einem Teil von ihm. Maeve stöhnte, konnte sich nicht daran erinnern, jemals so leidenschaftlich lustvoll erregt gewesen zu sein. Und biss ebenfalls zu.

Sein Blut war himmlisch! Aphrodisierend und bittersüß, so als tränke sie vom Gott der Liebe.

Maeve ließ ihre Finger über Hasdrubals Schultern gleiten, über seine Brust nach unten, bis sie eine Hand um seinen erigierten Penis schließen konnte. Als sie begann, ihre Hand zu bewegen und den Druck ihrer Finger zu ändern, nahm der Finger in ihrem Schoß den Rhythmus auf, fingerten sie im selben Takt, den sie benutzte, um ihn zu reizen.

Ein weiterer Finger glitt in sie hinein, füllte sie aus und verdoppelte den Umfang, den Hasdrubal in sie hinein und hinaus gleiten ließ. Maeve stöhnte. Sein Handballen bewegte sich auf ihrer Klitoris, während die Finger einen Punkt in ihrem Inneren trafen und ihrem Körper einen Schwall Feuchtigkeit entlockten. Der Orgasmus traf sie völlig unvorbereitet, eine Woge, die ihre Muskeln spastisch krampfen ließ. Doch Hasdrubal gab ihr keine Chance zu genießen und das langsame Abklingen der Woge als Verschnaufpause zu nutzen. In immer schnellerem Rhythmus glitten seine Finger hinein und hinaus. Schließlich jagten Anspannung und Entspannung in so rascher Folge durch ihren, dass sie ihren Biss löste, aufschrie und sich von ihm zu lösen suchte.

Hasdrubal drückte sie gegen seine Brust und ihr erhitzter Körper schmiegte sich instinktiv an seinen. Er verbarg sein Gesicht in ihrem Haar. »Ich wollte dir keine Angst machen.« Besänftigend streichelte er ihren Rücken. »Ich habe schon so lange von dir geträumt, mir vorgestellt, wie du dich anfühlst«, er ließ eine Hand über ihre Hüften und wieder zwischen ihre Schenkel gleiten, »wie fantastisch es sein würde.«

Er küsste sie zärtlich und ließ sie seinen Hunger nach ihr spüren. Einen Hunger, der weit über jedes körperliche Bedürfnis hinausging und noch anhielt, als er sich über sie schob. Langsam ließ Hasdrubal seine Eichel zwischen Maeves feuchte Schamlippen gleiten; vor und zurück, bis er sich selbst nicht mehr zurücknehmen konnte. Als er in sie eindrang, füllte er sie so tief aus, dass Maeve vollkommen von ihm erfüllt war. Sie konnte ihn in ihrem ganzen Körper spüren.

Mit geschlossenen Augen und gefangen in wollüstigem Genuss, spürte Hasdrubal, wie Maeve sich fest um ihn schloss. Sein Gesicht vor Leidenschaft angespannt, konnte er nicht einmal mehr selbstgefällig lächeln. Nicht einmal ansatzweise.

Sie brauchte ihn jetzt tief und er kam ihrem Wunsch nach, indem er ihre Beine nach oben nahm und so den Winkel änderte. So konnte er sie länger in dem Netz des besinnungslosen Liebestaumels gefangen halten, das er bereits um sie gewoben hatte. So lange, dass sie nicht mehr denken konnte, bis sie nicht mehr den Willen und die Kraft besaß, sich ihm zu widersetzen, wenn er seinen Plan in die Tat umsetzte.

Also liebkoste er sie, innen wie außen, benutzte seinen Körper, seine Hände und brachte bewusst und gewollt all seine Geschicklichkeit auf, um sie tiefer in die Verzückung zu treiben. Und die ganze Zeit über füllte er Maeve aus, bewegte sich in einem langsamen, gleichmäßigen Rhythmus, der dafür sorgte, dass er sie sowohl befriedigte, als auch hungrig auf mehr machte. Sodass sie im Genuss des Moments schwelgte und bereit sein würde, ihm ihre Seele zu verkaufen. Hasdrubal hob ihren Po leicht an und veränderte Geschwindigkeit und Stoßkraft.

Eine neue Woge der Lust schlug über Maeve zusammen und ließ Blitze hinter ihren Augenlidern aufzucken, die bis tief in ihr Inneres drangen. Die Woge ließ Vergangenheit bersten, Gedanken splittern und Emotionen entflammen. Heiße Leidenschaft pulsierte durch jeden Augenblick, durch jede Ader und jede Zelle. Maeve wurde von der Flut mitgerissen, hinein in die pure Hitze des Momentes und spürte, wie sie ihn in ihrem Innersten willkommen hieß – in ihrem Körper und in ihrem Herzen.

Sie wusste, dass es gefährlich war. Sie sah den gähnenden schwarzen Abgrund, den Julius in ihre Existenz gerissen hatte. Aber das Verlagen, das Hasdrubal antrieb, die pure Sehnsucht, die ihn immer wieder und wieder in sie hineintrieb, hatte sie beide gleichermaßen gepackt. Sie keuchte seinen Namen.

Hasdrubal beugte sich vor und trank ihn förmlich von ihren Lippen.

Noch während die nächsten Wellen des Orgasmus anrollten, biss er Maeve abermals. Dieses Mal ohne zu fragen und ohne Vorsicht. Er drang in ihren Geist ein, in ihre Gedanken und Erinnerungen – und ließ los. Genau in diesem Moment, in dem ihr Orgasmus auf ihn ausstrahlte und den Vampir mit sich riss. Die Verbindung, nun losgelöst von Julius und offen für ihn, brannte sich durch seinen Körper, bahnte sich einen Weg zu dem Teil seines Geistes, der die Magie der Vampire enthielt. Es war wie eine blendend weiße Hitze, die in ihm tobte und in einem Blitz erhöhten Bewusstseins aufbrach. Es war die unglaublichste Empfindung, die er jemals erlebt hatte.

Plötzlich konnte er Maeves Vergnügen fühlen, konnte sogar spüren, wie die kleinen Entladungen, die seine Fülle immer noch in ihre verursachten, durch die Muskeln ihrer Vagina krampften, und zog Maeve zu sich, um sie in seine Arme zu schließen. Zum ersten Mal seit Jahrhunderten fühlte er inneren Frieden.

35

Joel hasste Logan mit jedem Schritt, den dieser näherkam, mehr. Doch sein Hass konnte Judith nicht helfen und seinen Körper nicht dazu bringen, sich zu rühren. Hilflos musste der Herrscher der Schatten zusehen, wie sich Logan zu ihm beugte und das »In-Ohr-Headset« beäugte. Joels Sinne waren bis zur Belastungsgrenze angespannt, er wagte es nicht einmal Luft zu holen, um Logan nicht durch seine Atembewegung auf die Kette aufmerksam zu machen.

Eine unbegründete Achtsamkeit, denn Judiths Stimme klang erneut aus dem Headset – näher an Logans denn an seinem eigenen Ohr. »Verdammt Joel, hol mich wieder aus der Jacke raus!«

Joels Hoffnung zerfaserte bei dem plötzlich triumphierenden Lächeln Logans und machte einem dumpfen Gefühl Platz, das sich durch seine Eingeweide fraß. Er hatte Judith nicht schützen können – und alles andere spielte keine Rolle mehr; würde es nie wieder tun.

»Eine kleine Freundin, Joel?« Logan ließ seine langen, schlanken Finger über Joels Hals gleiten – eine unangenehme Berührung –, bis er die Glieder der Kette fand und sie unter dem Mantel hervorziehen konnte.

»Du hast einen guten Geschmack!« Mit einem amüsierten, sardonischen Lächeln strich Logan andächtig über die Perle, hinter der Judith ihm entgegensah.

»Sie ist nur eine Frau…« Joel gelang es, seine Lippen zu bewegen, seine Stimme war nur ein Hauch, aber Logan hatte ihn gehört, und für einen Moment klammerte sich der Herr der Schatten an die unwahrscheinliche Möglichkeit, dass Logan ihm glaubte.

»Wo ist meine Zwillingsschwester?«

Joel stöhnte leise, als sich der Kloß in seinem Inneren verdichtete, und er Xylos ungläubigen Blick einfing. Er tat alles, um Judith in Sicherheit zu bringen … und sie sagte das Falscheste, was sie nur sagen konnte!

Judith triumphierte, als sie den Gesichtsausdruck des bösen Vampirs sah. Sie hatte gewonnen und seine Aufmerksamkeit. Die Frage war gut genug gewesen, um ihn von Joel und dem anderen abzulenken. Das einzige, was zählte!

»Zwillinge?«

Der Vampir löste die Kette von Joels Hals und hielt sie höher und mehr ins Licht, als könne er das Gehörte besser begreifen, wenn er es besser sehen konnte. Schließlich wanderte sein Blick zu Joel. »Sind sie die zwei, die sterben müssen?«

Joel schaffte ein Kopfschütteln, bevor Logan sein Schwert zog.

»Wir sind die zwei, die wissen wo das Artefakt ist, das Magnus gestohlen hat.« Judiths Stimme klang seltsam belustigt und ihre Worte sandten ohnmächtige Wut, hilfloses Entsetzen und pure Panik zu gleichen Teilen durch Joels Körper. Was tat sie nur? Sie provozierte Logan, ausgerechnet!

Als Logan sich wieder der Perle und dem Headset zuwandte, und Judith abermals leise und hochmütig lachte, verdichtete sich der Knoten in Joels Eingeweiden noch mehr. Sie tat es für ihn! Um Logan abzulenken.

Sie musste damit aufhören; ihn opfern, nicht sich. Sie musste es so machen, wie Claire es damals getan hatte. Mit einem Unterschied: für Judith würde er gerne sterben, freiwillig. Doch er bekam kein einziges Wort der Warnung heraus, hatte keinen klaren Gedanken, den er ihr übermitteln konnte.

»Wo ist Magnus?« Logan hielt den Anhänger noch höher.

Judith schüttelte stumm den Kopf, ihr Gesichtsausdruck eine einzige offene Herausforderung.

Logan schloss kurz die Augen, doch worauf auch immer er sich konzentrierte, es funktionierte nicht. Joel war erleichtert.

»Wo ist das Artefakt?«

»Bei mir!«

Joel stöhnte. Wegen der Perle konnte er Wahrheit und Lüge nicht mit Hilfe seiner Vampirsinne erkennen, aber ihre Lüge war so offensichtlich, dass Logans Hereinfallen beinahe eine Beleidigung war. In einer Sekunde stand der Vampir neben ihm, das Schwert drohend erhoben, in der nächsten war er verschwunden. Ein Schemen in einer fallenden Kette.

Judith, immer noch den Telefonhörer in der Hand, starrte den blonden Chipendale-Vampir entsetzt an. All ihre Gedanken und Gefühle implodierten in einem Augenblick voller Schrecken und ließen sie nahezu leer zurück. Genau bis zu diesem Augenblick waren all ihre Überlegungen und Pläne gegangen – weiter hatte sie nicht gedacht.

Jetzt war Joel in Sicherheit … aber was war mit ihr? Sekundenlang musterte sie ihn und offenbar ging auch er ebenso wie sie sämtliche Möglichkeiten und Alternativen seines weiteren Vorgehens durch. Dann spürte sie seinen mentalen Griff nach ihrem Bewusstsein, nach der Schutzhülle, die sie um ihre Seele gelegt hatte, und drückte zu. Judith konnte den Schmerz in jeder Faser ihres Körpers spüren und schlug ebenso körperlich zu.

Zu ihrer Überraschung erstarrte der Vampir und trat zurück, um sie zu mustern. Das Lächeln auf seinem Gesicht war das Fürchterlichste, was sie in ihrem ganzen Leben je gesehen hatte.

»Also, wo ist das Elixier?«

»Elixier? Welches Elixier? Ich dachte, es ist ein Artefakt?«

»Magnus hat es getrunken,« Joels Stimme aus dem Hörer klang sehr leise. Logan legte auf, bevor er einen Schritt auf Judith zutrat.

»Und du?«

Unwillkürlich wich sie zurück. Doch es war weder Logan noch die unausgesprochene Drohung in seinen Worten, die sie ängstigten, sondern das Begreifen. Magnus' Plan und nebenbei geschehene Dinge passten plötzlich zusammen, ergaben ein Gesamtbild und einen ganz neuen Sinn. Das letzte gemeinsame Essen, der merkwürdige Geschmack des »ganz speziellen Rotweins«, den nur sie als solchen empfunden hatte, viel zu süß für einen lieblichen Moselwein, hatte sie noch Stunden danach das Gefühl gehabt, ihn auf der Zunge zu spüren. Ihr war ziemlich schnell ziemlich schwindelig geworden. So als sei sie betrunken – oder als habe jemand die Tür zu einem neuen, größeren Bewusstsein aufgestoßen und alle Informationen, alles Wissen und Können sei mit einem Mal über sie hergefallen.

Das Begreifen machte sie wieder schwindelig. Sie hatte das Zeug getrunken! Es hatte sie verändert – nachhaltig! Das Bewusstsein, die Informationen und das Wissen und Können war nicht verschwunden, sondern immer noch da… Joel! Er musste es erfahren, bevor es zu spät war!

Dieser Gedanke, klar und unumgänglich, riss Judith aus ihrer Lähmung. Sie fühlte eine Entschlossenheit, die bisher tief in ihrem Inneren geruht hatte. Sie blickte verblüfft auf, und etwas von dem neuen Wissen musste auf ihrem Gesicht zu lesen gewesen sein, denn auch Logan wirkte entgeistert.

Sie würde sich nicht aufhalten lassen und es gab nichts, was der Vampir dagegen tun konnte! Die Gewissheit war da, angenehm, beruhigend. Judith atmete tief durch, konzentrierte sich auf ihre Gewissheit und verließ die magische Perle.

Das kurze Ziehen, das ihre gesamte Existenz mit einbezog, war schmerzhafter, als Judith befürchtet hatte; es zerrte an jeder Faser ihres Körpers und streckte ihre Seele, bis sie nicht mehr wusste, wo sie aufhörte und die Welt begann. Sekunden nach ihrem Auftauchen in der normalen Außenwelt, materialisierte sich der blonde Vampir ebenfalls. Seine Haltung und sein Gesicht mit den gebleckten Zähnen zeugten nicht nur von einfacher Wut, sondern waren animalisch, bar jeder Vernunft und bar jeglichen menschlichen Gefühls. Sie wusste, er wollte sie nicht nur beißen, sondern aussaugen und vernichten – komplett.

In ihrem Unterbewusstsein regten sich das Wissen und die fremde Macht; Judith konnte das silberne Gleißen sehen, das sich einen Weg aus ihrem Körper brach, den Vampir einschloss und … er ging in die Knie … transformierte.

Als das Gleißen verschwand, sprang er auf, sein Körper wieder menschlich und zu langsam für Logans Absichten; nur nur langsam zeichnete sich das Begreifen in seinem Gesicht ab.

Judith hielt sich die Ohren zu und schloss die Augen, als sie das Blut in roten Linien in seinen Adern pulsieren sehen und hören konnte, in jeder Zelle seines Körpers. Doch noch immer war es zu laut, noch immer konnte sie Auren sehen, das Fließen und Ineinander übergehen von Linien und Farben, ein Kaleidoskop an Eindrücken, welches nicht für menschliche Sinne bestimmt schien. Hinter geschlossenen Augenlidern konnte sie sehen, dass Logan seinen Schock überwunden hatte und näher kam. Menschlich aber bedrohlich.

Wie lange würde sie ihn noch in Schach halten müssen? Sie öffnete die Augen und sah sich nach Joel um. Doch dessen Blick war nicht wie erwartet gequält oder besorgt, sondern entsetzt. Er traf sie bis ins Mark, schockierte sie und ließ ihr Innerstes förmlich gefrieren.

»Du bist eine Hexe!« Die Anklage in seinen Worten, zusammen mit seinem Versuch, zu fliehen, vor ihr zu fliehen, waren mehr, als Judith verarbeiten konnte. Sie wandte sich Logan zu, der sich ihr immer noch näherte. Menschlich langsam zwar, aber unerbittlich.

»Joel?« Judith wich vor dem Angreifer zurück, so dass sie jederzeit hinter eines der geparkten Autos fliehen konnte, und versuchte Joels Blick einzufangen. Er sah sie nicht an, und mit einem Mal war sich Judith nicht mehr sicher, ob Joel ihr gerade nicht helfen konnte – so wie der blonde Vampir, der sich noch immer nicht aus Artabanos mentalem Netz befreit hatte – oder es schlichtweg nicht wollte.

Instinktiv sprang sie rechtzeitig zur Seite, als Logan ungelenk nach ihr hieb, und schwächte ihn durch einen weiteren mentalen Stoß, so dass er zwischen Joel und ihr in die Knie ging, nicht mehr in der Lage sich zu bewegen. Selbst dann nicht, als sie auf ihn zuging.

Das Entsetzen in Joels Augen wurde noch größer, seine Miene eine einzige Anklage, als er torkelnd auf die Beine kam und zwei Schritte zur Seite machte, um Logan weiterhin zwischen ihr und sich zu haben.

Joel konnte es nicht fassen!

Sie hatte ihn belogen. Von Anfang bis Ende war alles eine Lüge gewesen. *Oh ja,* dachte er und erinnerte sich an ihre Sanftheit und die Art und Weise, wie sie ihm ihre Zuneigung gestanden hatte – um ihn abzulenken, auszunutzen und ihn bei der erstbesten Gelegenheit zu verraten. *Und ich Dummkopf bin nur zu gerne darauf hereingefallen.*

Erneut konnte er die Schmerzen fühlen, die Nägel in seinem Fleisch, die Litanei und Gebete ebenso hören wie Claires Lachen, weil sie genau das war, wessen sie angeklagt worden war und sie doch jeglichen Verdacht auf ihren Geliebten hatte abwälzen können. Erst nach zwei qualvollen Tagen am Kreuz hatte er aufgehört, nach Gründen zu fragen, vergessen nach Antworten zu suchen, verbrannt von der glühend heißen Sonne, verdurstend und zu schwach, die Ursache seines Leidens weiter zu verfluchen. Erst dann war sie gegangen, hatte ihn sterben lassen; jämmerlich und allein, bis Magnus gekommen war. Ausgerechnet! Joel hatte es nicht für möglich gehalten, doch der Fakt, dass ausgerechnet Magnus ihn an eine Hexe verraten hatte, schmerzte beinahe noch mehr als der von Magnus' Hexentochter. War nicht nachvollziehbar, nicht entschuldbar.

»Wie konntest du mir das antun?«, formulierte Joels Mund tonlos und obwohl er Magnus meinte, schaffte er es doch, mit diesem lautlosen Satz Judiths Erklärung zu unterbinden. Er wollte sie auch nicht hören, keine Erklärung, keine Verteidigung, keine weiteren Lügen.

»Ich habe es nicht gewusst!«

Joel schüttelte den Kopf. So ehrlich, so unschuldig – und so verdammt verlogen. Dieselbe Unschuld hatte Claire ausgestrahlt, bevor sie ihn an ihrer statt ans Kreuz der Inquisition geliefert hatte, dieselbe Ehrlichkeit Morna, wenn sie versprach, was sie nie zu halten gedachte. Erst im zweiten Moment begriff Joel, dass sich Judiths Worte nicht nur auf ihre Hexenfähigkeiten bezogen, sondern auch auf Claire und seine Vergangenheit. Sie musste das Wissen direkt aus seinen Gedanken und Erinnerungen gestohlen haben. Ein Fakt, der ihn – zusammen mit ihrem verständnisvollen und mitleidigen Blick – noch wütender machte.

»Hexe!« In dem einen Wort klang alles mit, was er empfand. Wut, Abscheu, Angst und Selbstzweifel.

»Joel, bitte!«

Zu einer anderen Zeit, an einem anderen Ort und mit einer anderen Vergangenheit, hätte ihn Judiths Gesichtsausdruck gerührt und ihn beeinflusst, doch hier und jetzt überlagerte eine andere Stimme Judiths flehentliches »Joel, du musst das verstehen!« und katapultierte ihn direkt in seine Vergangenheit. Sekunden, bevor sie ihn wegen Claires Beschuldigungen verurteilt, gefesselt und den ersten Nagel durch seinen Körper getrieben hatten.

»Nein!« Er verstand nicht und wollte es auch gar nicht, wich einen weiteren Schritt zur Seite aus und ignorierte die Hand, die Judith nach ihm ausstreckte. Er würde nicht noch einmal denselben Fehler machen und auf Liebe, Gerechtigkeit und ein gutes Ende hoffen.

»Verdammt noch mal, du hast mit keinem Wort gesagt, dass ein Elixier ist!« Judith war versucht auf den Vampir einzuschlagen, selber zu aufgebracht über die Erkenntnis, dass sie WUSSTE, wo das Elixier war – und darüber, dass ihr Vater so weit gegangen war.

»Und Artabanos weiß vielleicht, wo Joline ist!«, brachte sie das einzige Argument vor, das vielleicht noch eine Chance hatte, durch Joels Wut zu dringen.

»Melanie«, die Stimme des blonden Vampirs, der sich immer noch nicht von Artabanos' Angriff erholt hatte, war nur ein leiser Hauch. Joel schien ihn nicht einmal zu hören.

»Wir verfolgen ihn!«, beschloss Judith, als sich der dunkelhaarige Herr der Schatten nicht äußerte, ja nicht einmal mehr bewegte.

Doch plötzlich lachte er los, bitter und enttäuscht. »Und dann?« Seine Stimme klang aufgebracht. »Was dann? Er ist der älteste bekannte Vampir. Du hast doch seine Macht gespürt.« Er schwieg einen Moment lang und über seine Gesichtszüge schien sich ein dunkler Schatten zu schieben. »Vielleicht mit Maeve und Hasdrubal …«

»… vergiss Hasdrubal«, Xylos setzte sich auf, gleichzeitig auf sein inneres Auge konzentriert, um bei seiner Gefährtin zu sein, wie auf Joel und Judith. »Hasdrubal ist ein Verräter – und Maeve wahrscheinlich längst tot.«

Joel schüttelte den Kopf. Auf einmal wieder ganz der Führer von Maeves elitären Bodyguards. »Unmöglich.«

»Möglich und unglaublich.«

Kurz maßen sich die Blicke der beiden Vampire, dann nickte Joel. »Zu Maeve!«

Judith griff nach ihm, bevor er fort konnte und ihre Berührung genügte, um das schwache Schild der Rationalität wieder zu zerbrechen.

»Fass mich nicht an! Fass mich nie wieder an!« Joel trat einen Schritt zurück. Hatte Judith vor ihrem Liebesgeständnis immer wieder irrtümlich vermutet, dass er sie mit Abscheu und Ekel im Gesicht betrachtete, gab es nun kein Vertun mehr. Nie wieder würde sie diesen Ausdruck vergessen, ihn nie wieder aus ihrem Herzen verbannen können. Er schnitt tief durch ihre Gefühle, bis auf den Boden ihrer Seele, und auch wenn sie wusste, dass es um Claire ging, nicht um sie, dass Joel bald – vielleicht – wieder zur Vernunft kommen konnte, schmerzte es mehr, als sie je für möglich gehalten hätte.

»Lass mich nicht hier zurück!« Sie fauchte die Worte beinahe, als die Angst um ihre Schwester mit unverhohlener Macht zugriff und alle anderen Gefühle, selbst ihre Trauer, lähmte. Sie hatte keine Ahnung, was los war oder warum Joel sie ansah, als würde er sie am liebsten ans Kreuz nageln, aber sie durfte ihn nicht gehen lassen – nicht ohne Joline in Sicherheit zu wissen.

»Warum sollte ich dich mitnehmen? Du lügst, wenn du den Mund aufmachst!«

Joel verharrte reglos, während Claires Gesicht wieder zu Judiths wurde; doch es war Claires Stimme, die sagte: »Wegen meiner Schwester. Weil ich sie liebe, mir Sorgen mache und sie retten will – um jeden Preis!«

Nicht, weil ich dich liebe und dich retten will – um jeden Preis. Keine Magie, keine Verführung und keine Tricks – aber Cla…Judith konnte und sie würde.

»Xylos nimmt dich mit – und wenn wir deine Schwester haben, sind wir geschiedene Leute.«

»Xylos fängt seine Gefährtin ab und holt Verstärkung!« Der blonde Vampir mit dem angenehmen Surferboy-Look rappelte sich auf. Er war immer noch zu blass um die Nase, aber seine Entscheidung klang unumstößlich.

Joel nickte, obwohl er seine Lippen zusammenpresste und aussah, als wollte er den anderen Vampir um einen Rollentausch bitten. »In Ordnung!« Seine Stimme enthielt eine unterschwellige Drohung. »Ich nehme dich mit, keine Mätzchen – und das mit dem hinterher »geschiedene Leute« gilt natürlich trotzdem.«

Judith nickte, als Joel Logan als Geisel griff. Sie war immer noch schockiert, der Blick tränenverhangen. Wenn das alles war, was es noch zu sagen und tun gab, dann sollte es so sein. Sie würde versuchen, sich an die guten Momente – die perfekten – zu erinnern. An alles, was Joel ihr gegeben hatte, an die Liebe und die Leidenschaft und … Verdammt! Sie drehte sich zu Xylos und in seinem Blick las sie mehr Verständnis, als sie verkraften konnte. Etwas Neues begann sich in ihr zu regen. Trotz. Wenn Joel dachte, er würde einfach so davonkommen, davonlaufen können, hatte er sich geschnitten. Sie würde kämpfen, um ihn und um seine Liebe – an einem anderen Ort, zu einer anderen Zeit.

»Wenn du meinst!«, meinte sie deshalb nur, ohne wirklich zuzustimmen, und ließ sich von dem Vampir in den Arm nehmen. Einem unbestimmten Ziel entgegen.

36

Reste ihrer Leidenschaft glommen immer noch zwischen ihnen, züngelten in ihren Nerven, huschten über ihre Haut und entließen Maeve nur langsam aus ihrer seligen Erschöpfung. Langsam hob sie ihre Lider und sah ihn an. Das Gefühl zärtlicher Sorge verwandelte sich bei Hasdrubals Anblick schlagartig in namenloses Entsetzen. Zu stark, um es ausreichend in Worte zu fassen.

»Was hast du getan?«

Panik verdrängte ihr Wohlbefinden. Doch so sehr sie auch versuchte, böse auf den Karthager zu sein, es gelang ihr nicht. Sein verzücktes Lächeln und sein Gesicht, das vor Liebe strahlte, waren zu überwältigend. Trauer und das Gefühl einer vagen Schuld verknoteten sich schwer in Maeves Innerem und übten schmerzhaften Druck auf ihre Gedanken aus.

»Ich hätte nicht gedacht, dass es funktioniert.« Hasdrubal strahlte immer noch und nutzte die Hand, mit der er nicht seinen Kopf stützte, um über Maeves Wange zu streicheln.

»Dass es funktioniert?« Sie wich seiner Berührung aus und starrte ihn fassungslos an. »Du hast das geplant?«

»Ich habe einen Fehler wiedergutgemacht.« Hasdrubal gelang es trotz seiner unbequemen Position, mit den Schultern zu zucken. Dann beugte er sich vor und küsste sie zärtlich auf die Nasenspitze.

»Wie konntest du?« Maeve sprang auf. »Du hattest kein Recht dazu!«

Hasdrubal setzte sich auf, um sie prüfend anzusehen. »Liebst du mich?«

»Ja.« Maeve antwortete ohne zu zögern.

»Dann hatte ich jedes Recht der Welt.« Hasdrubal presste seine Lippen aufeinander und sein Blick war so hart, wie Maeve ihn nie zuvor gesehen hatte. Anmaßend, der Gott seines eigenen Schicksals.

»Du hättest mich fragen müssen.« Er hatte in ihre Privatsphäre eingegriffen und den Bund umgelenkt – und damit alles verändert. Jede Entscheidung, jede Handlung erhielt nun eine andere Bedeutung.

»Dann hättest du Nein gesagt.«

Hasdrubal stand auf und trat vor Maeve. Sie ließ zu, dass er seine Arme hob und schloss die Augen, als sich seine Hände um ihr Gesicht legten. Sie genoss die sanften, zärtlichen Berührungen, mit denen er über ihre Haut strich, als wolle er sich jeden Gesichtszug ihres Antlitzes für die Ewigkeit einprägen. Sie brachte es nicht über sich, einen Schritt zurück zu machen und sich aus seiner Liebe zu lösen.

Trotzdem sagte sie tonlos: »Ja, ich hätte Nein gesagt.«

»Warum?«

In seiner Stimme schwang Neugierde mit, keine Angst, keine Sorge und kein Schuldgefühl. Maeve hob ihre Lider und starrte in seine Augen an. In Augen, die zum ersten Mal seit Jahrhunderten vor Freude leuchteten. *Sie sind grau*, dachte Maeve. *Sturmgrau.* Dann erinnerte sie sich daran, dass sie eigentlich wütend auf ihn sein sollte.

»Wenn ich sterbe, wirst du wahnsinnig.«

»Wenn du stirbst, sterbe ich auch.«

Das hatte er von Anfang an geplant und daran hatte sich auch durch den Bund nichts geändert. Schließlich wollte er Maeve nicht überleben.

Hasdrubal verzog die Lippen zu einem Lächeln, während er sein Schicksal von ihrem abhängig machte. Eine Wahrheit, die er sicherlich in seinen Plan einkalkuliert hatte. Maeve war so erbost, dass sie beinahe auf den Boden gestampft hätte – doch es wäre kindisch gewesen und hätte ihre Hilflosigkeit deutlich gemacht.

»Das ist …«

»Unfair«, schlug Hasdrubal vor. »Ich liebe dich und will ohne dich nicht mehr leben. Wenn du dich opferst, opferst du auch mich.«

»Das ist Wahnsinn.«

Maeve schüttelte den Kopf, doch Hasdrubals Blick ruhte immer noch voller Liebe auf ihr und wies sie auf etwas hin, was sie es seit langer Zeit geahnt hatte: Sie würden irgendwann gemeinsam untergehen. Durch die Entscheidung des jeweils anderen. Einer der Gründe, warum sie den alten Freund und kurzfristigen Verräter ursprünglich zu ihrdm Mörder auserkoren hatte.

»Wie soll ich über meinen eigenen Tod bestimmen, wenn ich weiß, dass ich dich damit töten werde?« Sie sah ihn hilfesuchend an, ihre Augen schwammen von ungeweinten Tränen.

Hasdrubal zog sie in seine Arme und hielt sie geborgen.

»Es war meine Entscheidung, so wie dein Tod die deine ist. Ich sterbe lieber, als ohne dich zu leben.«

Maeve löste sich langsam und schweren Herzens aus der Umarmung. »Dann tue es.« Sie kniete langsam vor ihm nieder. »Tue es, solange ich noch stark bin und weiß, was ich will.« Sie mied seinen Blick, hörte aber, dass er langsam zu seinem Schwert ging, es aufhob und ebenso langsam zu ihr zurückkehrte.

»Noch letzte Worte, meine Königin?«

Maeve weigerte sich immer noch, Hasdrubal anzusehen. Wenn sie noch einmal in sein Gesicht blicken würde, um das Strahlen seiner Liebe zu ihr wahrzunehmen, würde sie ihre Entscheidung nicht mehr aufrechterhalten können.

Sie nickte kurz und es gelang ihr, ihre Konzentration von Hasdrubals Liebe fortzulenken und ihre Trauer zu unterdrücken. Sie bündelte ihre Gedanken und ihr Wissen um Mornas Zauber, um das Opfer der Hexe und um ihr eigenes.

Hasdrubal beobachtete, wie Maeves Körper, der Leib, der sich vor wenigen Minuten unter ihm befunden und in Wollust gewunden hatte, astraler wurde. Er schien durchsichtiger zu werden und gleichzeitig weißer, leuchtender. So hell, dass seine Augen zu tränen begannen. Ihre roten Haare hoben sich von diesem Leuchten ab. Dicht und seidig zogen sie das Licht der Umgebung an, ließen diese dunkler werden und in einer Orgie aus Schattierungen tanzen. Und alles, was Hasdrubal empfinden konnte, war Liebe und Ehrfurcht. Maeve war die Königin der Vampire – und würde es immer sein: Eine Legende unter Legenden.

Dann hob sie die Arme, tauchte sie in die flackernde Dunkelheit, und das Licht brach wie in einer wellenartigen Eruption aus ihrer Haut hervor und verteilte sich in einem rasant größer werdenden Ring in der Welt, während sie ihren Kopf senkte, um des Schwertschlags zu harren.

Das Licht und die Botschaft sparten Hasdrubal aus. Flossen durch ihn hindurch, als könnten sie ihn als Maeves Gefährten identifizieren. Trotzdem spürte er es, konnte beinahe jeden einzelnen Vampir ausmachen, den der Ring des Wissens berührte.

Er hob die Klinge.

Maeve schloss die Augen und bereitete sich auf den Schlag vor, während Tränen ihre Wangen hinabliefen.

Hasdrubals Schwert fiel … und schlug mit einem lauten Klirren neben ihr auf.

Ein Vampirknäuel, bestehend aus Hasdrubal und Joel, ging kämpfend und mit einem dumpfen Geräusch des Aufschlagens zu Boden. Der Herr der Schatten hatte die Schocksekunde des Karthagers genutzt und obwohl er Nemesis' Schwert kaum einsetzen konnte, leicht verwundet.

»Stopp!«

Maeves Stimme schnitt durch die Luft und versetzte beide Parteien in eine überraschte Lähmung, in der sich die Aufmerksamkeit aller auf die Vampirkönigin richtete. Joel hatte immer noch seine Zähne gebleckt und hielt das Schwert in einer Position, in der er Hasdrubal mit Leichtigkeit würde töten können.

»Runter mit dem Ding!«

Maeves Augen blitzten zornig und langsam zeichnete sich Verwirrung auf Joels Miene ab. Aber er folgte ihrem Befehl und ließ die Klinge sinken – doch nur ein wenig.

»Er hat dich manipuliert«, behauptete er. Seine Wut galt nicht nur Maeve und Hasdrubal, sondern auch Magnus, Logan und Judith – die immer noch reglos und schockiert im Schatten verharrten – und Joline und seinem eigenen Leben im Großen und Ganzen.

»Hasdrubal ist ein Verräter und arbeitet für…«

»Ich weiß«, unterbrach Maeve ihn mit sanfter Stimme, »und er ist mein Gefährte.«

Joel sah Maeve schockiert an, bevor sein Blick zu dem Karthager wanderte. »Du stirbst mit ihr?«

»Das war der Plan.«

»Ja, aber …«, Joel rang nach Argumenten, »was ist mit dem Elixier?«

»Hast du es?« In Maeves Augen flammte Hoffnung auf.

»Nein, Magnus hat es getrunken; er ist tot.« Aus seiner Haltung war jedweder Argwohn gegen Hasdrubal gewichen und hatte einem tiefen Bedauern Platz gemacht. »Aber es muss eine andere Möglichkeit geben«, behauptete er, obwohl er es besser wusste. Er hatte versagt und keine andere Lösung für die neue Unsterblichkeit parat.

»Es ist mein Leben«, wandte Maeve ein, die sich wieder auf den Boden hockte. »Und ich habe meine Entscheidung getroffen.«

»Wie du meinst«, sagte Joel. »Ihr seid alt genug, um zu entscheiden, wofür ihr sterben wollt.«

Er trat zurück. Seinen Worten zum Trotz konnte Maeve die Konzentration fühlen, mit der er mental nach Xylos griff und ihn zur Eile antrieb.

Hasdrubal hob sein Schwert. Er musste sich beeilen, sonst würden die anderen kommen. Er konnte sie spüren, Freunde und Feinde, die dem Nachhall von Maeves Ruf folgten.

Sie waren …

Er fuhr herum und seine Klinge stoppte kurz vor Edwards Hals.
Hasdrubal ließ sein Schwert sinken.

»Kann man denn hier nicht einmal ungestört die Liebe seines Lebens töten?« Trotz seiner barschen Worte war er dankbar für die Störung.

»Nein.« Edward trat zur Seite und beinahe in seine Gefährtin Sofia hinein, so dass er an Hasdrubal vorbeiblicken und Maeve ansehen konnte. Plötzlich wurde sein Blick stutzig und blieb an Joel hängen. »Wo ist das Elixier?«

»Wie ich vorhin schon sagte, Magnus hat es getrunken und...«

Das plötzliche Stimmgewirr der Vampire riss Judith aus ihrer von Verblüffung geprägten Lethargie. Sie hatte bisher kein Wort der Unterhaltung verstehen oder die Situation überblicken können, war zu sehr damit beschäftigt gewesen, Logan, die Geisel, mit Hilfe ihrer neu entdeckten Fähigkeiten in Schach zu halten und zu staunen. Die Blondine mit dem großen, kriegerisch wirkenden Mann sah der vor Artabanos geflohenen Melanie zum Verwechseln ähnlich. Sie musste Sofia sein, die legendäre Sofia, von der Joel ihr erzählt hatte – und der Grund für den Tod der Hexe ... Judiths ... Tante. Sie warf einen ungläubigen Blick auf die rothaarige Schönheit ... Ihre Tante ... Zweitausend Jahre alt und...

Das Begreifen der Tatsachen setzte ebenso langsam ein wie das Begreifen, dass sich ihr Körper verselbständigt hatte und sie näher zu den Vampiren trug. Auch ihr Mund schien nicht mehr zu ihr zu gehören, und antwortete auf die aufgeregten Fragen und Diskussionen der fünf.

»Ich weiß, wo das Elixier ...«

Maeve fuhr überrascht zu ihr herum, der Einzigen, die sie gehört hatte, während Hasdrubal sagte: »Die mentale Mauer wird uns nicht mehr lange verborgen halten.«

Und dann, noch während sie eine Stimme »Genau genommen, hält sie euch schon jetzt nicht mehr verborgen« sagen hörte, geschahen mehrere Dinge gleichzeitig, für Judith wie in Zeitlupe: Maeve öffnete den Mund, immer noch verblüfft; Hasdrubal, Joel und Edward schoben sich vor Sofia, Maeve und sie selbst; ein Umstand, den Nemesis – Großer Gott, er hatte überlebt! – mit einem herablassenden Grinsen quittierte; die übrig gebliebenen Rebellen erschienen vor der Felsenwohnung, ihre Anwesenheit schillerte selbst durch die Felswände und vergiftete Gedanken, noch während Nemesis und Artabanos die Überraschung ihrer Feinde auskosteten; einzig die Vampirin, die neben dem rothaarigen Rebellen stand, sah besorgt aus.

Maeve spürte die Ankunft von Melanie und Xylos hinter sich und endlich gelang es ihr, sich von dem Anblick der Sterblichen loszureißen. Magnus' Tochter, ihre Nichte!

Zu spät!

Alles zu spät, sogar die Hilfe ihrer treuen Gefolgschaft, die rund um die Felsenwohnung erschien, denn bevor ein anderer Vampir reagieren konnte, hatte Artabanos die Situation in und vor der Wohnung an sich gerissen.

Maeve spürte die mentale Macht in ihrem gesamten Körper. Selbst ihr Blut schien nicht mehr ihrer Kontrolle oder ihrem Leib zu gehorchen. Sie konnte kein Glied mehr bewegen, kein einziger Muskel wollte mehr Folge leisten, der Druck war beinahe unerträglich, lähmte sie und erzwang vollständige Ruhe.

Sie versuchte, gegen den Zwang anzukämpfen, griff nach Hasdrubals mentaler Kraft, doch es war zwecklos und sorgte nur dafür, dass sich der Druck in Schmerz verwandelte, der ihr Tränen in die Augen trieb.

Artabanos Aufmerksamkeit ruhte nahezu vollständig auf ihr und ihrem Hasdrubal, so als spürte er ihren Kampf – und die Kraft, mit der es Maeve gelang, einen Bruchteil der Lähmung abzuschütteln.

»Xerxes.« Sie schaffte es, den Namen des einzigen Vampirs zu flüstern, der eingreifen und helfen konnte. Doch ob sein Name in der mentalen Verbindung aller Vampire einen Widerhall erzeugen würde, war fraglich, denn Rebellen wie Helfer gleichermaßen befanden sich bewegungsunfähig unter Artabanos' Bann.

Hatte sich auch Xerxes gegen sie gewandt?

Die mentale Macht, die auf Maeve lastete, ließ so schlagartig nach, dass sie nach vorne taumelte und beinahe vor Artabanos zu Boden gegangen wäre.

Zähneknirschend richtete sie sich auf und bemühte sich darum, sich nicht anmerken zu lassen, wie weich ihre Knie waren, wie ungehorsam ihr Körper.

Artabanos lächelte, als wüsste er es trotzdem.

»Wieso?« Sie sah den Alten an. Seit ihrer Genesung vom Wahnsinn war er der einzige Vampir, in dem sie sich grundlegend getäuscht hatte. Tatsächlich hatte sie sogar Hasdrubal und Logan von Anfang an durchschaut.

»Rache.« Der ehemalige Berater des Perserkönigs lachte. Es klang, als spielte jede andere Situation und jedes andere Opfer keine Rolle, nur die Vergangenheit und die Rache.

»Und wir holen jetzt nach, was Hasdrubal nicht getan hat«, Nemesis nickte seinem Schöpfer zu, »und danach werden wir allen Bibeldeutungen gerecht und töten auch die anderen Zwillinge.«

»Was ist mit dem Elixier?« Es war Fee, die einen Einwand wagte und die Aufmerksamkeit sämtlicher Vampire auf sich zog.

»Was soll mit dem Elixier sein?« Nemesis' Stimme ließ darauf schließen, dass er später gedachte, sich für Fees Störung auf subtile Art zu rächen. »Es ist jetzt nicht wichtig.«

»Und wenn doch?« Fee hielt seinem Blick stand. »Was, wenn wir das Elixier und die Zwillinge brauchen, um die Unsterblichkeit wieder herzustellen?« Sie nickte in Richtung Maeve. »Immerhin ist sie Liliths Tochter – und sie Liliths Enkelin.«

Nemesis' Nasenflügel bebten vor unterdrückter Wut. Doch trotz seiner Verärgerung konnte er sich Fees rationalem Einwand nicht entziehen und wandte sich an Maeve. »Also? Wo ist das Elixier?«

»Magnus hat es getrunken.«

»Lügnerin!«

Nemesis' mentaler Hieb durchbrach Maeves Aura und hinterließ eine blutige Wunde auf ihrem Gesicht, bevor er sich an den blonden Vampir wandte.

»Wo ist das Elixier?«

»Magnus hat es getrunken.«

Dieses Mal fiel der mentale Hieb Nemesis' noch fester aus, traf den bewegungslosen Ex-Callboy und streifte auch den rothaarigen Rebellen Gorgias, der näher zu Xylos herangetreten war. Doch statt aus dem Weg zu gehen und Nemesis' Wut Raum zu geben, prüfte Gorgias die Taschen seines ehemaligen Freundes. Eine überraschende Handlung, deren Grund Xylos erst begriff, als Gorgias seine eigene, unversehrte magische Kette fand und ein erleichtertes Lächeln über sein Gesicht huschte. Nemesis schien kurz mit seiner Wut zu kämpfen, wandte sich aber dann an Joel.

»Wo ist das Elixier?«

Artabanos trat neben den Rebellenführer und legte ihm in einer scheinbar kameradschaftlichen Geste eine Hand auf die Schulter. Eine ganz und gar nicht kameradschaftliche Erinnerung an dessen unterlegene Position. Erst als der Perser sicher war, dass der sich zurückhalten sollte, trat er zu Joel.

Ihren Geliebten abermals gelähmt zu sehen, abermals seinem übermächtigen Feind ausgeliefert, ließ die innere Lähmung von Judith fallen. Sie konnte das Prickeln der Macht in sich spüren, ungewohnt, unwillkommen und doch notwendig. Sie konzentrierte sich auf dieses Gefühl, dieses Neue, nährte es mit dem einzigen Gefühl, das sie noch hatte, mit der Angst, Joel endgültig zu verlieren, der essenziellen Panik, ihr kurzes Intermezzo könnte alles gewesen sein. Es bündelte sich in ihr, wuchs, flutete durch ihre Adern, brandete aus ihren Zellen und endlich, endlich strömte es aus ihr heraus, durchbrach die Magie, die der älteste der Vampire über sie gelegt hatte.

Sie konnte sich wieder bewegen. Und alle anderen auch!

Um sie herum konnte Judith Geräusche hören, doch ihre Aufmerksamkeit blieb starr auf Joel gerichtet. Joel, der sein Schwert zog und Nemesis auswich. Joel, der sich duckte und tänzelte, um Maeve, Hasdrubal, Edward und Sofia auszuweichen, die sich geschlossen gegen Artabanos stellten. Joel, der Fee und Gorgias passieren ließ und Nemesis' Schwertschläge parierte, während Xylos und Melanie hinter dem anderen Paar hergingen, es aber nicht angriffen, sondern lediglich in eine Ecke drängten. Joel, hinter dem Logan versuchte, die Felsenwohnung zu verlassen und zu entkommen. Judith musste geblinzelt haben, denn das Geräusch kam unvorhergesehen, ging durch und durch, etwas, was sie nie wieder hören wollte. Schwert durch Fleisch, Joel ging zu Boden, und Xylos, Xylos würde nicht schnell genug da sein … Maeve nicht schnell genug …

Joel spürte den Schmerz, erkannte die Beinahe-Tödlichkeit des Treffers, sah das Schwert auf sich zukommen … Xylos zu weit entfernt … im nächsten Moment war Judith da, direkt vor ihm und … er konnte das Silber des Schwertes in ihrem Rücken sehen … konnte durch ihren Rücken sehen … Sekunden, bevor ihr Blut spritzte, seinen Körper berührte … Sekunden, bevor Xylos Nemesis von den Füßen riss … Sekunden, bevor sich sein eigenes Schwert – Magnus' Schwert, geführt von seiner Hand – bewegte und Nemesis enthauptete … Sekunden zu spät … sein Innerstes erstarrte, die Welt blieb stehen.

Die Realität nicht.

Mit dem Rücken zu ihm ging Judith in die Knie. Immer noch wallte Macht aus ihr heraus. Immer noch versuchte sie, Artabanos Kraft zu unterdrücken, ihnen zu helfen, *ihm* zu helfen.

Seine tapfere, mutige Judith. Gegen jedes Wissen und jede Erwartung hatte sie zu ihm gehalten, ihm alles verziehen und … großer Gott! Joel bettete ihren Kopf in seinen Schoß … er konnte seinen Blick nicht von dem Blut abwenden. Ihrem Blut. Sie war für ihn … sie hatte ihm … Sie … starb für ihn.

Und dass sie starb, daran bestand kein Zweifel. Die Erkenntnis lähmte Joel, ließ seine Gedanken rasen und … erst als der Druck beinahe körperlich spürbar wurde, erkannte er, dass es nicht nur das Entsetzen war, das seinen Körper paralysierte. Es war Artabanos Macht, die wieder aufgewallt war und stärker wurde. In demselben Maße zunahm, in dem Judiths schwächer wurde. Sie schien mit jedem Tropfen Blut aus ihr heraus zu laufen. Unwiderruflich.

Joel wollte ihr helfen, die Blutung stillen, sie retten, doch der Druck war zu groß, von allen Seiten vorhanden. Er konnte sich nicht bewegen, nicht einmal blinzeln, nur zusehen, hilflos mit ansehen, wie Judiths Blick zu flackern begann. So, als versuchte er, einen Halt in der Realität zu finden, sich an Joel festzuhalten; aber immer wieder glitt ihr Blick von ihm ab hin zu Artabanos.

Artabanos, dessen Aufmerksamkeit und Wut von Vampir zu Vampir glitten und schließlich an Logan hängen blieben.

»Hallo, Verräter!«

Joel konnte das silberne Netz von Artabanos Macht einen Augenblick lang in der Luft schweben sehen, auf Logan zu, Sekunden, bevor sich Judith verkrampfte und ein letzter Hauch Magie aus ihr strömte. Genug, um Artabanos ein letztes Mal abzulenken.

Judith fing die Blicke ein, Logans Ungläubigkeit ebenso wie Joels Verzweiflung, bevor Schwärze endgültig jedes weitere Bild auslöschte.

37

Dumpfe Verzweiflung legte sich um Maeves Herz, als Judith mit einem dumpfen Seufzer ihre Augen schloss. Sie hatte sie doch noch gar nicht kennengelernt!

Wütend kämpfte sie gegen die unsichtbaren Fesseln, die Artabanos um seine Gefangenen gelegt hatte, gegen den Druck, die Prophezeiung und das Schicksal. Sie hatte sich opfern, die Unsterblichkeit dauerhaft machen wollen. Mit jedem dieser kleinen Gedanken gelang es ihr ein wenig mehr, sich Bewegungsfreiheit zu erkämpfen. Beinahe konnte sie schon wieder ihre Beine bewegen, beinahe…

Artabanos wandte sich ihr zu und verstärkte den Druck. Zu Maeves Überraschung nutzte Logan diesen Augenblick, in dem Artabanos ihm den Rücken zukehrte. Die silberne Klinge erreichte Artabanos Hals und verharrte mitten in der Bewegung. Der einstige Berater des Perserkönigs wirkte überrascht – ebenso wie Logan, der plötzlich kraftlos erstarrte. Sein Messer fiel aus der plötzlich leeren Luft zu Boden, wo es klirrend aufschlug.

Erst jetzt schien Artabanos den kurzen Moment der Gefahr wahrzunehmen, löste sich aus seiner Erstarrung und drehte sich langsam um.

Xerxes lehnte an der Eingangstür der Felsenwohnung und wirkte auf eine mächtige Art und Weise unbeteiligt. Nur die Wut in seinen Augen verriet ihn, und ließ die Gefühle zwischen den beiden alten Kämpfern beinahe greifbar werden. Ihr Zorn aufeinander hatte in all den Jahrhunderten der Verbannung lediglich geruht und war neu aufgeflammt, kaum dass sich die Option bot. Dieser Zorn würde alles vernichten, was sich zwischen sie stellte – bis es nur noch einen von ihnen geben würde. Oder keinen.

Maeve schloss die Augen, um sich ihre Hoffnung nicht anmerken zu lassen. Dann kämpfte sie erneut gegen den Druck in ihrem eigenen, verräterischen Blut an. »Das Mädchen ist eine Chance.« Ihre Stimme war leise und die Anstrengung des inneren Kampfes trieb ihr Blutperlen wie Schweißtropfen auf die ansonsten makellose Haut. Aber ihre Worte durchbrachen die Feindschaft der beiden Alten und ließen sich auf das Hier und Heute konzentrieren.

»Sie hat Recht.« Xerxes rückte von der Wand ab. »Oder möchtest du das Falsche tun, langsam vergehen und sterben?«

Sein Blick ruhte auf Artabanos, als spielte dessen Entscheidung keine allzu große Rolle für ihn persönlich.

»Nicht vor dir, mein verhasster Freund, nicht vor dir«, konterte sein ehemaliger Berater.

Seine Worte brachten Xerxes zum Lächeln, wenn auch zu einem wehmütigen. Er schien Artabanos Verrat vorausgeahnt – aber nicht gewünscht – zu haben.

»Dann solltest du das Richtige tun.« Xerxes deutete auf Joel, der einen Moment benötigte, um zu begreifen, dass sich das Gespräch immer noch um das Elixier und damit auch um Judith drehte.

Sekunden später löste sich der Druck von ihm und von Judith. Endlich konnte er sich bewegen, spüren; das schwache Leben fühlen, das noch durch ihre Adern pulsierte, kurz vor dem absoluten Innehalten.

Als sich Artabanos bewegte, wusste Joel bereits, was der alte Vampir vorhatte – und kam ihm zuvor. Mit einer einzigen, fließenden Bewegung hatte er sich nicht nur die Schlagader an seinem rechten Handgelenk aufgetrennt, sondern die blutende Wunde auch auf Judiths Mund gepresst. Mit jeder verfügbaren Ressource seines Geistes griff er nach ihrem Verstand und prallte an dem harten Bollwerk, das Judith um ihr Innerstes gebildet hatte, ab.

Zähneknirschend beugte er sich noch mehr über sie, ignorierte, dass Artabanos beim Näherkommen innegehalten hatte, und während er weiterhin versuchte, eine Lücke in Judiths geistiger Abwehr zu finden, beschwor er sie: »Gib nicht auf! Kämpfe, kämpfe um Joline – und um mich. Für mich!«

Er hauchte ihr einen Kuss auf die Stirn, als sie sich immer noch nicht rührte und auch keine Anstalten einer Schluckbewegung machte. »Ich schwöre dir, dass ich mir dir sterben werde! Was auch immer geschieht, ich werde dich nicht allein lassen.« Er konnte spüren, wie sich Judiths Körper verkrampfte, vielleicht ein letztes Aufbäumen gegen die endgültige Dunkelheit. Es brach ihm das Herz und zum ersten Mal in seinem Untod ließ er seinen Tränen freien Lauf. »Es tut mir Leid, so Leid, dass ich nicht die Kraft hatte. Dass ich dich allein gelassen habe, dass ich nicht für dich da war. Ich hatte Angst und du warst so …«

Was auch immer Joel hatte sagen wollen, die Worte erstarben auf seinen Lippen, als Judiths geistige Abwehr in sich zusammenbrach. Einen Moment lang hing Joel in der mentalen Schwebe, sich sicher, dass es allein Judiths Tod war, ein schwarzes Loch, das ihn nun ebenfalls einsaugen und nie wieder gehen lassen würde, doch im nächsten Augenblick befand er sich in der Mitte eines sich drehenden Mahlstroms aus Empfindungen, Gedankenfragmenten und Erinnungsfetzen. Instinktiv fand er den Weg zur Kontrolle und zwang Judith sanft aber beharrlich dazu, zu trinken. Schluck um Schluck zwang er sich und seine Lebenskraft in sie hinein, konnte spüren, wie sein Körper schwächer wurde und ihrer sich veränderte, erstarkte und heilte. Zelle für Zelle wurde transformiert, ein Vorgang, der schneller ging als das Fokussieren ihres innerlichen Tohuwabohus, das sich immer noch irrsinnig schnell drehte, in immer gleichen Kreisen, immer um Joline und um Joel. Nur langsam, schrecklich langsam wurde der schwindelerregende Taumel wahrnehmbarer, Joel konnte erkennen, dass es zu lange dauerte, doch er konnte und durfte nicht aufhören, musste weitermachen, ihr mehr Blut geben – bis die Verbindung da war, komplett und ausschließlich zwischen ihm und ihr – auch wenn es zu viel Blut war, zu viel kostete, alles kostete.

Er konnte spüren, wie sein Körper versuchte, mit immer weniger Blut seinen Kreislauf stabil zu halten, sein Herz begann schneller zu schlagen, während Zug um Zug weniger Flüssigkeit in seinen Adern zirkulierte. Joel schloss die Augen, weil ihm leicht schwindelig wurde, vom Blutverlust oder von Judiths Gedanken, die langsam zum Stillstand kamen, vermochte er nicht zu unterscheiden. Kurz versuchte sein Überlebensinstinkt gegen Judiths Griff an seinem Arm, den Druck ihrer Lippen an der Wunde zu kämpfen, doch Joel rang das Bedürfnis nieder und konzentrierte sich. Endlich, endlich konnte er Judiths Gedanken einfangen und bündeln. Auf sich. Bemüht, die Liebe zu ihr unter Verschluss zu halten, damit sie nicht leiden musste, wenn er starb – sollte sie ihn ruhig als wütenden Wortbrecher und Hexenhasser in Erinnerung behalten – und darum, seinen niederen Trieben, die allesamt danach schrien, ihr seinen Stempel aufzudrücken und sie zu dem magischen Vampirbund zu zwingen, nicht zu gehorchen, konzentrierte sich Joel auf all sein Wissen. Er würde Judith nicht gänzlich allein lassen, nicht ohne Informationen und komplett unwissend. Joel stellte ihr alles zur Verfügung, alles, was ihn ausmachte, jede Erinnerung, so klein und unbedeutend sie auch sein mochte. In Sekundenbruchteilen hatte er es geschafft, Judiths Geist aus den Fängen des schwarzen Loches gezogen, mit Kenntnissen gefüllt und ihren Körper den letzten mentalen Anschubser gegeben.

Joel sackte kraftlos neben Judith zusammen, als sie die Augen aufschlug und sich verwirrt umsah. *Nie hat sie schöner ausgesehen*, dachte er und fühlte sich seltsam leer, losgelöst von seinem Körper und von den Geschehnissen um ihn herum. Ihr Blick fing seinen auf und obwohl er sah, wie sich ihre Lippen bewegten, konnte er keinen einzigen Ton hören. Trotzdem gelang es ihm, ihr ein tröstliches Lächeln zu schenken. Sie sollte kein schlechtes Gewissen haben!

Sie beugte sich zu ihm und am liebsten wäre er von ihr fortgerückt, hätte sie angebrüllt, dass sie eine Missgeburt war, ein Unding der Natur, damit sie endlich aufhörte, ihn so anzusehen. Wie sollte er sterben können, wenn sie deswegen litt?

Plötzlich fühlte er Wärme in seinem Inneren. Sie breitete sich nicht aus, entsprang nicht einem bestimmten Punkt, sondern war plötzlich da, überall und hüllte ihn förmlich ein. Ein Gefühl, das er nie zuvor gespürt hatte. Er fühlte sich … warm … geborgen … Als könne keine Schlechtigkeit der Welt ihm je wieder etwas anhaben.

Tränen liefen über Judiths Wangen und er hörte ihr erleichtertes Lachen, noch bevor er begriff, dass sie tatsächlich Magie gegen ihn verwandt hatte – um ihn am Sterben zu hindern!

»In Ordnung… ich bin ein kleines bisschen beeindruckt.« Artabanos trat einen Schritt näher. »Aber nicht genug« Der Druck verstärkte sich wieder. »Wo ist das Elixier?«

Judith stand auf, ihres Wissens und ihrer Verwandlung durch das Elixier unumstößlich sicher. »Ich BIN das Elixier!«

38

Artabanos starrte Judith immer noch reglos an, als es Joel endlich gelang, sich aufzurichten und zu ihr zu treten. Gemeinsam wandten sie zu dem immer noch fassungslos erstarrten Artabanos.

»Stört ihn nicht!« Xerxes löste sich von der Wand und warf Judith mit einem beruhigenden Lächeln Jolines silbernen Ring zu. »Ihm ist gerade klar geworden, dass er schachmatt gesetzt ist.« Obwohl seine Stimme Humor enthielt, verriet ihn sein trauriger Blick.

»Schachmatt?« Judith ließ ihren Blick über die Vampire wandern, die teilweise ungläubig fasziniert und teilweise verwirrt auf ihre Offenbarung reagiert hatten.

»Ja, dieses Mal wird es kein Remis geben.« Xerxes Stimme war trotz der Trauer in seinen Augen schneidend und die Lautstärke seiner Worte sorgte dafür, dass die Rebellen vor der Wohnung die Flucht antraten.

Auch Artabanos erwachte aus seiner Erstarrung. Er kam nicht weit. Judiths Natur hatte eingegriffen, noch bevor sie auf das magische Wissen, das einer höheren Quelle entsprungen zu sein schien, zurückgreifen konnte. Im Blinzeln eines Augenblicks war Artabanos gelähmt, sein Geist in einem statuenhaft erstarrten Körper gefangen. Nur seine Augen waren noch lebendig.

Xerxes wich entsetzt einen Schritt zurück. Die Verzweiflung in seinen Augen schien bis auf den Grund seiner Seele zu reichen, als er sich respektvoll zu Judith umdrehte. »Bitte nicht! Nicht das!«

»Was?« Judith registrierte dankbar, dass Maeve dicht hinter sie getreten war und ihr durch ihre bloße Anwesenheit Rückhalt gab.

Xerxes wirkte, als würde er am liebsten vor ihr auf die Knie gehen, um seiner Bitte Ausdruck zu verleihen. »Nimm ihm seine vampirischen Fähigkeiten, aber mache ihn nicht zu einer Statue … mache ihn zu einem Menschen!«

Judith konnte die plötzliche Panik spüren, die von Artabanos ausging, seine Angst und Verzweiflung. Doch sie galt nicht der Tatsache, für immer so gefangen zu bleiben, als Statue, reglos und zum bloßen Zuschauen verdammt und auch nicht der Option, als Mensch zu leben. Sie galt der Tatsache, sich niemals an Xerxes rächen zu können.

»Wie soll das funktionieren?« Hasdrubal hatte seine Stimme und seinen Verstand wieder unter Kontrolle.

»Sie kann es!« Xerxes nickte in Judiths Richtung. »Sie hat das Elixier getrunken, IST das Elixier, die Menschlichkeit oder die Unsterblichkeit für uns alle.«

Judith schüttelte ungläubig den Kopf, als ihr zum ersten Mal die volle Tragweite des Elixiers und und des Magnus'schen Plans aufgingen. Aber es konnte nicht sein! Sie war nicht das Heilmittel der Vampire … hatte sich auch nicht durch das Trinken des Elixiers in eine Hexe verwandelt … Ihr Vater hatte sie nicht in eine Hexe verwandelt … Sie spürte eine leichte Berührung an ihren Fingern und sah an ihrem Arm hinab. Eine Hand verharrte direkt neben ihrer, als wüsste sie nicht, ob sie willkommen war. Judith sah auf und blickte in Joels mitfühlendes Gesicht. *Mitleid?* Ihre Kehle schnürte sich zu und sie sah zu Boden. Doch Joel ließ es nicht zu. Seine Hand legte sich unter ihr Kinn und zwang Judith mit sanftem Nachdruck dazu, wieder aufzusehen.

»Du weißt, dass ich dich liebe, egal wer oder was du bist, oder?« Seine Stimme klang samtig weich wie immer, doch ein Hauch Nachdenklichkeit hatte sich darunter gelegt. So, als wäre ihm die Tatsache in seinen Worten schon lange klar – und als wüsste er nicht, ob sie es begriffen hatte. »Hexe hin oder her!«

Xylos räusperte sich. »Joel, du musst wirklich in die Liebes-Lehre.« Als sich Joel umdrehte, fügte er mit einem leichten Tadel hinzu: »Ganz mieser Zeitpunkt.«

»Sie hat das Elixier getrunken?« Melanie machte eine Frage aus der Tatsache, die inzwischen jedem anwesenden Vampir klar geworden war.

»Sie ist eine Hexe!« Maeve hätte über die Weitsicht ihrer Schwester beinahe gelacht. Wie klug von ihr das Elixier zu erschaffen, und dafür zu sorgen, dass Magnus – der immer logische Magnus – es stahl und seiner Tochter gab, um so, durch die Erschaffung einer neuen Hexe, alle Vampire zu retten. Sie legte eine Hand auf Judiths Schulter und übte leichten Druck aus, um ihre Nichte in Artabanos' Richtung zu dirigieren. »Menschlichkeit ist eine gute Idee.«

»Aber nur, wenn Xerxes auch ein Mensch wird.« Sofia löste sich aus ihrer Erstarrung und trat neben ihre Zwillingsschwester, die sie mit einem Arm umarmte, ohne Artabanos und Xerxes aus den Augen zu lassen.

Der einstige Perserkönig überlegte nur kurz, bevor er nickte. Mit seiner Entscheidung überraschte er alle.

Maeve nahm Judiths Hand, die Joel nicht in Beschlag genommen hatte und drückte sie aufmunternd. »Bist du bereit?«

»Ich habe keine Ahnung, was ich hier eigentlich tue«, gab Judith leise zu. Trotzdem war sie sicher, dass jeder Vampir ihr Flüstern hören konnte.

»Ich denke, die Magie weiß es.« Die Selbstsicherheit Maeves und die Liebe in ihrem Blick vertrieb Judiths Sorgen. Sie hatte eine neue Familie gewonnen!

Als habe Xerxes ihre Gedanken gelesen, zwinkerte er ihr zu. »Sie ist dort, wo sie hingehört, im Wohnheim. Ein interessanter Ring übrigens.«

»Danke!« Das Glück in Judiths Wort klang selbst in ihren Ohren überschwänglich, war aber noch viel zu wenig, um die Erleichterung zu deutlich zu machen, die durch sie tobte. Ein Teil Judiths hatte zwar die ganze Zeit gewusst, dass es Joline nicht schlecht ging, aber die drohende Gefahr war wie das sprichwörtliche Damoklesschwert gewesen – und dem neuen, magischen Teil ihrer Selbst durchgängig bewusst.

Und genau dieser Teil schaltete sich jetzt wieder ein, vehement und … Judith schloss ihre Augen, zeitgleich mit Maeve und konzentrierte sich. Sie konnte fühlen, wie sich ihre Gedanken denen der Vampirkönigin anpassten, sich ihr unterordneten, mit ihr austauschten und schließlich auf ihre Kraftreserven – die sich nun, nach der Vernichtung der Rebellen, auf nahezu alle Vampire erstreckten – zurückgriffen. Judith konnte die Magie, die aus Maeves Ideen und Vorstellungen geboren wurde, fühlen. Sie verknotete sich, bildete Gitter und Muster und griff nach Artabanos und Xerxes. Die Magie legte sich um die alten Vampire und drang in ihre Auren, Körper und Seelen ein, bis die beiden vor Leben pulsierten. Judith spürte die Kraft des ewigen Kreislaufes in ihren Adern, in ihrem Geist und in ihrem Wesen. Und doch wusste sie, dass es bei Xerxes nicht gewirkt hatte. Er war menschlicher geworden, aber der Effekt würde nicht lange anhalten. Der Vampir war zu alt, seine Chance auf ein menschliches Leben vertan. Auch Magie hatte ihre Grenzen.

Judith sah Maeve an, die stumm nickte. Auch die Vampirkönigin hatte die Tragödie bemerkt und rang mit einer endgültigen Entscheidung. Endlich kristallisierte sich eine Idee aus Maeves Gedanken, beinahe, als wäre es Judiths eigene und gemeinsam nahmen sie Xerxes und Artabanos die Erinnerung und konzentrierten sich dann auf Logan, der sofort begriff.

»Das kannst du nicht tun, Maeve!« Er trat zurück. »Ihr könnt mich nicht so lassen und mir meine Erinnerung nehmen. Sie werden mich jagen und töten.«

»Sie werden es versuchen.« Maeve benötigte nur einen Augenblick, um ihrem einstigen Helfer die Erinnerung an sein Dasein als Vampir zu nehmen.

Er würde ein Mensch bleiben – bis zu seinem Tod.

Die Vampirkönigin richtete ihre Aufmerksamkeit auf Xerxes und Artabanos.

Beide wirkten wie Menschen, blickten verwirrt und verständnislos von einem zum anderen, bar jeder Erinnerung. Abermals prüfte sie das Gedächtnis der beiden einst ältesten Feinde der Welt – es war leer. Bereit, mit neuen Erinnerungen, neuem Leben und neuer Zukunft gefüllt zu werden.

Die Königin spürte, wie Judiths Blick auf Xerxes ruhte. Würde er ein Mensch bleiben? Sie wusste es nicht und konnte nur hoffen.

»Entschuldigung?« Fee, die sich bislang zurückgehalten hatte, trat aus dem Schatten und schien sich unter der allgemeinen Aufmerksamkeit unwohl zu fühlen.

»Sprich!« Maeve lächelte und allein diese Geste schien dafür zu sorgen, dass Fee sich entspannte. Trotzdem bemühte sie sich darum, ihren Gefährten nicht anzusehen.

»Ich wäre auch gerne wieder ein Mensch.«

»Was?« Gorgias, der bisher unbeachtet am Rande des Geschehens gestanden hatte, trat entsetzt auf seine Geliebte zu.

»Es ist ihre Entscheidung.« Maeves Stimme enthielt nur einen leichten Tadel.

»Aber …« Der Rothaarige schwieg und warf Xylos, der immer noch das Rätsel um die Kette seines einstigen Freundes zu ergründen suchte, einen vernichtenden Blick zu.

»Es ist nicht wegen ihm.« Fees Stimme enthielt Trauer. »All diese Intrigen, diese Kämpfe. Ich weiß nicht, wie ihr das aushaltet und warum ihr eigentlich unsterblich sein wollt.« Sie zuckte mit den Schultern. »Ich jedenfalls will das alles gar nicht. Ich will leben, ich will Kinder und eine Familie.«

Maeve nickte verständnisvoll und sah Judith an. Magnus' Tochter wirkte immer noch überrumpelt, schien aber auf Joels Meinung und auf Maeves zu vertrauen.

»Stopp!« Gorgias trat verzweifelt zu Fee und nahm ihre Hände in seine. »Und was ist mit uns? Was ist mit unserer Liebe?«

Fee sah an Gorgias vorbei und für einen kurzen Moment erschien es, als flehte sie darum, diese Frage nicht beantworten zu müssen.

»Welcher Liebe denn? Du liebst doch schon so viele Frauen, wo habe ich da noch Platz in deinem Herzen?«

Selbst jetzt hatte er die Kette in der Hand, ihre Glieder drückten schmerzhaft gegen Fees Haut und erinnerten sie daran, dass alle fünf Perlen bewohnt waren.

Gorgias benötigte einige Sekunden, um den Zusammenhang zwischen Fees Worten und der Kette zu finden.

»Du meinst meine Familie?« Ungläubig löste er die Hand mit der Kette von Fee und hielt die Perlen so, dass sie sie sehen konnte. »Darf ich vorstellen? Meine Mutter, meine Großmutter und meine Geschwister.«

Er löste auch die zweite Hand von Fees Fingern und strich ihr über die Wange, um ihre Tränen fortzuwischen.

»Ich habe es ihnen doch versprochen. Ich habe ihnen versprochen auf sie aufzupassen – so wie ich es dir versprochen habe!«

»Das hast du!« Trotzdem hatte sie eine Entscheidung getroffen. »Ich liebe dich und werde dich immer lieben, aber ich kann das alles nicht.« Ihre Handbewegung schloss alles mit ein: Die Vampire, das gerade Erlebte und die verharrende Rebellion.

Gorgias zog sie zurück in seine Arme. »Aber mich? Mich könntest du?«

»Ja, könnte sie«, behauptete Xylos, bevor der irritierten Fee Gorgias' Angebot mit allen Konsequenzen langsam klar wurde, und erntete dafür böse Blicke von allen Seiten.

»Was denn? Ich habe Gorgias doch damals gesagt, ich passe auf seine Kette auf, bis wir eine Möglichkeit finden, die Frauen gefahrlos zu befreien«, motzte er und rieb sich vorwurfsvoll den Arm, wo Melanies tadelnder Schlag ihn getroffen hatte.

Gorgias grinste. Dann wandte er sich wieder Fee zu.

»Ja, dich könnte ich!« Sie küsste ihn überschwänglich auf Hals, Mund und Nase. »Aber ich will eine Familie haben.«

Gorgias hob sie ein Stück hoch, sodass sie sich auf gleicher Höhe mit ihm befand. »Eine große.«

Xylos öffnete den Mund, doch bevor er abermals etwas sagen konnte, hatte er weitere Schläge bekommen. Zeitgleich von Melanie und Sofia, die sich in wortloser Verständigung über seinen Rücken hinweg zuzwinkerten.

Dieses Mal reagierte die gemeinsame Magie von Judith und Maeve noch schneller als bei der Umwandlung von Xerxes und Artabanos. Fees und Gorgias' Leiber begannen zu glitzern und sich mit Leben zu füllen, und obwohl Judith und Maeve ihnen das Gedächtnis löschten, sahen sich die beiden weiterhin voller Liebe an.

Schließlich nickte Maeve zufrieden. »Xylos und Melanie werden sich um ihre Erinnerung und ihr neues Leben kümmern.«

Tatsächlich schienen die beiden einzig auf ihre namentliche Nennung gewartet zu haben, denn sie erschienen vampirisch schnell neben Fee und Gorgias und verschwanden mit dem glücklichen Neu-Menschenpärchen.

Maeve nahm ihre Nichte an die Hand. Ebenso mühelos wie zuvor mit Morna gelang es ihr, sich wortlos mit Judith zu verständigen. Was sie beinahe zum Lachen brachte, aber auch schmerzhaft an den Verlust ihrer Schwester erinnerte.

Eine Bewegung lenkte ihre Aufmerksamkeit wieder zurück auf die beiden alten Ex-Vampire. »Nehmt sie mit.«

Maeves schroffe Aufforderung an Sofia und Edward machte deutlich, dass sie die beiden alten Vampire am liebsten durch Kontinente getrennt am jeweils anderen Ende der Welt sehen wollte.

Und Logan? Um Logan würde sie sich selbst kümmern müssen.

Maeve hakte sich bei Hasdrubal unter, denn wie sie ihn kannte, hatte er bereits einen durchkalkulierten Plan für den löwenartigen, amoralischen Ex-Vampir. Doch ihr Geliebter belehrte sie eines Besseren und offenbarte seine wirklichen Gedanken.

»Hey, Joel!« Hasdrubal nahm Maeves Hand in seine. »Jetzt wäre ein guter Zeitpunkt für Liebesgeständnisse.«

Ohne die Antwort abzuwarten, hatte er Logan und Maeve gedankenschnell mit sich gezogen.

»Idiot!«, murmelte Joel in die plötzliche Stille der leeren Felsenwohnung hinein.

»Wieso denn?« Judith schlang ihre Arme um ihn und hauchte ihm einen Kuss auf die Lippen. »Ich finde den Zeitpunkt auch perfekt!«

Judiths Stimme klang ungewohnt amüsiert als sich Joel ihr zudrehte. Allein ihr Anblick machte ihm klar, dass noch nie eine Frau seine Aufmerksamkeit so restlos beansprucht hatte wie sie. Sie allein brachte ebenso seine fürsorgliche wie auch seine besitzergreifende Saite zum Klingen, ließ seine Libido und seine Gier amoralische Dinge mit seinem Wesen anstellen.

Er räusperte sich, als er seine Unsicherheit bemerkte. »Wo war ich stehen geblieben?«

»Du warst – glaube ich – gerade dabei, mir etwas zu gestehen …«, provozierte sie immer noch lächelnd.

Jetzt, wo sie ihre neuen Fähigkeiten akzeptiert hatte, fiel es ihr leicht, Joel und seine Emotionen zu durchschauen – und sie wusste genau, was er fühlte. Der Herr der Schatten schien ihre Gedanken zu erraten, denn er fuhr sich nervös durch die Haare.

»Das ist unfair!«, behauptete er und sah zu Boden. »Du nutzt deine Magie schamlos aus!«

»Ist es wirklich unfair?« Judith trat einen Schritt näher zu Joel und genoss seinen Anblick. Ungeniert musterte sie, was sie schon so oft besessen hatte, ohne sich seiner sicher zu sein. Jetzt war sie sicher und wollte ihn immer noch. Erst recht! Sie legte ihre Hand unter sein Kinn und zwang ihn mit sanftem Druck sie anzusehen. »Und ich könnte schwören, mich in eine magische Perle zu sperren und mich sexuell auszubeuten, sei unfair.«

Joel spürte seine Mundwinkel zucken. Das kleine Biest wollte ihn tatsächlich provozieren. Obwohl sein Verstand versuchte Judiths Worte und ihre Nähe zu ignorieren und sich auf sein Liebesgeständnis zu konzentrieren, reagierte seine Libido augenblicklich. Sein Schwanz zuckte und drückte gegen seine Hose.

»Sexuell ausbeuten?« Joel sah hoch und Judith wich einen Schritt vor ihm zurück. Er folgte ihr gespielt drohend. »Ich zeige dir gleich, was sexuell ausbeuten ist.«

Judith genoss das vertraute Funkeln in den Augen ihres Geliebten. Die Gier nach ihr brachte seine Aura zum Glühen und schmeichelte Judith mehr, als es Liebesschwüre je gekonnt hätten. Joel war über ihr, bevor sie überhaupt begriffen hatte, dass er sie zu Boden gedrückt und sanft vor einem Sturz bewahrt hatte. Kichernd versuchte sie sich unter ihm zu befreien, doch ohne Schwierigkeiten fing der Vampir sie ein und bezwang sie allein durch sein Gewicht, bis sie ihre neckende Gegenwehr einstellte.

»Seit wann weißt du eigentlich in Wirklichkeit, dass du eine Hexe bist?« Er küsste sie auf den Mund. »Oder warst du schon immer eine?«

»Hei!«

Judith schlug spaßeshalber nach ihm, aber Joel wich aus und fing ihre Hand ein, um sie über ihrem Kopf festzuhalten. Für Sekunden wünschte er sich, sie wären wieder in der Perle, denn dort könnte er ihr den Luxus bieten, den sie verdiente – zumindest aber ein Bett. Judith schien dasselbe gedacht zu haben, denn eine Matratze materialisierte sich in magischer Gedankenschnelle unter ihr, was sie mit einem Lachen kommentierte. Ein schöner Laut. Ein Laut, den er noch sehr oft hören wollte.

Judith schmiegte sich vertrauensvoll an ihn, was beinahe mehr war, als Joel ertragen konnte. Er spürte das Verlangen seiner dunklen Seite, Judith unendlich zart zu liebkosen, verbunden mit der unbändigen Lust, ihr wehzutun, bis sie nach mehr schrie und für immer die Seine war.

»Grundgütiger!« Er warf seinen Kopf in den Nacken und fühlte sich mehr denn je wie ein Primitivling, der brandmarken wollte, was ihm gehörte.

Sie machte seinen Versuch sich zu kontrollieren zunichte, indem sie ihre bloßen Beine – ihr Kleid war während des Kampfes unziemlich weit nach oben gerutscht – um seine Hüften schlang und ihr Becken an seinen Unterleib drückte. Joel knurrte, gab Judiths Hände frei und zerriss mit einem Griff den Stoff, der die einzige Barriere zwischen ihm und ihrem Körper darstellte. Sie ließ es geschehen und ihr Lächeln brachte ihn dazu, inne zu halten und sie zu betrachten. Sein Blick glitt über ihre Haut, folgte den Wölbungen und Vertiefungen und genoss jeden Zentimeter ihres Anblicks. Sie war nicht einfach hübsch oder schön. Sie war voller winziger Makel, die sie zu einer einmaligen Persönlichkeit, zu einem einmaligen, genussvollen Anblick machte. Sie war vollkommen. Seine vollkommene Geliebte.

»Du bist wundervoll!« Joels Stimme war rau vor mühsam kontrollierter Lust. Er strich mit der flachen Hand über Judiths Körper und genoss das Gefühl der zarten Haut unter seinen Fingerspitzen, vampirisch und empfindsam.

Sie drängte sich ihm entgegen, verlockte ihn dazu, sich ihr zu widmen, ihren Brüsten, ihren Lippen, doch Joel hatte einen anderen Plan. Er schob sich weiter nach unten, bis zu der Stelle, die ihn mehr lockte als alle anderen und drängte Judiths Beine auseinander.

Judith konnte ein Zittern nicht unterdrücken, als sie seine Absicht durchschaute: Joel wollte Artabanos dummen Kommentar bei ihrer Verwandlung, man könne auch von besseren Orten trinken, in die Tat umsetzen. Trotz ihrer Nervosität begann ihre Klitoris fordernd zu pochen. Joel strich mit den Fingern durch ihre Schamlippen.

»Darf ich?«

Er überraschte sie mit dieser Frage. Judith staunte über die Zärtlichkeit und die Sehnsucht, mit der er sie über ihren Venushügel hinweg ansah. Noch nie hatte sie so deutlich ihre Empfindsamkeit gespürt, die Innenseite ihrer Vagina wahrgenommen. Noch nie hatte sie sich so verletzlich gefühlt und gleichzeitig so gewillt, sich vollständig hinzugeben. Sie schluckte ihre Ängste hinunter.

»Ich bitte darum.«

Joel spürte ihre Sorge und schenkte ihr ein beruhigendes und vielversprechendes Lächeln, bevor er sich nach unten beugte. Sein Biss kam erwartet – und war doch überraschend. Er galt ihrer Oberschenkelarterie, löschte jeden Gedanken aus, jede andere Emotion als die der Gier, und fachte das Verlangen zu einem Inferno an. Überwältigt grub Judith ihre Hände in Joels Haare und drängte ihn näher zu sich, während ihr Körper unter dem Vampir, um ihn herum pulsierte, und Erlösung forderte. Jeder einzelne Muskel in ihrem Körper spannte sich an, jeder Zentimeter ihrer Haut bebte in Joels Rhythmus und ihr Blut tanzte nach dem Ruf seiner Unsterblichkeit, bis Judith nichts mehr wahrnahm, als das Ziehen des Trinkvorgangs, den Druck der Vampirzähne und ihre Verbundenheit, eine Verbundenheit, die sich fortpflanzte, von Zelle zu Zelle ging, durch ihre Adern klopfte und in ihrem Herzen pulsierte; geistig wie körperlich.

Joel löste sich aus dem Biss, entzückt von der ungewohnten Bindung, dem Wissen und wortlosen Verstehen, und sein Liebesgeständnis versetzten Judith endgültig in Verzücken.

Epilog

Judith war so erleichtert, dass sie es nicht übers Herz brachte, ihre Schwester zu wecken, um ihr Fragen zu stellen, die diese wegen ihrer Erkrankung ohnehin nicht beantworten konnte. Aber ganz offensichtlich war ihr nichts Schlimmes zugestoßen. Joline war körperlich unversehrt und geistig anscheinend auch, denn ihr Gesichtsausdruck war weich und zeugte von einer unschuldigen und vollkommenen Entspannung.

»Der Schlaf der Gerechten!«, murmelte Joel leise.

»Gott sei Dank!«

»Xerxes sei Dank!«, korrigierte der Vampir. Noch immer mochte er sich nicht vorstellen, was Joline ohne den alten Perserkönig geschehen wäre. Noch immer war fragwürdig ob und in wie weit Magnus mit seiner gedächtnislosen Tochter geplant hatte. Aber was auch immer er vorgehabt haben mochte, es schien nicht funktioniert zu haben. Auf jeden Fall war Joline jetzt in Sicherheit, alle Rebellen vernichtet und sowohl Artabanos als auch Xexes und Logan menschlich und ohne Erinnerung. Niemand in der Vampirgesellschaft – außer Judith und ihm – wusste von Joline, und wenn es nach seiner süßen, kleinen Hexe ging, würde das auch so bleiben.

»Was machst du?«

»Wonach sieht es aus?«

»Lieb das du fragst, Joel. Ich schreibe meiner Schwester einen Brief, Joel. Damit sie sich morgen früh nicht so allein fühlt, Joel.«, imitierte Joel Judiths Stimme mit einem neckenden Unterton, um sie zu ärgern. Es funktionierte nicht. »Habe ich doch gewusst, dass du es erkennen würdest. Aber warum fragst du dann?«

Joel seufzte theatralisch. »Ich muss wirklich von Sinnen gewesen sein, als ich dich zu meiner Frau gemacht habe… vielleicht hätte ich die nette Zwillingsschwester nehmen sollen?!«

Er deutete mit dem Kinn Richtung der schlafenden Joline und fing sich einen Ellbogenstoß von Judith ein, bevor sie ihre Brief auf der Nachtkonsole platzierte und ihm deutete, mit ihr das Zimmer zu verlassen.

Joline erwachte mit wild klopfendem Herzen. Sekundenlang wusste sie nicht wer und wo sie war, die Dunkelheit um sie herum so undurchdringlich und furchteinflößend, wie sie es das letzte Mal in ihrer Kindheit erlebt hatte.

Sie setzte sich auf. Eine Sekunde später ging das, von einem Bewegungsmelder gesteuerte, Licht an und langsam setzten sich die einzelnen Wahrnehmungsfragmente zu einem Gesamteindruck zusammen. Bett, weich, Zimmer, hell, Schrank, Tisch, Stuhl, Sofa, Fernseher, Gang ins Badezimmer, eine Nachtkonsole und ein Foto von vier Personen, die ihr vage vertraut vorkamen. Und der Geruch! Den Geruch kannte sie, assoziierte ihn mit Geborgenheit und zu Hause. Sie war zu Hause.

Beinahe hätte sie bei dem Gedanken daran, dass sie nicht zu Hause sein könnte, gelacht. Das Weiterdenken dieser Vorstellung war so absurd, dass sie nun doch lachen musste. Schließlich war sie immer hier, immer im Wohnheim. »Und wenn nicht, würde ich es eh vergessen«, wieder prustete sie los, über ihren eigenen Galgenhumor belustigt. Schließlich war es absolut komisch, dass sie alles vergaß – bis auf die Tatsache, dass sie ständig alles vergaß.

Als ihr klar wurde, dass sie leicht hysterisch klang, wandte sie ihre Aufmerksamkeit wieder dem Foto zu. Ihre Familie. Ihr Anblick erfüllte sie mit Melancholie und einem leichten Schuldgefühl, weil sie sich an keine einzigen der abgelichteten Menschen erinnern konnte. Erst in dem Moment, als sie das Bild in die Hand nahm, fiel ihr der Brief auf, der schräg am Rahmen gelehnt hatte.

Joline stand in einer schönen, geschwungenen Schrift auf dem Umschlag.

Neugierig öffnete sie ihn und faltete das Blatt so auf, dass sie die Nachricht lesen konnte.

Hallo, meine Lieblingszwillingsschwester,

du hast schon geschlafen, als ich vorbeigekommen bin, um zu sehen, wie es Dir geht. Also habe ich Deinen zukünftigen Schwager wieder mit nach Hause genommen und Dir nur Deinen Ring da gelassen.

Hab Dich lieb,

Judith

PS. Ich komme morgen ganz früh noch mal nach Dir schauen

Joline las die Zeilen noch einmal und noch einmal, während sie versuchte die wilde und ursprüngliche Freude in ihrem Inneren unter Kontrolle zu bekommen. Sie hatte eine Zwillingsschwester! Eine glückliche Zwillingsschwester und einen Bald-Schwager!

Sie betrachtete das Foto und fragte sich, welche von beiden sie war, konnte es aber nicht feststellen, weil keine von beiden den grässlichen silbernen Ring trug, der neben dem Bild lag. Ihr Ring?

Sie runzelte die Stirn. Wieso sollte sie solch ein Ungetüm von Giftring tragen? Obwohl sie ihn fürchterlich fand, streckte sie neugierig die Hand aus, um den Inhalt zu prüfen und den Ring anzuprobieren. Er passte.

Und plötzlich erinnerte sie sich! Zumindest an ein Gesicht und eine Emotion. Beides so intensiv, dass ihr die Tränen in die Augen traten, und das Gefühl eines Verlustes beinahe schmerzhaft wurde. Zu wem gehörte dieses Gesicht? Wie hatte er es geschafft, dass sie sich so sicher und geborgen fühlte … so … so geliebt? Für Sekunden fühlte sie sich, als müsse sie zerbersten vor Fragen, in der nächsten hatte sie alles vergessen, bis auf die vage Vorstellung davon, diesen Mann wiederfinden zu müssen.

Blinzelnd starrte sie den Ring an, als könne er ihr die Antwort nach dem Verbleib des Fremden geben, so wie er einen Erinnerungsteil zurückgegeben hatte. Doch außer der fast unmerklichen Bewegung einer unbekannten Flüssigkeit im Inneren des Ringes konnte sie nichts spüren. Der Ring blieb ein Ring und der Drang, den Unbekannten zu suchen, blieb der Drang, den Unbekannten zu suchen.

»Venusblut 2010«
Mit dem Gutschein-Code

Venusblut2010

erhalten Sie auf der Website
www.Elysion-Books.com
die kostenlose Zusatzgeschichte
»Venusblut 2010«
als PDF-Download.

Die Autorin stellt interessierten Lesern dort auf beinahe 300 Seiten die erste Rohfassung des ursprünglichen Manuskriptes – mit einer sehr viel umfassenderen Geschichte – zur Verfügung.

Einfach registrieren!

Leseprobe aus
Im Bann der Engel
von Christiane Gref

Kapitel 1

»Es ist eine Schande«, plapperte Sophia und zog den Kamm fester durch Madame Hazards Haar. »Wer wird die Spielbank leiten, jetzt, wo Mister Redcliff tot ist? Nicht, dass ich ein solches Haus jemals betreten würde, aber …«

»Dummes Ding«, fuhr Madame Hazard ihre Bedienstete an. »Willst du mir jedes Haar einzeln ausreißen? Davon abgesehen ist es nicht schade um diesen Taugenichts, er bekam, was er verdiente.«

Sophia errötete und tauschte den Kamm gegen die Bürste, die ihre Herrin bevorzugte. Die Borsten waren weich und verliehen dem feuerroten Haar einen mahagonifarbenen Schimmer.

»Du bist seit vier Wochen in meinen Diensten und warst noch nicht ein Mal aus.« Madame Hazard fixierte Sophia im Spiegel. Selbst das schlichte Kleid der Dienstbotin unterstrich die schlanke Statur mit ihren sanften Rundungen. »Mich würde interessieren, ob du es schon einmal getan hast.«

»Was getan, Madame?«

»Dich von einem Mann nehmen lassen.«

Sophias Gesicht nahm die Farbe frischer Erdbeeren an.

»Also nicht«, folgerte Madame und klatschte zweimal in die Hände. »Dann wird es aber Zeit. Vielleicht lernst du danach, deine Hände sanfter einzusetzen. Es ist nicht zu fassen, welche Schmerzen du mir mit einem simplen Kamm bereitest.«

Sophia knickste und senkte verschämt den Blick.

»Der Mann, den du gleich kennenlernen wirst, ist mein Willkommensgeschenk an dich. Du bist lange genug in meinem Haus, um die Wahrheit zu erfahren. Ich hoffe, du hast den starken Charakter, den ich in dir vermute.« Sophia hob den Kopf und sah einen großgewachsenen Mann mit nacktem Oberkörper eintreten, der Madame Hazard ein unterwürfiges Lächeln schenkte. Er trat näher. Niemand sprach ein Wort. Selbst, wenn Sophia etwas hätte sagen wollen, sie konnte es nicht. Über den Rücken des Mannes ragten Flügel, die geformt waren, wie die der Engel, die Sophia von alten Gemälden kannte. Dennoch unterschieden sie sich, denn die des Mannes bestanden aus einem silbrigen Metall mit filigranen Verzierungen. Sie flößten Sophia Angst ein, die noch geschürt wurde, als der Mann aufhörte zu lächeln und ihr einen Blick zuwarf. Ein grausamer Zug legte sich um seinen Mund.

Madame Hazard stellte sich an die Seite des Mannes und umfasste seine Taille.

»Sophia, das ist Marcellus. Ist er nicht wunderschön? Er wird dir zeigen, was du bisher versäumt hast. Und ich möchte wetten, dass du viel Nachholbedarf hast. Wie alt bist du, mein Kind?«

»Neunzehn«, flüsterte Sophia unterwürfig.

Madame Hazard kicherte. Marcellus musterte Sophia nach wie vor ungerührt.

Sophia hatte sich oft ausgemalt, wie ihr erstes Mal sein würde. Ein liebevoller reicher Mann, der sie verwöhnte und um sie buhlte, bis sie sich ihm schließlich nach angemessener Zeit hingab. Dieses groteske Wesen gehörte nicht in ihre Fantasie.

»Er hat Flügel. Wie ist so etwas möglich?«, wandte sie sich an ihre Herrin.

»Dreh dich um Marcellus, damit sie dich ansehen kann.«

Gehorsam kehrte der Mann Sophia den Rücken zu. Sie sah, dass die Flügel mit seinem Fleisch verwachsen waren. Dicke narbige Wülste zogen sich rund um deren Wurzeln und zeugten von einer oft aufgerissenen Verletzung. Dort, wo die Wirbelsäule verlief, schimmerten schwärzliche Adern durch die Haut. Sophia streckte die Hand aus, verharrte jedoch. Sie brachte es nicht über sich, dieses Wesen zu berühren.

»Nun lasse ich euch beide allein. Marcellus, du kannst mit ihr tun, was du möchtest. Aber übertreibe es nicht. Ich brauche Sophia noch. Heute Abend muss sie der Gesellschaft aufwarten.«

Mit diesen Worten zog Madame Hazard den Mann an sich und küsste ihn lange, eine Hand um seinen Hals geschlungen, die andere wanderte zwischen seine Beine.

In das Keuchen der beiden hinein sagte Sophia: »Bitte, Madame. Ich kann das nicht.«

Madame Hazard stieß Marcellus von sich und baute sich vor Sophia auf. »Du unverschämtes Gör. Du wagst es, mein Geschenk zurückzuweisen? Gut, wie du willst. Du kannst sofort deinen Koffer packen und in die Gosse zurückkehren, aus der ich dich aufgelesen habe. Die Ratten werden glücklich sein, dich wieder zu sehen. Oder du zeigst ein wenig Dankbarkeit und lernst endlich, das Leben zu genießen.«

Sophias Augen füllten sich mit Tränen.

Elena Winterstone erwachte aus einem schrecklichen Albtraum. Sie träumte ihn oft und immer kamen Blut, Tränen und schlagende Flügel darin vor. Sie überlegte, seit wann sie von diesem scheußlichen Mahr gequält wurde. Die Antwort ließ nicht lange auf sich warten: Seit sie die Resultate fehlgegangener Experimente auswerten musste. Elena verfluchte das Projekt, verfluchte sich selbst, nicht vernünftig genug gewesen zu sein, das Geld abzulehnen. Dafür war sie sogar in dieses entlegene Kaff gezogen. Zwar bot die Stadt alles, was man zum Überleben brauchte, aber mehr auch nicht.

Sie ging in die winzige Kammer, die nur von einem Vorhang vom restlichen Raum abgetrennt wurde. Der Ärmel ihres dunkelgrauen Kittels ragte aus dem Porzellanbecken. Sie nahm das Kleidungsstück aus dem, von Blut, rot gefärbten Wasser und inspizierte kritisch den Stoff. Elena hängte den Kittel auf die Leine vor ihrem Fenster und hoffte, dass er trocknete, bis sie zu ihrem nächsten Dienst erscheinen musste. Die regelmäßigen Erschütterungen, die Elenas edles Geschirr in der Vitrine zum Klirren brachten, zeigten ihr, dass die Maschinen ihre Arbeit aufgenommen hatten. Die Welt war also trotz ihrer Alpträume dieselbe geblieben.

Immerhin hatte Elena so wenigstens noch genug Zeit, sich für ihren zweifelsohne langen Arbeitstag etwas zu essen zu kaufen. Sie schlenderte die Mills Road entlang, wich einem quietschenden Greifarm aus, der Zeitungen in ein Regal sortierte und betrat die Bakery.

»Guten Morgen, Steven, ich hätte gerne das Übliche.«

Der dicke Bäcker nickte ihr freundlich zu und stellte eine Tasse mit dampfendem Mokkachoc auf die Theke. Gierig schlürfte Elena den Schaum von dem heißen Gebräu. »Ah, das tut gut«, seufzte sie.

»Du arbeitest zu viel, Süße«, merkte Steven an. »Einen oder zwei Coins?«

»Gib mir zwei. Es wird spät heute.« Ein Blick auf die surrende Wanduhr im Laden zeigte ihr, dass sie sich nun doch beeilen musste.

»Was arbeitest du eigentlich? Ich meine, was kann so wichtig sein, dass du die besten Jahre deines Lebens verschwendest?«

»Bürokram«, sagte Elena. »Wird aber gut bezahlt.«

»Du kommst seit zwei Jahren fast jeden Morgen in meinen Laden und täglich werden deine Augenringe dunkler. Ich bin nur ein einfacher Bäcker, aber blöde bin ich nicht. Dir macht doch was zu schaffen – und irgendwas sagt mir, dass es kein Bürokram ist.«

»Ich darf nicht darüber reden.« Elena legte drei Münzen auf die Theke, griff nach der Papiertüte mit den süßen Fladen und verstaute sie in ihrer Stofftasche.

Steven zog kritisch die Augenbrauen hoch. »Pass auf dich auf, Süße. Wäre schade um dich.«

Elena sah ihn ernst an. »Ein ehrliches Danke, Steven. Du bist ein feiner Kerl.«

Elena betrat das triste Fabrikgebäude. Der einst rote Backsteinbau war schmutzig grau und aus dem Inneren stampften und zischten die riesigen Maschinen, die der Energiegewinnung dienten. Ein Teil des Stroms wurde tief in die Eingeweide des Gebäudes geleitet, der andere versorgte die Stadt. Elena begrüßte Jack, den halbblinden Roboter, der seinen Metallkopf so schief hielt, dass er beinahe auf der linken Schulter auflag.

»Wenn das nicht die entzückende Miss Winterstone ist«, begrüßte sie der Maschinenmann als sie nahe genug war, um erkannt zu werden.

»Wenn das nicht mein alter Kumpel Jack ist«, erwiderte Elena, wie jeden Morgen, und reichte ihm ihre Stechkarte. Jack schob sie sich in den Mund, es machte »Pling« und ein weiteres Loch gesellte sich zu den übrigen auf der Karte.

Elena ließ den Eingangsbereich hinter sich und betrat die Halle. Die Luft wurde schlagartig schwül und die von den zahlreichen Maschinen erzeugten Dampfschwaden erschwerten das Atmen. Elena steuerte die rückwärtige Wand an. Die Tür dort diente lediglich der Tarnung und verbarg die Fahrgastkabine dahinter. Elena legte den Hebel zum Tiefgeschoss um. Gehorsam rumpelte der Aufzug seinem Ziel entgegen. Unten angekommen wurde sie bereits erwartet.

»Da bist du ja endlich«, maulte Clara, ihre Assistentin und riss missbilligend die hervorquellenden Augen auf, die durch die dicken Brillengläser noch größer wirkten.

»Entschuldige, ich habe verschlafen«, log Elena.

»Es sind drei Neue reingekommen, die du dir zuerst ansehen sollst.«

»Sagt wer?«

»Der Boss.«

Elena verdrehte die Augen und folgte Clara ins Labor. Während sie lief, zog sie sich ihren Kittel über, die Henkel der Stofftasche zwischen die Zähne geklemmt. Hier unten im Labortrakt glich das Stampfen der Maschinen einem steten Herzschlag. Elena liebte es, denn es gab ihr das Gefühl, in einem lebendigen Organismus zu arbeiten. Als weniger angenehm empfand sie den dumpfen Fäulnisgeruch, der sich mit dem Duft der süßen Fladen aus ihrer Tasche vermischte. Sie beugte sich über den ersten Toten. Er lag auf dem Bauch. Aus seinem Rücken ragten scharfe Metallsplitter, gelbliche Flüssigkeit tropfte aus der Wunde. Schwarze Adern überzogen seinen gesamten Rücken. Die Hände waren zu Klauen gekrümmt, das Gesicht verzerrt.

Clara reichte ihr das hölzerne Klemmbrett, auf dem die Begleitpapiere befestigt waren. Elena begann zu lesen und seufzte.

»Er hat sich die Flügel ausgerissen und ist mit dem Kopf voran gegen die Wand gerannt?«

Clara nickte.

Wieder einer, den sie überschätzt hatten.

Die Minuten dehnten sich zu einer Ewigkeit. Sophia stand nackt vor Marcellus. Der Windzug, der zum Fenster herein strich, ließ sie frösteln. Marcellus umkreiste sie wie ein hungriger Wolf, beäugte jeden Zoll ihrer Haut, roch sogar an ihr. Er fasste sie jedoch nicht an. Es kam Sophia vor, als suche er etwas. Und sie konnte nur raten was. Im Gegensatz zu den meisten Menschen, die sie kannte, trug sie kein Hautbild. Es lag nicht daran, dass sie sich keine hübsche Rose oder zarte Ranke für das Fußgelenk gewünscht hätte. Aber die Tätowierer in ihrem Viertel stachen mit Vorliebe Segelschiffe oder Seeungeheuer in derbe Haut und meist waren sie dabei betrunken.

Sophia schützte sich vor der Kälte, indem sie die Arme vor ihren Brüsten kreuzte.

»Wer hat dir erlaubt, dich zu bedecken?«, herrschte Marcellus sie an.

Er strich mit den Fingerspitzen über Sophias Haut. Sie zitterte unter seiner Berührung.

»Madame Hazard beweist Geschmack.« Marcellus blieb vor ihr stehen, trat dann einen Schritt zurück und stützte das Kinn in seine Handfläche. Sophia kam er wie ein Bildhauer vor, der seine Skulptur musterte. War sie das, sein Kunstwerk?

»Gehen wir baden«, schlug er vor. Zum ersten Mal klang er wohlwollend.

Sophia sehnte sich mit einem Mal nach der Wärme eines Bades, nach der sanften Berührung heißen Wassers. Sie nickte dankbar und ging Marcellus voran in das Badezimmer.

Die Wanne war in den Boden eingelassen und besaß die Form eines Flügels. Jetzt, da Sophia die Vorlieben Madame Hazards kannte, ergaben viele Details der Hauseinrichtung einen Sinn. In einem Punkt hatte Sophia ihrer Herrin die Wahrheit verschwiegen: Einmal war sie doch abends fort gewesen. Der Küchenjunge, hatte sie mitgenommen, wohl in der Hoffnung, ihr imponieren zu können. Es war gründlich danebengegangen. Dem Küchenjungen wurde der Ausschank von Alkohol verweigert. Sophia musste schließlich an die Theke gehen und zwei Krüge Ale kaufen. Sie prosteten sich zu, leerten ihre Gläser in einem Zug und schwiegen sich unbehaglich an. Der Küchenjunge verabschiedete sich kurz darauf peinlich berührt. Sophia blieb. Sie kam nicht umhin, den Gesprächen im Pub zu lauschen, die sich fast sämtlich um Madame Hazard drehten.

»Eine Hexe is sie, jawohl«, grölte ein dicker Mann in verschlissener Kleidung.

»Würde zu gerne wissen, was sie da in ihrem Anwesen so treibt«, fügte ein anderer Gast hinzu, dem die Schiebermütze schief auf dem Kopf saß.

»Der Pastor hat erzählt, sie käme ihm unheilig vor. Verflucht irgendwie.«

»Ihr Mann is ja nich von ungefähr gestorben.«

Die Bedienung, eine magere Frau um die Vierzig, raunte den Leuten an der Theke etwas zu. Alle Köpfe drehten sich in Sophias Richtung. Sie fühlte sich sehr einsam in diesem Moment.

Der dicke Wortführer maß sie mit einem halb mitleidigen, halb missbilligenden Blick.

»Mädchen, wenn ich du wär, würde ich meine Siebensachen packen und in `nem anständigen Haus Arbeit suchen.«

Sophia nickte scheu und ging. Seit diesem Abend hatte sie nie wieder einen Fuß in die Stadt gesetzt. Aber sie war aufmerksam, denn die Unterstellung, Madame Hazard sei eine Hexe, vergaß sie nicht. Tatsächlich fand sie überall im Haus bizarre Zeichen. Auf Böden, auf Bildern und sogar an den Fensterrahmen. Sophia fand eine Erklärung, die sie die folgenden drei Wochen zufriedenstellte: Madame liebte exotische Dinge, die aus den Kolonien kamen.

Während sie duftendes Öl ins Badewasser gab, fiel diese Erklärung wie ein Kartenhaus in sich zusammen. Neben ihr stand ein Engel, oder zumindest etwas Ähnliches. Dieses Mal sah sie Marcellus ohne Angst in die Augen. »Halten Sie Madame Hazard für eine Hexe?«

»Nein«.

Marcellus ließ sich ins Wasser gleiten, dabei entfaltete er seine Flügel Die matte Oberfläche des Metalls spiegelte kaum das Kerzenlicht wider. Mystische Symbole reihten sich an den Flügelrändern aneinander. Sophia musste an Schriftzeichen einer uralten, und längst vergessenen, Sprache denken. Der Großteil der metallenen Fläche war unverziert. Sophia mutmaßte, dass die Spannweite der Flügel größer war, als der Abstand zwischen ihren weit ausgestreckten Armen.

Wer sich wohlig seufzend in einer heißen Wanne räkelt, kann nicht von Grund auf böse sein, gestand sich Sophia ein, angetan von dem hinreißend entspannten

Gesichtsausdruck ihres Gegenüber. Die Entspannung nahm ihm viel von seiner markanten Optik, ließ ihn weniger maskulin und gefährlich wirken. Schließlich siegte ihre Neugier. Sie stieg zu dem Engel ins Wasser und wurde von seinen Armen empfangen. Er zog sie eng an seine Brust. Sein Herz schlug kraftvoll und gleichmäßig. Marcellus umschloss Sophias Gesicht mit seinen Händen und bedeckte es mit zarten Küssen. Sophia schloss die Augen und seufzte wohlig auf.

Elenas Kittel sah schon nach einer Stunde wieder so aus, als habe sie ihn nie gewaschen. Clara stand neben ihr und trat von einem Fuß auf den anderen.

»Spuck' s aus«, sagte Elena unwirsch.

»Der Boss ist gerade gekommen, und sie war nicht begeistert von den drei Neuzugängen.«

»Wir können nicht mehr als arbeiten.«

»Was ich dir eigentlich sagen wollte, ist, dass sie dich in ihrem Büro sehen will.«

Elena versuchte in Claras Gesicht zu lesen. Die runden Augen sahen mitleidig aus.

»Clara, du kommst mit.«

Das Mitleid wurde von purem Entsetzen abgelöst.

»Aber …«

»Keine Widerrede, du bist meine Assistentin. Du hast ein Recht darauf zu erfahren, was der Boss von uns will.«

Schweigend marschierten sie zu jenem Büro, das unter den Angestellten die »Folterkammer« genannt wurde. Elena erspähte den roten Schopf des Bosses hinter der Milchglasscheibe, auf der schlicht Madame Hazard stand. Elena klopfte und trat ein.

»Gut, dass Sie da sind.«

»Madam, Sie wollten mich sprechen?«, gab Elena zurück. Sie weigerte sich, ihren Boss mit der französischen Anrede anzusprechen. Auch, wenn es derzeit der letzte Schrei war, jedes Wort sprachlich zu verunglimpfen.

Der Boss hielt sich nicht lange mit Schönrederei auf. Dafür war sie bekannt. »Unsere Ausfallquote ist nicht hinnehmbar.«

Elena hielt dem intensiven Blick der grünen Augen stand. »Das Material ist nicht so gut wie erhofft.«

»Papperlapapp, es sind kräftige Männer.«

»Dennoch werden sie mit der Belastung nicht fertig«, insistierte Elena. Hinter ihr sog Clara lautstark die Luft ein.

»Erklären Sie mir das«, forderte der Boss.

»Von der körperlichen Konstitution her gesehen, dürfte es keine Probleme geben. Die geistige Verfassung ist ausschlaggebend«, meldete sich Clara zu Wort.

»Um nicht zu sagen«, fügte Elena hinzu, »die Versuchsobjekte werden wahnsinnig.«

Madame Hazard dachte nach. Nach einer Weile sagte sie: »Ein neuer Ansatz, zugegeben.«

»Neu ist er nicht. Ich hatte ausführlich in meinen letzten drei Berichten darüber referiert.«

»Seit mehreren Wochen habe ich keinen Rapport mehr von Ihnen erhalten.«

Elena wandte sich Clara zu. »Ich hatte dich doch gebeten, die Berichte abzugeben.«

Clara schrumpfte unter den Blicken der beiden Frauen. Doch dann ging eine Veränderung mit ihr vor. Die Augen hinter den dicken Gläsern begannen angriffslustig zu funkeln.

»Es ist falsch, was wir hier machen. Unser Herrgott hat uns angemessene Körper gegeben. Es ist nicht unser Recht, sie zu manipulieren. Es ist wider die Natur. All die Maschinen und das Zischen, der viele Dampf – Höllenbrodem!«

Unwillkürlich wich Elena zurück. Clara war nicht wiederzuerkennen. Zornesröte bedeckte Hals und Wangen.

Madame Hazard indes blieb gelassen. Ihre Hände ruhten auf den Lehnen ihres Stuhls. Auch ihre Stimme verriet keinerlei Aufregung: »Miss Winterstone, geben Sie mir bitte die letzten drei Berichte zu lesen. Was Sie angeht«, wandte sie sich Clara zu, »Sie sind entlassen.«

Elena rechnete damit, dass Clara heftig die Tür hinter sich zuschlagen würde. Die Kündigung hatte die Röte im Gesicht ihrer Assistentin noch eine Nuance dunkler werden lassen. Doch Clara verließ Madame Hazards Büro in aller Stille.

»Haben Sie keine Angst, dass Clara alles ausplaudert?«, fragte Elena, als sie alleine waren.

»Nicht im Geringsten.«

Madame Hazard wirkte, als meine sie ihre Worte ernst.

»Elena, Sie sind mein bestes Pferd im Stall. Ab sofort sind Sie – und nur Sie – für die Lösung des Problems verantwortlich. Finden Sie heraus, wie Sie unsere Engel geistig stärken können. Sie werden direkt an mich berichten. Mündlich. Und nun tun Sie das, was Sie am besten können: forschen Sie. Um Ihre bisherigen Aufgaben werden sich Ihre Kollegen kümmern, dafür trage ich Sorge.«

»Danke, Madam.«

»Eine Sache noch. Was erzählt man sich in der Stadt über mich?«

»Das weiß ich nicht«, gab Elena zurück. »Ich bin nur zum Schlafen zu Hause.«

Madame Hazard nickte verständnisvoll und schenkte Elena ein Lächeln.

Elena verließ die »Folterkammer« mit gemischten Gefühlen. Einerseits war sie froh, das Zusammentreffen mit Madame Hazard so glimpflich überstanden zu haben, andererseits hatte der Boss ihr noch mehr Arbeit aufgehalst. Zumindest würde ihr Kittel künftig sauber bleiben.

Kapitel 2

Sophia genoss die Berührungen des Engels. Zärtlich küsste er sie auf den Mund, dabei glitten seine Fingerkuppen ihren Rücken hinab. Behutsam suchte seine Zunge nach ihrer. Bald begann ein verspielter Tanz. Marcellus presste seine Lippen fester auf ihre, auch der Druck seiner Finger an ihrem Rücken wurde stärker. Sophias Herz schlug schnell, ein lustvoller Schauer nach dem anderen durchrieselte sie. Etwas mulmig wurde ihr dennoch zumute, als er sich an sie drängte und sie sein hartes Glied spürte. Nie zuvor hatte sie einen Mann so nah an sich herankommen lassen. Seine Liebkosungen prickelten auf ihrer Haut. Marcellus' Bewegungen wurden ungeduldiger, fest zog er Sophia an sich, auf seinen Schoss und spreizte ihre Schenkel. Dann durchdrang er ihren Widerstand, ein scharfer Schmerz schoss Sophia zwischen die Beine und weiter das Rückgrat herauf.

»Versuche dich zu entspannen«, flüsterte Marcellus. »Ich wusste nicht, dass du noch nie mit einem Mann geschlafen hast.«

Sophia schlang ihre Beine um seine Hüften und folgte seinem Rhythmus. Wasser spritzte aus der Wanne, eine Kerze verlosch zischend. Allmählich fand Sophia in die Bewegung. Der Schmerz verebbte ebenso schnell wie er gekommen war. Stöhnend ergoss sich Marcellus in sie und vergrub keuchend sein Gesicht in ihrer Halskuhle.

»Deswegen machen alle ein solches Gewese?«, entfuhr es Sophia. Sie war enttäuscht. Öfter schon hatte sie die Frauen ihres Viertels über »die Sache« flüstern hören. Erregt hatte sie den Berichten gelauscht und erfahren, wie sie es heimlich in Hauseingängen und Hofnischen getan hatten. Eines war jedoch offensichtlich gewesen. Sie hatten das Liebesspiel genossen.

»Was meinst du?«, wollte Marcellus wissen.

»Das soll Spaß machen?«

»Das will ich aber meinen«, sagte er voller Inbrunst. Sophia musste ob seines ernsten Gesichts lachen.

»Vielleicht finde ich ja eines Tages Gefallen daran.«

»Das erste Mal ist es immer unangenehm. Für Frauen.«

Er wendete sich verlegen ab und tat so, als suche er den Schwamm.

Sophia lachte. »Du bist ein Engel, dir muss nichts peinlich sein.«

»Ich bin noch nicht lange so. Vorher war ich ein ganz normaler Mensch aus Fleisch und Blut.«

»Du bist künstlich? Meine Güte, was haben sie mit dir gemacht?«

Elenas erste Aufgabe bestand darin, die Objekte, die für die Verwandlung vorgesehen waren, zu erforschen. Bislang hatte sie die Männer erst zu Gesicht bekommen, wenn sie schon die Gestalt von Engeln besaßen. Die Flügel waren dann bereits implantiert und das »Ambrosia«, so wurde das Engelsserum genannt, zirkulierte durch den Blutkreislauf.

Elena war ein wenig nervös, da sie lediglich wusste, dass die Männer zum Tode verurteilte Häftlinge waren. Madame Hazard kaufte sie Mister Chipperfield, dem Zuchthausdirektor, ab. Wesley, Madame Hazards Stellvertreter, reichte Elena einen Schlüssel.

»Hüten Sie den Schlüssel besser als Ihren Augapfel. Gnade Ihnen Gott, wenn Madame Hazard erfährt, dass Sie ihn verloren haben.«

»Gewiss«.

Elena nahm den schweren Schlüssel, der etwa so lang wie ihre Handfläche war, und wog ihn unschlüssig in der Hand.

»Folgen Sie mir. Und haben Sie keine Furcht. Die Objekte sind ruhig gestellt.«

Die beruhigenden Worte Wesleys bewirkten das Gegenteil. Mit jedem Schritt, den Elena die schlüpfrige Treppe abwärts stiegen, wuchs ihre Angst vor dem, was sie in den Verliesen vorfinden würde.

Wesley drehte am Lichtschalter und grünliches Leuchten spiegelte sich in den Pfützen auf dem Boden.

»Warum ist es hier so nass?«, wollte Elena wissen.

»Das ist vom Säubern der Zellen.«

Stahltüren waren in die sorgfältig gemauerte Wand eingelassen. Elena hatte mit schreienden Gefangenen gerechnet. Mit Beschimpfungen. Was sie hier vorfand, war um Längen schlimmer. Es war totenstill. Kalt glänzten die Türen im grünen Licht.

»Hier finden Sie die Lage der einzelnen Zellen.«

Wesley reichte ihr einen Plan. »Und das hier«, er entfaltete ein weiteres Dokument, »sind unsere Objekte. Dieser Plan ist der einzige, auf dem die Raumnummern und die Nummern unserer Objekte gemeinsam verzeichnet sind.«

»Wieso ein solcher Aufwand? Man muss ja jedes Mal den Plan neu zeichnen.«

»Sicherheitsvorkehrungen«, gab Wesley zurück. Er schien froh zu sein, Elena die Verantwortung abgeben zu können. Außerdem lief er jetzt so schnell voraus, dass sie Mühe hatte, hinterher zu kommen.

»Hier haben wir zum Beispiel einen Vatermörder. Er ist zwanzig Jahre alt und hat in der Stahlgießerei gearbeitet. Eines schönen Abends hat er seinem Vater volltrunken eine Whiskeyflasche über den Kopf gezogen.«

»Und hier?«, fragte sie und deutete auf eine andere Tür.

»Der hat seine Verlobte aufgeschlitzt.«

»Und da?«

»Hat bei einer Schießerei einen Gendarmen umgelegt.«

»Sie kennen die Geschichte der Verbrecher gut, wie mir scheint«, bemerkte sie halb anerkennend, halb tadelnd.

»Das werden Sie auch müssen. Lesen Sie alle Akten, bevor Sie mit denen sprechen. Das ist besser. Glauben Sie mir.«

Gedankenverloren strich Wesley über die Narbe, die sein Kinn kreuzte. »Aber einen Blick können Sie schon jetzt riskieren.«

Wesley streckte die Hand aus, in den Elena pflichtschuldig den Schlüssel legte.

»Falsch!«

»Wie bitte?«

»Sie dürfen den Schlüssel niemals hergeben!«

»Aber Wesley, Sie sind …«

»Nicht mehr länger zuständig. Sie schließen auf.«

Elena nahm auf den Schlüssel und zögerte. Dann ging sie auf die nächstbeste Tür zu und schob den Schlüssel ins Schloss. Mit einiger Anstrengung drehte sie ihn zweimal, dann hörte sie es mehrmals klicken, Dampf zischte aus den Ritzen. Erschrocken wich sie einen Schritt zurück.

»Dampfgetriebenes Sicherheitsschloss«, tat Wesley unbeeindruckt kund.

Die Tür glitt nun nahezu geräuschlos nach innen auf und gab den Blick in die Zelle frei. Wider Erwarten war sie glänzend sauber. Alle Wände, sogar die Decke, waren mit Metall verkleidet. Eine schmale Pritsche wurde völlig von einem athletischen Mann ausgefüllt, der zu schlafen schien. Er lag auf dem Rücken, die Arme über der Brust gekreuzt. Sein Schädel war kahlrasiert.

»Schläft er?«, flüsterte Elena.

»So tief, dem können Sie getrost in den Arsch treten.«

Neugierig näherte sie sich der Pritsche. Etwas kam ihr merkwürdig vor. Sie brauchte eine Weile, bis sie herausfand, was es war. Er atmete nicht!

Zwillingsblut
Jennifer Schreiner

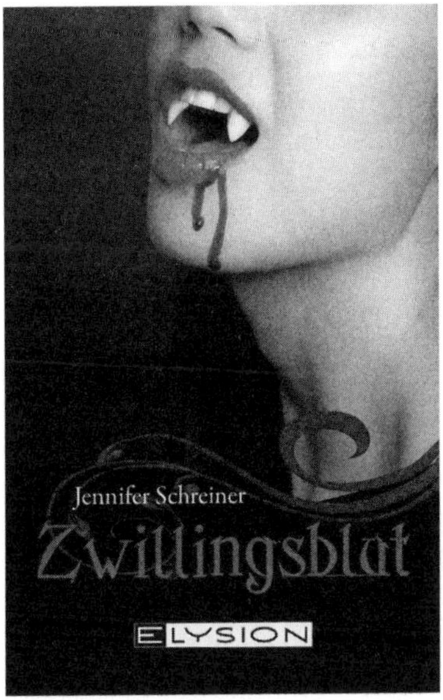

Taschenbuch · ca. 220 Seiten
ISBN 978-3-942602-04-4

In einem Jahrhunderte währenden Kampf um Legenden und Leidenschaften setzt er seinen letzten Trumpf.

Als Sofia in einem verschlossenen Sarg erwacht, wird ihr schnell klar, dass sie Mittelpunkt eines makaberen Spieles ist, welches ein Vampir für die attraktive junge Frau inszeniert hat.

Hineingeboren in eine Vampirgesellschaft, in der die übermächtige Vampirkönigin andere weibliche Vampire verbietet und in der Männer unbegrenzte Macht über Frauen haben, wird Sofia rasch als Bedrohung betrachtet. Während die Königin Sofia von ihren »Schatten« durch die ganze Welt hetzen lässt, buhlen der gefährliche Callboy Xylos, der undurchsichtige Joel und der sinnliche Edward um die Gunst der Vampirin.

Doch erst als die »Schatten« Sofia in die Enge getrieben haben, begreift sie den Plan ihres Schöpfers und muss sich entscheiden, welchem der drei Männer sie ihre Seele anvertraut.

Band 1 der Blut-Reihe

*»Ein herrliches Lesevergnügen; pure vampirisch-animalische Leidenschaften.»**

PENTHOUSE

»Zwillingsblut" ist dunkel, erotisch, lüstern und verspricht sehr sinnliches Lesevergnügen.« *

MEDIA MANIA

* Die Rezensionen beziehen sich auf die 1. Auflage

Honigblut
Jennifer Schreiner

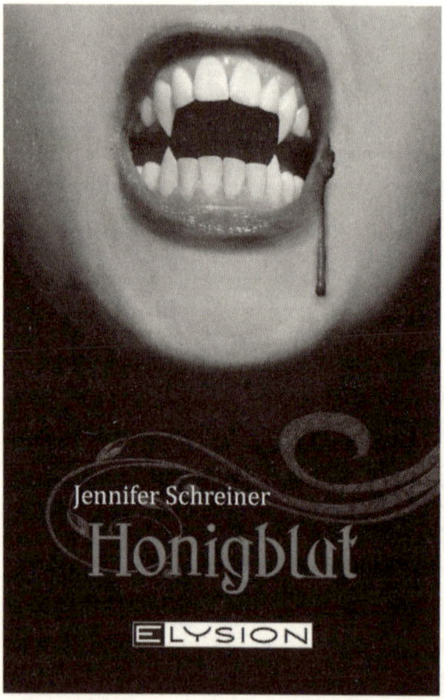

Taschenbuch · ca. 220 Seiten
ISBN 978-3-942602-06-8

In einem Jahrhunderte währenden Kampf um Legenden und Leidenschaften bricht er seine letzte Regel.

Nach dem Tod der Hexe Morna wird eine schreckliche Prophezeiung Realität und bedroht die Unsterblichkeit aller Vampire. Von der Königin ausgesandt, um der Vorhersehung Einhalt zu gebieten, gerät der Vampircallboy Xylos nicht nur ins Visier der um den Thron kämpfenden Rebellen, sondern wird zum Spielball eines ebenso intriganten wie mächtigen Vampirs, der Xylos eine Frau zuspielt, der er nicht widerstehen kann.

In einem Anflug aus Mitgefühl erschafft der skrupellose Xylos mit ihr eine Vampirin, die schon bald die Grundfeste seiner Existenz erschüttert. Doch ausgerechnet ihre Erschaffung stellte eine unkalkulierbare Gefahr für die Vampirgesellschaft dar.

Band 2 der Blut-Reihe

*»Eine erotische Geschichte in düsterer Atmosphäre, die ganz dazu angetan ist, den Leser nicht so schnell wieder loszulassen.«**

HAPPY-END-BÜCHER

»Für Freunde von erotischen Vampir-Romanen mit düster-dominanten Helden ein Muss!« *

LESER-WELT

* Die Rezensionen beziehen sich auf die 1. Auflage

Im Bann der Engel
Christiane Gref

Taschenbuch · ca. 220 Seiten
ISBN 978-3-942602-08-2

In der abgelegenen Kleinstadt Cravesbury arbeitet die Wissenschaftlerin Elena Winterstone an einem geheimen Forschungsprojekt. Doch der Erfolg lässt auf sich warten. - Bis Elena hinter das Geheimnis ihrer Auftraggeberin Madame Hazard, einer Millionärswitwe kommt. Unter deren Anleitung gelingt es mechanische Engel zu erschaffen.

Schon bald muss Elena erkennen, dass ihre Schöpfungen zu einer Gefahr für Cravenbury werden. Trotzdem ist Madame Hazard nicht gewillt, ihre Experimente aufzugeben. Im Gegenteil. Angefeuert vom Misstrauen der Stadtbewohner zwingt die Millionärswitwe Elena dazu, Todesengel als ihre persönliche Miliz zu erschaffen.

Ausgerechnet in einem dieser tödlichen Engel findet Elena einen Verbündeten. Mit Hilfe des anziehenden Amenatos setzt die Wissenschaftlerin nun alles daran, ihre Schöpfung unschädlich zu machen.

»Selten habe ich mich so schnell in den Protagonisten verliebt – ich wünschte, es wäre meiner!«

JENNIFER SCHREINER